光文社文庫

彩色江戸切絵図
松本清張プレミアム・ミステリー

松本清張

光 文 社

目次

彩色江戸切絵図

大黒屋

一

文久《ぶんきゅう》二年正月十五日の八ツ（午後二時）ごろのことだった。

日本橋堀江町の通りを二十七、八くらいの職人風な男が歩いていた。この辺は焼《やき》芋《いも》を売る店が多い。その匂いが寒い風に混って流れていた。この焼芋屋は冬の間だけで、春になるとすべて団扇《うちわ》屋に早替りをする。役者の似顔絵の団扇も、この堀江町から売出されたものだ。秋風が立つと団扇が駄目になるので、団扇屋が焼芋屋に早替りをするわけである。

また、この辺には穀物問屋がならんでいる。職人がふと足を停めたのは、それほど大きくない穀物問屋の店から、三十一、二くらいの大きな男がふらりと出て来たからだった。その男は酒気をおびている。十五日というと、まだ正月気分が抜けずに振舞酒《ふるまいざけ》を出すところもあるから、これはふしぎではない。ただ、その職人が男に眼をつけたのは、酔った彼の人相がよくないのと、その男の出て行ったあとで四十七、八ぐらいの雇女《やといおんな》が塩を撒《ま》いていることだった。

職人は何気なく、その穀物問屋の屋根に載っている看板を見た。檜《ひのき》の木地《きじ》に彫り込んだのは「大黒屋」という文字だった。表の戸は一枚だけあいている。雇女は塩を撒くと、大きな男のうしろ姿を睨《にら》みつけて、そそくさと中に入った。――ただそれだけのことで、別段の仔細《しさい》はなさそうである。

正月客の中にはいやな者もいる。あとから塩を撒かれるくらいは珍しいことではないが、職人の眼がなんとなく光ったのは、ほかの穀物問屋が店をあけているのにそこだけ商売を休んでいることと、塩を撒かれた大きな男の風采《ふうさい》があまり上等でないことだった。男は藍微塵《あいみじん》の袷《あわせ》に擦り切れた草履《ぞうり》を穿《は》いている。職人は、その男のあとを何となく尾《つ》けて歩いた。

男は堀江町から中之橋を渡って大伝馬町《おおでんまちょう》のほうへ出た。うしろから尾けていた職人は、彼が一杯飲み屋に入るのを見届けると、その辺を一回りしてから、腰障子《こししょうじ》をあけた。

店の腰掛で、さっきの大男が注文した酒を飲んでいる。職人も彼から少し離れた所に腰をかけた。

職人はみつくろいものを注文して、熱い銚子《ちようし》から独酌《どくしやく》で飲みはじめた。ときどき、向うに居る男の様子をうかがっている。

大男は不機嫌そうな顔でぐいぐい酒を呷《あお》っていた。目つきが悪い。頰《ほお》から顎《あご》にかけた髭《ひげ》も濃かった。なんとなく荒れている様子に小女もあまり寄りつかない。彼は忽《たちま》ち銚子一本を空《から》にした。

「やいやい、酒がねえぞ。早えとこ持ってこい」

男は女に怒鳴《どな》った。

ほかに客の姿もなく、ここに居るのは二人きりだった。職人は銚子を持ってにやにやしながら男の傍《そば》に近づいた。

「兄哥《あにい》、ご機嫌のようですね。まあ、一杯《いつぺえ》受けておくんなせえ」

職人が差出す銚子を、大きな男はぎろりと眼を光らせて睨みつけた。

「おめえは誰だ？」

男は酒臭い息を吹きかけた。

「どこの誰と名乗るような男じゃねえが、松は取れたといってもまだ正月の内だ。

つい、明けましておめでとうと云いたくなりまさアね。気持よく一杯受けておくんなせえ」

「あんまり心安く云うんじゃねえ。おれは独りで飲みてえところだ。余計な世話を焼いてもらいたくねえな」

「なんだか機嫌がよくねえようだな」

と、職人は如才《じょさい》なく笑った。

「そう云わずに、縁起ものだ。気持よく一杯注《つ》がしておくんなせえ」

「見ず知らずのおれに、いやにつべこべと云うじゃねえか」

「兄哥のほうは知らねえでも、わっちのほうはまんざら知らねえ顔でもねえのさ」

「なんだと？」

「えっへへへ。おめえさん、堀江町の大黒屋さんにときどき来なさる顔だね」

「なに」

髭の濃い男は濁った眼で職人の顔を検《あらた》めるように見据《みす》えた。

「そういうおめえは、やっぱり、あの辺の穀物問屋に巣食ってる野郎かえ？」

「兄哥も口が悪いな。わっちは団扇の職人でね。ご覧の通り、春まで団扇張りには縁のない人間さ。それでも、問屋の親方の所にはときどき面《つら》をのぞかせねえと仕事が貰《もら》えねえ。今日は遅まきながら年始かたがた寄ったところだが、そのとき大黒屋さんに出入りしている兄哥の顔にひょいとぶつかったのさ」

「うむ、団扇の職人か。団扇屋なら、焼芋でも焼いとればいいのに」

「そいつがこちとらには出来ねえのさ。これでも職人としてちったア腕の知られた男でね、女や子供相手の焼芋売りじゃ情ねえ」

「それじゃ、冬の凩《こがらし》と一緒におめえも不景気になるってわけだ。その金のねえおめえが、おれに酒を振舞おうっていうのは、どういう料簡《りようけん》だ？　おらア、おめえより貧乏じゃねえぜ」

「おっと、そういう気持じゃねえ。何度も云う通り、二、三度見かけたおめえと、ここで遇えたのがうれしいのさ。……おっと、熱いやつが来た。迷惑でなかったら、二、三杯、盃を貰いてえもんだな」

「この野郎、あんまり馴れ馴れしく近寄るな。往来で見かけた縁でいちいち因縁をつけられちゃ、横丁の犬ころにも挨拶《あいさつ》せざアなるめえ」

「ぽんぽん云う兄さんだな。おらアな、根が人なつこい性分でね、知った顔を見れば黙っちゃいられねえのさ」

「勝手にしゃアがれ。おめえの性根をおれにまで押しつけられてたまるか。えい、そっちに引っ込んで勝手に飲みゃアがれ。おらア、おめえの酌なんぞ受けねえ。あんまりしつこくしやがると、ただじゃおかねえぜ」

「おめえ、よっぽど今日は虫の居どころが悪いとみえるな。日ごろはおとなしそうな兄さんだがな」

「おきゃアがれ。どんな面をしようとおれの勝手だ。……おや、おめえ、酒が飲めねえな」

「………」

「一杯か二杯盃を傾けただけで、もう眼の縁が赧《あか》くなってやアがら。飲めねえくせに飲める振りをしておれの傍《そば》に寄ろうたって、すぐに分らア。今日は十五日だ。下戸《げこ》は下戸らしく早く帰《けえ》って小豆粥《あずきがゆ》でも舐《な》めてろ」

「こいつアいけねえ。なあ、寅《とら》さん、おめえ、今日はよっぽどどうかしてるから、この次に遇ったとき、改めて仲よくしてもらわア」

「何を云やアがる。おらア、寅じゃねえ。留五郎《とめごろう》だ」

「おっと、そうだったた。つい、ほかの人間の名前と間違《まちげ》えた。留五郎さんだったな。まあ、堪忍《かんにん》してくれ。おめえの云う通り、わっちはそう酒が強くねえ。酔っ払ってどうかしたようだ」

「なんだかつべこべと吐《ぬ》かすじゃねえか。やい、おめえの面なんざ見たくねえから、とっとと失せろ」

「そう云われちゃこっちの立つ瀬がねえ。いつも見馴れてるおめえのことだから、これを機会《しお》に近づきになりたかったが、今日は具合が悪いようだ。実のところ、ここでじっくりおめえと話して、三味線堀のおめえの家まで送って行こうと思っていたところさ」

「三味線堀だと？　何を云やアがる。おれの塒《ねぐら》は馬道だ」

「おっと、そうだった。どうもいけねえ。謝《あやま》る謝る。じゃ、兄哥、また機嫌のいいときにおめえと話すことにすらア。……おい、姐《ねえ》さん、勘定《かんじょう》はいくらだ？」

職人はあわてたように起ち上った。

彼は表へ出たが、そのまま足をまた堀江町のほうへ向けた。

大黒屋の表は戸が一枚だけあいたまま閉っている。表には松飾を取ったあとに白い砂が少しこぼれていた。

「ご免ねえ」

と、彼は戸の一枚あいたところから入ったが、内は暗い。広い土間には商売物の穀物が種類別に分けられて、桝目箱《ますめばこ》に収まっていた。

「なんですかえ？」

奥から出て来たのは、さっき留五郎という男に塩を振り撒いた雇女だった。

「今日は商売は休みですよ」

女は断わるように云った。

「いや、おれは品物を買いに来たんじゃねえ。さっきここに馬道の留五郎が来ませんでしたかえ？」

「留さんなら、先刻《さっき》帰りましたよ」

と、女は急に突慳貪《つっけんどん》な調子になった。

「うむ、帰ったか。それじゃ、ひと足違いだな」

「おまえさんは留さんの友だちですかえ？」

雇女は警戒するような目つきをした。

「うむ、まあ友だちだ。それに、野郎から少しばかり取る金があってね。去年の暮に持ってくるというので当てにしていたが、すっぽかされたので、大晦日《おおみそか》にはひどい目に遭《あ》いましたよ」

「留さんなら、そんな不義理はしかねませんね。あの人は金があっても払いませんよ」

「うむ、留は金を持っていますかえ？」

「いいえ、譬話《たとえ》ですよ」

と、女は口を濁すようにした。

「留は、今度いつこっちに来ますかえ？」

「さあ、分りませんね。いま、旦那《だんな》も留守ですから」

「おかみさんは？」

「おかみさんも留守ですよ」

うしろから留五郎と同じように塩でも撒きかねない女の前を離れて職人は道に出た。往来には子供が凧《たこ》を上げていた。この職人風の男は、松枝町《まつがえちよう》に住む惣兵衛《そうべえ》という岡っ引のもとに出入りしている幸八《こうはち》という手先であった。

――幸八は松枝町に行って、惣兵衛にこの話をした。別に犯罪が起ったわけではない。ただ路上の目撃だが、どうも気になるので少し足を突っ込んでみた、と彼は説明した。

「おめえも物好きだな」

と、岡っ引の惣兵衛は長火鉢の前に煙管《きせる》を燻《くゆ》らせて云った。

「わっちの性分としてどうも気にかかることは見逃がせねえので、つい、余計なことをやりました」

惣兵衛の女房が幸八の前に小豆粥を出した。正月十五日には、一年中の邪気を祓《はら》う縁起でそんなものを出した。これは七種《ななくさ》粥とも云うが、小豆粥で名が通っているほど小豆が主な材料となっていた。

「その留五郎という奴は酒を飲んで大黒屋から出ましたから、そこで強《したた》か飲んだに違いありません。年増の女は亭主もおかみさんも留守だと云いましたが、留守のところに来て振舞酒にありつくわけはねえから、あれは家の中に居たんですね」

幸八はそう話している。

「うしろから塩を撒かれたり、野郎がぷりぷりしているところをみると、よっぽど大黒屋とは面白くねえ間柄にちげえねえ。そのくせに、つき合っているところは、たしかに妙だな。だが、幸八、別に騒ぎも起らねえのにこちらから疝気《せんき》を起すこともあるめえ」

「へえ。正月早々に出しゃばったことをしましたが、それというのも、このところ御用の筋がさっぱりと閑《ひま》だからでしょうね」

「それだからいいのだ。おれたちが十手を帯に差込んでうろつくようじゃ、あんまりいい世の中とはいえねえ。今年はどうかこのまま無事の年でありてえもんだな」

世間話に移ってから、幸八の好奇心も消えたかたちとなった。

二

手先の幸八が途上の目撃で不審を起したように、留五郎と大黒屋の亭主との間は普通のつき合いではなかった。

大黒屋の亭主は常右衛門《つねえもん》といって四十二歳になる。ここに穀物屋を出したのはそう古くなく、五年前だった。女房はすていといって三十二、三くらいだが、色が白いのと顔かたちが小ぎれいなので、年齢《とし》より若く見える。夫婦の間には子供がなかった。幸八が見かけた雇女というのは、葛飾《かつしか》の在から来ているおくまという女で四十八である。

留五郎が大黒屋から酔って出たことで手先の幸八が想像したように、常右衛門と留五郎との間は一年前からのつき合いであった。留五郎が幸八に名乗ったように、彼は浅草馬道の裏店《うらだな》に住んでいて、これという正業を持っていない。これがどういう因縁かときどき大黒屋に行く。大黒屋の亭主は、武州秩父《ぶしゅうちちぶ》の同郷だと女房に説明していた。

一年前に二人の交際がはじまった頃は、留五郎もおとなしい男だった。彼は常右衛門夫婦の前に出ても頭が低く、如才《じょさい》がなかった。しかし、留五郎はどうやら博奕《ばくち》で食いつないでいるらしい。常右衛門がときどき小遣《こづかい》をやるのも、その辺を知ってのようだった。

留五郎も夫婦を慕うように十日に一度ぐらいは顔を出す。それが次第に激しくなってきたのは、彼が小遣銭を貰いにくるだけではなく、常右衛門の留守を窺《うかが》っては女房のすてに何かと云い寄る気配が見えだしてからである。

はじめは留五郎も酒を飲むと酔った振りをして、

「おかみさんのようなきれいな女房を持つと、わっちのような男も身持が直るんだがな」

と云ったりした。

「留さんなんざ手慰みを止めてまともな仕事に就《つ》いたら、いくらでもきれいなかみさんが来ますよ」

すては迷惑そうにしているが、夫の常右衛門とのつき合いの手前、いつもはぐらかしている。

「わっちもそう思っておりますが、こんな男に好きこのんで来るような女もいねえようです」

「そんなことがあるもんですか。そう云っちゃなんだけど、留さんがちゃんとしたら、あたしがいくらでも口を利《き》いてかみさんを世話しますよ」

「いや、ほかの女じゃ気が染まねえ。わっちにはおかみさんのような人でねえと性が合いそうにもありません」

「あたしが若くて、今の亭主がいなかったら、おまえさんのかみさんになるんだけれどね、世の中はうまくいかないもんだね。これぱっかりは神さまのお決めになったことだから、留さんもあたし以上の女をせいぜい探しなさいよ」

すてもときにはそんな柔らかい言葉で留五郎の口説《くどき》を外そうとする。しかし、酒を飲むにつれて留五郎の眼は次第に粘っこくなってくるのだった。

すては留五郎を迷惑がったが、さりとて夫の常右衛門に明らさまに云うこともできなかった。夫婦でもなんとなくそれが憚《はばか》られる。だが、二度、三度と留五郎の口説が露骨になってくれば、これは夫に報《し》らさないわけにはいかなかった。

「留の奴も困ったものだ」

と、常右衛門はそれほど気にもしていないようだが、顔だけはしかめた。

「奴は遊び人だ。近くには岡場所もあるし、白首《しろくび》の出る柳原も遠くはない。女には不自由してないはずだが、やっぱりちゃんとした世帯持ちのところに来ると、女房が持ちたくなるんだろうな」

「それはいいけれど、あたしのような女でないといやだなんて、気味の悪いことを云うんだよ。ねえ、おまえさん、留さんとつき合うのもいいが、なんだかこのままだと面倒なことになりそうだから、そうならないうちにいい加減に手を切ったらどうだえ？」

「まあ、考えておこう。おまえを揶揄《からか》ったから明日から来るなじゃア、おれが嫉妬《じんすけ》を起しているように取られてみっともない」

「今でこそ云うけれど、留さんのような人を出入りさしてもおまえさんにはちっとも得はないんだけれどね。あたしは本当はあの人に来てもらいたくないんだよ」

「そいつは分っているが、同じ村に生れた男と思えば、そうすげなくすることもできない。旅の空はお互いだ。年齢《とし》こそ下だが、まあ、わたしを何かと頼りにしているから、すげなくもできないわけだ。あれで根はいい男なんだ。そのうち、わたしからみっちりと意見してやろう」

「そうかえ」

「留の野郎が三十で、おまえが三十二。そのぐらいの男で独り身にとっちゃ、小便くさい女よりも、えてして年上の女に気を惹《ひ》かれるのかもしれない。まあ、おまえもいい加減にあしらっておけよ」

「あい。あたしゃ、そのつもりだけれど、ときどき薄気味悪くなるんだよ」

「まさか亭主のいる女房に手を出すようなこともあるめえ。まあ、酒の上の戯《ざ》れごとだと思って聞き流すんだな」

常右衛門は、そんなことを云ってすてを宥《なだ》めている。

常右衛門は痩せていて身体も細い。留五郎は表から入ってくるのに首を縮めるような背の高い男で、角張った顔は陽灼《ひや》けしたようにいつも黒く、皮膚が脂《あぶら》ぎっている。博奕で負けると、日雇人足などもしているらしいのである。

その留五郎が半年前から大黒屋に泊りにくるようになった。はじめはひどく酔ってきて、

「なあ、常右衛門さん、これから馬道くんだりまで帰るのも大儀だ。悪いけれど、今夜は店先にでも寝かしてくれねえか」

と熟柿《じゅくし》臭い息を吐いて頼み込んだ。

「仕方のない奴だな。まあ、いいや、おい、おすて、裏の部屋に蒲団《ふとん》を敷いてやってくれ」

女房はいやな顔をするが、渋々ながら云われた通り床を敷いた。

「すみませんね、おかみさん。悪い癖《くせ》だが、止《や》めようと思いながら、居酒屋の前を通るとプーンと匂う、あの酒がどうにもおれを手放さないのだ。いや、これからぷっつりと酒を絶ちますよ。全くご迷惑のかけっぱなしで申し訳ありません」

留五郎はよろよろしながら、それでも畳に手をついて礼を云った。

そんなことをされると、すても無下《むげ》に断わることもできなかった。腹の中ではいやだとは思っても、つい、そんな斟酌《しんしゃく》しないでもいいよと、愛想の一つも出た。

それが留五郎の泊りにくるきっかけだった。本当に酔って帰れなくなったのか、それとも初めから企んだ芝居かは、当初は判断がつかなかった。

はじめの四、五回は、泊りにくる留五郎もひどくおとなしかったが、或る晩の夜更けに表戸が叩かれた。

渋々起きたおくまが戸をあけて、夫婦のところに来た。

「留さんがなんだかひどく酔って、泊めてくれと云っていますよ」

「仕様がないな」

と、常右衛門は舌打ちした。

「おまえさん、そんなに酔ってるんじゃ断わったらどうだえ？」

「まあ、こんな時刻じゃそうもいかない。辻駕籠《つじかご》だってとっくに無くなっている。仕様がない。おすて、寝かせてやれ」

留五郎が荒々しく表から入って来た。

「すまねえな。常右衛門さん、また厄介《やっかい》になるぜ。……おかみさんか。せっかく夫婦《めおと》で寝ているところを悪かったな。とんだ厄介者が舞込んだと思って諦めてくんねえ」

常右衛門はさすがにむっとしたようだったが、これまでのつき合いを思ったためか、それとも留五郎の体格がおそろしく頑丈《がんじょう》なので乱暴を働かれても困ると思ったか、不承不承に承諾した。

すると、今度は、それを皮切りに留五郎は大びらに泊りに来るようになった。

三

亭主が家に居るときはまだよかった。留守のときに宵《よい》から来て泊らせてくれと云うと、すても心を決めて拒絶しなければならなかった。そんなときはおくまが防禦《ぼうぎょ》の役を買ってくれた。

「まあ、留五郎さん、いくら懇意《こんい》な仲だか知らないけれど、女だけのところに泊ろうというのは少し無茶ですよ。ご近所の聞えもありますからね。まあ、今夜はおとなしく馬道まで帰っておくんなさい」

「常右衛門が居ねえと？　ふん、女房孝行の亭主のことだ、まさか夜っぴて家をあけるわけでもあるめえ。そのうち帰って来らア。帰って来れば、どうせおれを泊めてくれるに決っている。手間が省けるだけでも助かるというものだ」

「何を云ってるんだ、留五郎さん。そりゃウチの旦那は帰って来るに決っているけれど、ものにはけじめというものがあらアね。さあ、今夜は後生だから帰っておくれ」

留五郎もこの雇女のおくまは少し苦手とみえて、素直《すなお》に帰ることもある。

その代りすでに逢うと、例の口説がだんだんひどく昂じてくる。

「おかみさん、おれはいつも云う通り、おまえのような女でないと女房にしたくねえのだ。おれが面白くもねえ常右衛門のところに再々やって来るのも、おかみさんの顔が見てえからよ」

「何を云ってるの、留五郎さん。あたしには亭主がいるからね。いくら酒の上の冗談でも亭主が聞いたら心持がよくないに決っているよ。止しておくれ」

「常右衛門が聞こうが、土左衛門が聞こうが、おれの云うことは正直だ。……おや、今夜は亭主の帰りがいやに遅いようだね」

「あいよ。小伝馬町に無尽《むじん》の講があってね、それでちっと帰りが遅れるかもしれないけれど、もうそろそろ戻るころだよ」

「なにもおれがおめえを口説くからといって、あわてて亭主の足音を聞かすような台辞《せりふ》を云うことはねえぜ。おらア常右衛門なんぞ怕《こわ》くはねえ。……おすてさん」

「え？」

「へへ、おかみさんと云やア他人行儀に聞えらア。いやさ、おすてさん、おまえの顔を見ると、おらア亭主のいることを忘れてしまうのだ」

「おまえさん、酔っ払ってそんなことばかり云うと、あたしは、もう、明日からここに来ることをお断わりするよ」

すては居ずまいを直して隙を見せまいとする。

「いや、冗談だ冗談だ。そうきっちりと出られちゃ一言もねえ。……だがな、おすてさん、いや、おかみさん、おれのせめてもの楽しみは、この大黒屋の閾《しきい》を跨《また》ぐことだ。そいつを断わられたんじゃ、おらア自棄《やけ》になってどんなことをするかしれねえぜ」

「えっ」

「有様《ありよう》は、おまえという女を見てから、おらア他人《ひと》と喧嘩《けんか》もしねえ。乱暴も慎《つつし》んでいるのだ。そうでなかったら、これまで気に入らねえ奴を叩き殺したかもしれねえぜ」

「おどかさないでおくれよ、留さん」

すては俄《にわ》かに怯《おび》えた眼になった。

そんなことがだんだんと重なってくれば、すても夫に告げ口しないわけにはゆかなかった。

「仕様がない奴だな」

と、常右衛門は困った顔をした。

「あいつは酒に酔うと、そんなところのある野郎だ。おまえに冗談を云ってはいるが、何か手出しでもしてふざけたかえ?」

「おう、いやだ。そんなことをされてたまるもんか。あたしゃそう云われただけで身慄《みぶる》いがするよ」

「それみろ。奴は口だけだ。これがおまえの手を握ったとか、首筋を摑んだとかいうようなことだったら、奴の出入りを止めるが、ただの軽口を咎《とが》めて、云い渡したんでは、わたしがよっぽど甘い男に見える」

「おまえさんはそんな呑気《のんき》なことを云ってるけれど、あたしゃ今にも留さんから身体を抱え込まれそうな気がするんだよ」

「口先の強い男は気が弱いのだ。よしよし、今にわたしがどこかの女を留に当てがって女房にしてやる。そしたら、どんな悪い料簡《りようけん》も直るにちがいない。まあ、亭主とのつき合いだと思って我慢していろ」

常右衛門はなぜか留五郎に対して煮《に》え切らなかった。

去年の暮、三の酉《とり》の晩に、その留五郎が例によって強《した》たか酔って戸を叩いた。

「どうした、留？」

「どうしたもこうしたもない、この通りだ」

と、留五郎は店から買って来たらしい熊手を畳の上に投げ出した。

「今夜は来年の開運を祈って、友だちと少々飲んで来たのだ。常右衛門さん、悪いけど、今夜もおめえの家に泊めてもらうぜ。おう、おかみさん、そんな迷惑な顔をしなさんな。せっかく、お酉さまに来年の景気を祈って来たのだ。そんな顔をされると、開きかけたおれの運が凋《しぼ》んでしまうというものだ。……水を一杯くんねえ」

「仕様がないねえ」

台所から茶碗に水を汲んで来て渡すとき、留五郎の指がすての指先にちらりとふれた。意識的にか無意識的にか留五郎に手をさわられたのはそれが初めてだったので、すてはあわてて身体を退《ひ》いた。

「うめえ」

留五郎はぐっと呷《あお》ると、

「睡い睡い。おれの寝床はいつもの所だろうな。勝手は分っている。おらア酔っているのだ。べつに蒲団なんざいらねえ。ごろりと転がらせてもらうぜ」

留五郎はふらふらと起き上って奥のほうへ行こうとする。

「仕様がねえ。おすて、風邪《かぜ》を引かせるといけねえ。どうでもいいから、蒲団だけ出してやれ」

「いやだねえ、ほんとに。……おまえさん、いつまであの人とつき合う気だえ？」

留五郎のうしろ姿に女房は顎《あご》をしゃくった。

「そうだな、おまえがそれほど嫌うなら仕方がない。酔っているあいつに云い聞かしても無駄だから、明日の朝、冷めたときにとっくりと意見して、この家に寄りつかせないようにする」

「本当にそうしておくれよ。いくら冗談でも、あたしゃ気味が悪くて仕様がないからね」

すてが奥の四畳半に行くと、留五郎は言葉通りに畳の上にひっくり返っていた。狸寝入りか、それともよほど酔が回っているのか、転がったまま身動きもしなかった。

すては押入から蒲団を抱え出して、彼の横にそっと敷いた。留五郎は寝返りを打ったが、その拍子に手が伸びてすての足首を掴んだ。

「あれ」

びっくりしてすてが跳びすさると、留五郎は眼を閉じたまま寝言のように何か呟《つぶや》いて、また動かなくなった。すては逃げるように部屋を出たが、激しい動悸《どうき》がいつまでも収まらなかった。

「どうだ、留の様子は？」

常右衛門は、寝巻の上に丹前を羽織ったまま悠然と莨《たばこ》を吸っている。

すてもさすがに留五郎の今の動作を告げる勇気はなかった。

「なんだか酔ったまま畳の上に寝転んでいましたよ。あたしは起しもしないでそのままにして来ましたがね。寒くなったら、気がついて床の中にもぐり込むでしょうよ」

すてはは胸を押えて云った。

「それみろ、奴は酔うと正体がないのだ」

常右衛門は何も気づかないで欠伸《あくび》をした。

「とんだやつが舞込んだおかげで寝ばなを起された。どれ、ぼつぼつ寝るとするか」

すても自分の寝床に入った。おくまは夜が早く、宵《よい》の口から三畳の間に入ったきりだ。常右衛門は隣の部屋でもう鼾《いびき》をかいていた。

すては、同じ家の中に留五郎が寝ているかと思うと不安でならなかった。最初はそれほどでもなかったが、近ごろはその不安が次第に濃くなってくる。……

すてが常右衛門と一緒になったのは今から四年前で、実は彼女としては二度目の縁づきだった。

最初の亭主が七年前に死んで、小料理屋に女中奉公しているとき、ときどき飲みに来ていた常右衛門にすすめられてこの家におさまった。常右衛門は律義《りちぎ》な商人で、すてをよく可愛がる。

前の亭主があまり身持がよくなかったので、彼女は仕合せな境涯を喜んでいた。そこに留五郎という男が現われたので彼女の心は曇った。

それにしても常右衛門はなぜ女房の云うことを聞かずに留五郎を可愛がるのだろうか。親切な男だし、心の寛《ひろ》い亭主と知っているので、すてもそれを頼りにはしているが、留五郎の様子がだんだん傍若無人《ぼうじやくぶじん》になってくると、やっぱり常右衛門に断乎《だんこ》たる態度に出てもらいたかった。

しかし、今夜の常右衛門の言葉では、明日は絶縁を宣告するというので、それが何よりの心恃《こころだの》みであった。そんなことをいろいろ考えているうちにすてもいつのまにか睡りに落ちた。

すては、ふと何かに身体をさわられたような気がした。たしかに傍に男が居て、寝ている自分の肩を押えつけていた。行灯《あんどん》を消しているから真暗だが、すての意識ははっきりと醒めていた。

それが亭主の常右衛門でないことは、当人の鼾が隣の部屋で聞えていることでも分った。はっとしたのは、酒臭い息がすぐ自分の顔の前に嵐のようにかかって来たことだった。

身体を起して叫ぼうとすると、その口を大きな堅い手が石蓋《いしぶた》のように塞《ふさ》いだ。

「静かにしろ」

と、留五郎の声が低く云った。すては動顚《どうてん》して動悸が早鐘のように搏《う》った。

「声を出すんじゃねえ。常右衛門はぐっすりと寝ていらアな」

留五郎はおし殺した声でつづけた。

「おすてさん、おれの気持はおめえに分ってるはずだ。とうからおれはおめえに思いを寄せている。これまでおめえの家に無理をして泊り込んだのも、なんとかおめえを奪《と》りたいからだった。それがいざとなると出来ねえままに今までずっと来た。今夜だけは……いや、夜が明けたから今日のことになるが、まだ外は暗え。常右衛門もあの様子じゃ当分眼を醒ます段じゃねえな」

すては叫ぼうとしたが、口も鼻も塞がれているので呼吸《いき》をすることすら苦しかった。

「おれはどうしてもおめえを常右衛門から奪るぜ。……おめえの心持次第では今夜だけでもいいのだ。なに、あとは口を拭《ぬぐ》っておけば金輪際《こんりんざい》、常右衛門には分りっこねえ」

留五郎はそう囁《ささや》きながら、掛蒲団の上からすてを押えこんだまま足の先を蒲団の中に入れた。酒臭い息は次第に荒く忙《せわ》しくなっていた。

すてが身体を動かそうとすると、かえって留五郎に侵入の隙を与えるような恰好《かっこう》になる。彼の毛むくじゃらな硬い脚はもうすての両足の間に割込みつつあった。

「おすてさん、おれはおめえが好きだ。後生だから、おれの云うことを聞いてくれ」

留五郎はすての口を押えた手を外して、いきなり両手をすての首に回し、自分の顔に押しつけようとした。

べっとりとした粘い唾がすての頬に流れた。同時に留五郎の身体が大きく揺れてすての寝巻の上にはい上ろうとした。そこに隙ができた。

「あんたっ」

と、すては叫んだ。

「おっと、いけねえ」

留五郎がその口を封じるようにあわてて手を戻したが、すては首を激しく動かして叫んだ。

「あんたっ、あんたっ」

隣の鼾が止んだ。

「えい、この女《あま》」

留五郎の太い手は女の頰を平手打ちにした。彼女は眼が眩《くら》んだ。その瞬間、留五郎の手は女の懐ろの中にすべり込んだ。すての背中から脳髄《のうずい》まで麻痺《まひ》に似た戦慄《せんりつ》が走った。常右衛門の鼾は止んだが、すぐに起きて来そうになかった。留五郎もその様子を窺《うかが》うように、すてを押えつけたまま石のようにじっとしている。常右衛門はまた睡りに陥《おち》たのかもしれなかった。

すては、もう駄目だという気がした。叫ぼうにも声が出ないくらいに唇が痺《しび》れている。留五郎の手が懐ろの中で皮膚を揉みはじめた。

すての憶えているのは、頰に当る留五郎の針のような頰髯と、脚の上に匍《は》い上ってくる針金のような逞しい脚だった。右手で留五郎に上から押えられ、左手は折られたまま潰れるくらいに握られている。すては奈落に落ちてゆくような絶望感をおぼえたが、それでもさっきの殴打で麻痺した口からようやく必死に、

「あんた」

と呟くような声が出た。

そのとき、隣から眼の醒めた声が飛んで来た。

「おすて、どうした？」

すては口が利けるようになったので、

「あんた、来てっ」

と、今度ははっきりと叫んだ。

自分の上にのしかかった重量が急に取れたのはそのときである。留五郎はぱっと蒲団の横から跳び起きた。と同時に襖《ふすま》があいて常右衛門の立姿がのぞいた。すてが掛蒲団を身体に巻きつけて俯伏《うつぶ》せにかがみこんだのも同時の動作だった。

四

留五郎がすてを手籠《てごめ》にする現場を亭主の常右衛門に押えられて、その場の成行がどうなったかはよく分らない。とにかく、あまり大した騒動にならなかったことは確かだ。

この場合、亭主の立場はかえって微妙である。普通なら、自分の女房に怪《け》しからぬ振舞に及ぼうとしたのだから、相手の男を叱るだけではなく、叩きのめしても構わないわけだ。しかし、それでは夜中の大騒動になって近所に噂がひろまってゆく。あまり外聞のいいことではない。しかも、対手《あいて》がしげしげと出入りする友だちだから、よけいに具合が悪い。

留五郎は、それきり四、五日大黒屋に姿を見せなかった。さすがにもう来られた義理ではあるまい、と思っていたところ宵に入ってから留五郎が赧《あか》い顔を店さきに出した。

「おい、おかみさんは居るかえ？」

留五郎が熟柿臭い息を吐いて女中のおくまに訊いた。

おくまもこの前から、主人夫婦の素振りで大体の様子は察していた。

「おかみさんは、ちょっと出かけていますよ」

彼女は無愛想に云った。

「なに、居ねえと？　どこへ行った？」

「品川の親戚が病気ということなので、品川に行ったかも分りませんよ」

「なに、品川だと？　何を云やアがる。品川に行くなら一晩泊りだ。そんな大そうなよそ行きをおめえが知らねえはずはねえ。大方、奥で常右衛門といちゃついているにちげえねえ。おかみさんに留さんが来たと云ってくれ」

「おや、大そうなことをお云いだねえ。その留五郎さんにおかみさんは会いたくないと云ってるよ」

「今は会いたくねえかもしれねえが、そのうち、この留さんに会いたくて仕様がねえようにしてやるのだ。おれの女扱いは、自慢じゃねえが、そこいらの男とはちっとばかり違うのだ。常右衛門などはおいらの足もとにも及ぶめえ。一度功徳《くどく》を施したら、女のほうから夢中で追回してくるようになるのは請合《うけあ》いだ」

「大そうな御自慢だが、そんな相手なら、洲崎《すさき》の白首か、柳原の夜鷹《よたか》でも相手にしたほうが、おまえに身上りしてくれるよ」

「こいつ、女中のくせに減らず口をたたく奴だ。その商売女にはとっくに修行を積んで、もう飽き飽きしたところだ。次は素人《しろうと》の女だ」

「おまえも因業《いんごう》な人だねえ。なにも他人《ひと》の女房に眼をつけることはあるまいにね」

「そこがこっちのお好みになったのだ。おう、おくまさん、ここでおめえとやり合っていては時刻《とき》が経つばかりだ。おかみさんへの忠義立てもいいが、どうだ、素直に行先を教えてくれねえか。案外、あとでおめえがおかみさんに礼を云われるかしれねえぜ」

「わたしはほんとに知りませんよ」

「畜生、どこまでも隠し立てをする気だな。よし、こうなった上からは常右衛門に掛合いだ」

「まあ、呆《あき》れた人だねえ。こそこそと旦那《だんな》の眼に隠れて探すならともかく、その旦那に掛合うというのだから、おまえも太い料簡だね」

「なんでもいい。常右衛門を出してくれ」

「旦那は、どこかの無尽講に行ってるんだからね、この次にしておくれよ」

「本当に居ねえんだな？」

「何度云っても同じことだよ」

「よし。じゃ、この次におかみさんか常右衛門の居るときにちゃんとやって来るから、そう云っておいてくれ」

留五郎は肩を怒らして出て行った。あとを見送ったおくまが奥へ走り込んで行くと、狭い部屋に坐っている常右衛門に今の次第を報告した。

「ねえ、旦那、呆れるじゃありませんか。あんなげじげじ野郎は何とかなりませんかね？」

「困った奴だ」と、常右衛門も嘆息した。

「あいつは酒癖が悪い上に滅法力が強い。悪くして怪我《けが》でもさせられてはつまらないのですを隠したが、それでも諦めないのかな」

「諦める段じゃありません。これからもたびたび、おかみさんの行方《ゆくえ》を教えろと押しかけて来るに違いありません」

「困ったことだ」

常右衛門はただ腕組みをして嘆息している。

「旦那、いっそお上《かみ》に訴えて留五郎を縛ってもらうわけにはいきますまいかね？」

「そいつはわたしも考えないでもないが、そういう訳にもゆくまい……。それに、口先ばかりのおどしではお上でも留五郎を縛ることはできまいしな。これが刃物を振り回したとかいうのなら訴えることもできるが」

「困ったことでございますねえ」

おくまも常右衛門の気持が分らないではなかった。彼の貧弱な体格では留五郎にとてもかなうはずはない。留五郎は乱暴者だから、嚇《かっ》となると何をするか分らないのだ。常右衛門はそれを怖れている。意気地《いくじ》がないと云えばそれまでだが、力の相違はどうしようもなく、ただ困惑するばかりである。

「旦那、一体、おかみさんをどこに隠されたのでございますかえ？」

おくまは訊いた。

「あれか。実は金杉のほうに知り合いがあってな、しばらくそこに身を隠しているように云ってある」

「ほんとにおかみさんも災難ですねえ。なんとかならないものですかね？」

おくまが云ったように、その二日後にも留五郎は酒気を帯びてやって来た。仕方なく常右衛門も応対したが、留五郎は懐ろから匕首《あいくち》などをのぞかせた。

「やい、常右衛門、この前はとんだ恥を掻かせてくれたな」

留五郎は、すてとの現場を押えられた恨《うら》みを云った。彼は髭面の中に濁った眼を据えていた。

常右衛門がおとなしく宥めようとすると、

「いやだ、いやだ、おれはどうでもおめえの女房が欲しいのだ。す、すでに精いっぱいに惚れてるのはおれのほうだ。やい、常右衛門、女房をどこにやった？　正直に行先を云え」

「すては病気保養のためにしばらく品川の親戚にやってある」

「病気保養だと？　また器用にあの翌《あく》る日から病気になったものだな。おまえの心の底は分っている。おれに女房を奪られるのが厭《いや》でよそに隠したのだろう。品川の親戚というのはどこだ？」

「留さん、おめえが訪《たず》ねて行ったのでは向うが迷惑する」

「こうなったら、迷惑も何もねえ。さあ、素直に行先を云え。云わねえとおれにも覚悟があるぜ。せっかく一旦は押えた女だ。おれはあれ以来、無性におめえの女房が欲しくなってきたのだ。まさか小網町じゃあるめえな？」

「え？」

「ははは。こいつは禁句だった。本郷は八百屋お七だからこっちも違うなア」

留五郎は謎のようなことを云った。常右衛門の顔色が少し変っていた。

「まあさ、留さん、そんな大きな声をするでないよ。近所にみっともないからね」

「また婆アが出て来やがったな。近所に聞えようが、こちとらの知ったことじゃねえ。おめえは何にも知らねえんだから、引っ込んでろ」

「おまえも因業な人だねえ。この前からたびたびこちらに厄介になっていながら、恩を仇で返すとはひどい人だねえ」

「えい、つべこべぬかすな。さあ、常右衛門、ここではっきりと打明けろ」

留五郎は、今にも常右衛門に躍りかかりそうな勢いだったが、おくまが間に入って、なんとか宥めすかしてその場は彼を帰した。

しかし、それからも留五郎は三日にあげずやってくる。常右衛門は怕《こわ》がって相変らず留五郎を避けていた。その何回目かの留五郎の押しかけた午下《ひるさが》りに、惣兵衛の手先の幸八が彼を見かけたのであった。

五

　幸八は荒れた留五郎を目撃してから、どういうものか、彼が気になって仕方がなかった。親分の惣兵衛に笑われたが、それでも幸八は諦めることができなかった。彼はこの前留五郎と出遇った飲み屋にも顔を度々出した。銚子を一本頼んで、

「留さん、来てるかえ？」

　と訊くと、いつもすれ違いになっている。

　幸八は残念に思ったが、飲み屋に足を運ぶ一方、大黒屋のほうにも聞き込みを怠《おこた》らなかった。

「そう云えば、おかみさんはこのごろ見えませんね」と、近所では云っていた。

「旦那の常右衛門さんはどんな人ですかえ？」

「おとなしい人です。なかなか信心も深うございますよ」

「信心というと、神様へでも詣《まい》っていますかえ？」

「いいえ、寺詣りです。どこだか知りませんが、本郷のほうの寺に十日に一度ぐらいは詣っているようですよ」

「なるほど、そいつは信心者だ。ところで、あそこにはちょいちょい大きな男が訪ねて来ませんかえ？」

「その人ならよく見かけます。常右衛門さんの知り合いとかで、この前まで泊って帰ったりなどしていましたよ。けど、近ごろは、何だか知りませんが、少しごたごたしているようですね」

近所のおかみさんは、さすがにそこまでしか云わなかったが、どうやら、留五郎の嚇《おど》しはうすうすは察しているようであった。

「大黒屋の商売は繁昌していますかえ？」

幸八は別な質問に移った。

「そうですね、それほどぱっとはしていませんが、地道にやっているんじゃないでしょうか」

近所の口だから、どうしても当らず障《さわ》らずになる。してみると、商売は細々というところらしい。

大黒屋は、この町内に五年ぐらい前から引越して来ている。だからまだ取引もそれほどひろがらないのだろうと、幸八は察した。亭主の常右衛門はなかなかの人柄らしい。月に三度は寺詣りをするというのだから、その人柄のほどが分る。そうなると、彼をおどしにゆく留五郎がいよいよ芝居に出てくる赤面《あかつら》に思えてきた。

その晩、幸八がいつもの飲み屋に行くと、今夜は留五郎の姿が片隅に見えた。しめたと思ったが、すぐには声をかけずに、片方に身を寄せて銚子を取った。留五郎はだいぶん下地が入っているらしく、亭主と機嫌よくしゃべっていた。幸八は、この家に自分が留五郎を捜していることを口止めしてある。

幸八が入って来たのに気がつかない留五郎は、一しきりしゃべり終ると、懐ろから紐《ひも》の付いた財布《さいふ》を出して勘定《かんじょう》を払い出した。

すると横に居た客がふいと留五郎に声をかけた。

「ちょいと、兄哥《あにい》」

呼び止められて留五郎は、じろりとその客を見た。彼は三十四、五ぐらいで、鳶《とび》職《しょく》らしかった。

「なんだ、おれのことか？」

「すまねえ。呼び止めたのはほかでもねえが、おまえさん、ひょっとすると、加賀の人じゃねえかね？」

「なんだと」留五郎は眼をむいた。「おらア、そんなもんじゃねえ。第一、おれが加賀だろうが、薩摩《さつま》だろうが、余計なお世話だ。やい、てめえのほうから名乗りもしねえで何をぬかしゃアがる」

「まあ、兄哥」

と、対手が酔っていると思ったか、鳶は頭を下げた。

「気を悪くしたら勘弁してくれ。いや、実は、おれは加賀の大聖寺《だいしょうじ》在の生れでね、若いときから江戸に飛び出して来たものだから、おめえのように加賀訛《なまり》を聞くと、つい、懐しくなったのだ」

「えい、また吐《ぬ》かしゃアがる。おれを加賀の者だと勝手に決めやがって太え野郎だ」

「いけねえ。こいつは謝りだ」

と、鳶が首をすくめた。留五郎は、機嫌を悪くしたように外に出た。

思わぬ飛入りで、始終を見ていた幸八は、ついと、その鳶の横に身体を寄せた。

留五郎の行先は大体見当がついているので、彼はここに少し残ることにしたのである。

「すまねえ。おれはこういう者だ」

幸八が鳶の耳もとにささやくと、鳶の態度は変わった。

「おめえ、今の人を加賀訛だと云ったが、そうかえ？」

「へえ、今の人は江戸弁を使ってはおりますが、訛にははっきりと加賀のものが入っております。わたしは加賀生れですから、それがよく分ります」

そう云われてみると、幸八も留五郎の言葉の調子にどこか京訛のようなやさしさがあるのに気づいた。

「どうして、わたしが加賀の人だろうと云ったら、あの人は怒ったのでしょうね？」

「そりゃ、おめえ、当人は江戸っ子のつもりにしているんだろうよ。そいつをおめえに田舎者扱いされたので、ぷりぷりしたのさ」

幸八が勘定をして外に出ると、もちろん、留五郎の姿は見えなかった。見当のついている大黒屋まで行くと、表の戸は閉まり、潜り戸だけが開いて、腰障子が見えていた。耳を澄ましたが、内からは何の声も聞えない。幸八は案に相違したが、この際だと思い、思い切って戸を叩いた。

「誰ですかえ？」

その声はおくまであった。

「すまねえ。ちょいと買物に来たんだ。閉まってるところを悪いが、小豆《あずき》を二合ほど売って貰いてえ」

下駄の音が近づいて腰障子があいた。果してそれは女中のおくまだった。

「すまねえ。初午《はつうま》が近えので、ちょっとばかり小豆を炊《た》こうと思ってね」

おくまは商売物の小豆を一合桝《いちごうます》で掬《すく》い、

「おまえさん、何か入れものを持って来ただろうね？」

と云った。

「ここに風呂敷《ふろしき》があるから、これに移しておくんなさい」

幸八は、いつも懐ろに用意している汚い風呂敷をひろげた。その拍子におくまは幸八の顔を見咎《みとが》めた。

「おや、おまえさん、こないだ、留五郎さんのことで聞きに来た人だね？」

「うむ、おめえさんももの憶えがいいな。留とはちょっとした知り合いだが、なに、それほど深え関り合いがあるわけじゃねえ」

幸八は、ついでだと思い、

「留といえば、近ごろはよくここに来ますかえ？」

と訊いた。

「いいえ、そんなには来ませんよ」

「今夜もそこの飲み屋の前を通りかかるとき留の声をちらりと聞いたが、こっちに回って来ませんでしたかえ？」

「いいえ、来ませんよ」

おくまは留五郎のことを聞かれるのをあまり喜ばないらしく、小豆を風呂敷の上に移すと、さっさとそれを包んで結んだ。

「おまえさんがいつも商売してるようだが、ここの家にはおかみさんが居ねえのかえ？」

「おかみさんは親戚の家に行っています」

「ご亭主はどうだえ？」

「主人も居ませんよ」

何を訊いても居ない居ないであった。幸八は話の接ぎ穂を失って表へ出たが、おくまに背中を睨まれているような気がした。しばらく歩くと、うしろで潜り戸が強く閉まる音を聞いた。

六

その年の初午は二月の四日であった。

横山町で小さな古着屋を出している手先の幸八は、朝の四ツ（十時）に松枝町の親分惣兵衛から使いを貰った。幸八は、古着の商《あきない》を女房にやらせているが、この頃の岡っ引の手先になる者は、たいてい内職をしていた。いや、本職が商売で、内職が御用聞きということになろう。親分から貰う手当は僅《わず》かなものだったが、お上の御用を聞いているというので顔が利いたのである。

「親分、なんですかえ？」

長火鉢の前にいる惣兵衛は幸八を待っていた。

「何かじゃねえ。初午の揚げものを食べさせるためおめえを呼んだんじゃねえ。乞食橋の空地《あきち》に男の殺された死骸《しがい》が出て来たのを知っているか？」

「こいつはいけねえ。謝りです。早速、現場に行ってみましょう」

「おめえが行かなくても、おれは今そこから帰《けえ》ったばかりだ。八丁堀の旦那がたも一刻《いっとき》前に出役《しゅつやく》なすってお引揚げになったところだ。おめえが一番ぼやぼやしている」

「ますますいけねえ。勘弁しておくんなさい。権太《ごんた》も、熊五郎《くまごろう》も面を出しましたかえ？」

幸八は、ほかの同僚のことを訊いた。

「うむ、それぞれ当らせているが、こいつは、おめえでねえとちっとばかり務まらねえところがあるのだ」

「なんですって?」

「殺された男は、いつぞやおめえが物好きにおれに吹聴《ふいちょう》していた留五郎だ」

幸八はびっくりした。

「あの留の野郎が殺されましたか?」

乞食橋の西岸は草地になっている。この乞食橋というのは、常盤橋門《ときわばしもん》から神田橋門に向かう濠端《ほりばた》から東に入った濠堀《ほり》に架かっている。ここには橋が九つ架かっていて、西側から龍閑橋、乞食橋、中ノ橋、今川橋というふうになっている。どういうわけで乞食橋というのか分らないが、とにかく、その橋と中ノ橋との間の空地に、今朝の五ツ(八時)ごろ通行人が男の惨殺死体を発見した。自身番から連絡を受けて惣兵衛が現場に赴《おもむ》き検視している間に、当番の八丁堀同心もやって来た。

殺されたのは大きな男で、顔に四ヵ所、手、肩、背中、腹といった具合に数ヵ所の傷痕《きずあと》がある。顔は一方の目玉が飛び出して鼻の脇に流れ出そうなくらいふた目と見られぬ深手だった。よほど残忍な下手人にかかったのであろう。

その傷は刀やドスなどによるものではなかった。切傷や刺傷が一つもない。傷の恰好《かっこう》は緩《ゆる》く彎曲《わんきょく》していた。そのかたちからみて、惣兵衛は鍬《くわ》の先でめった打ちにされたのだろうと鑑定《かんてい》した。この推定には立会いの同心も異存がなかった。

「これが田舎のことなら鋤鍬《すき》で殴るということもあるが、町なかにしては珍しい」

「留五郎は、そこの空地で殺されたんですか？」

殺されたのはそこではなかった。血痕《けっこん》などが枯れた草に一つも散っていない。また草もそれほど乱れていなかった。現に前の日そこを通った者が死骸を見ていない。殺された現場はよそで、昨夜のうちにそこに運んだものと思えた。それを証明するように、草地の端には大八車らしい轍《わだち》の跡がついていた。

「へえ、おどろきましたね。で、親分、留五郎はいつごろ殺されたのでしょうか？」

それは惣兵衛が仔細に検視している。死人の臑《すね》には、まだ据えたあとの生々しい灸点《きゅうてん》があった。

「灸ですって？　分った。そいじゃ一昨日《おととい》ですね」

幸八が叫んだのは、二月二日には昔から二日灸といって男女が灸点を行なう風習があるからだ。これは八月にもあるが、二日灸は二月のものが最も知られていた。

「身上りも二月二日はおのがため」の古川柳がある。

「おれもそう睨んだ。だから、灸点を下ろした所に行けば、案外、手がかりが掴めるかもしれねえと、いま、熊と権太とを走らせている。灸点は素人《しろうと》じゃできねえときもあるからな」

「そいつは死んだ留五郎もいいものを残しました。で、そいつが留五郎だとはどうして分りました？」

「検視をしているうちに見物人の中から、そいつは馬道の裏店に居る留五郎だ、と教えてくれる人が出てな。その人は、恰度《ちょうど》、そこに通り合わせたという次第だ」

幸八の頭にまっ先に泛《うか》んだのは、もちろん大黒屋常右衛門だった。この前から留五郎は酔ってはたびたび夜大黒屋に押しかけて行っている。常右衛門は留守だと云って彼を避けている。常右衛門の女房も姿を消している。こう三つ揃えると、大黒屋夫婦と留五郎との関係、ひいては下手人の線もおぼろに浮かび上ってくるようだった。

「よろしゅうございます。親分、この前《めえ》も話したように、その留という野郎は、大黒屋とだいぶん因縁《いんねん》がある奴です」

「うむ、おめえがそう云って来たときはおれも笑っていたが、こうなると、おめえの物好きも笑ってばかりいられねえ。まあ、ひとつ働いてくれ」

「分りました」

「やっぱり大黒屋かえ？」

「さし当り、あそこから手をつけたほうがまっとうでしょう。留五郎が殺されたとなると、わっちもいつまでも化けてはいられませんから、身分を明かして、場合によっては番屋にしょっ曳いて来ます」

「まあ、あせることはないが、何とか目鼻をつけてこい」

「合点《がってん》です」

幸八は、その言葉通り大黒屋の表口から入った。

「おう、おくまさん、ご亭主は居るかえ？」

おくまは店の上り口の火鉢に齧《かじ》りついて煙管《きせる》をくわえ、入ってきた幸八をじろりと見た。

「おまえさん、この前来た人だね。今日は初午だが、この前の小豆では足りないのかえ？」

「おくまさん、留五郎は殺されたぜ」

「えっ」

おくまはどきっとして、持っていた煙管を落した。びっくりしたあまり、ぼんやりとした表情になっている。この驚きは正直だと幸八はうけとった。

「おれは神田松枝町の惣兵衛親分のところに出入りしている幸八という者だ。常右衛門さんが居たら、ちょいとここに呼んでくれ」

「はい、はい」

おくまも幸八の正体を知って態度ががらりと変った。

替って四十二、三の痩せぎすの男が前垂《まえだれ》を掛けて出て来た。幸八には初めて見る顔だった。

「おめえが常右衛門さんかえ？」

「はい、左様でございます」

常右衛門は律義《りちぎ》に頭を下げた。

「おれはいま名乗った通りの男だ。見知っておいてくんねえ。今日、まともに名乗って来たのはほかじゃねえ、おめえのところに出入りしていた留五郎が、今朝、乞食橋の空地で殺されていたんだ」

「いま、おくまからそう聞かされて愕《おどろ》いているところでございます」

常右衛門は、おくまから聞かされたためか、案外落着いていた。

「それについては、おれたちの役目として下手人の詮議《せんぎ》をしなきゃならねえ。おめえのところに留五郎が来ていたのは、どういう間柄かえ？」

「はい、留は武州の秩父生れで、わたしとは在方が同じでございますところから、江戸に出てからもちょいちょい遊びに来ておりました」

「ふむ、その遊びに来ている留五郎がなんでおめえをおどすのだ？　いや、おめえは何でおかみさんをよそに逃がすんだ？」

「…………」

「その辺のところは、おれのほうでもうすうすは見当がついている。詳しい次第を聞こうじゃねえか」

常右衛門ははっとしたように俯向《うつむ》いたが、決心したように顔をあげた。

「実は、親方の前でお恥しい話ですが、留五郎はここに遊びに来ているうちに、わたしの女房に横恋慕したのでございます」

常右衛門が面映《おもは》ゆそうに語ったのは、大体、幸八の想像した内容だった。ずっと前の晩に、泊り込んだ留五郎が夜中に女房すてのところに忍び寄り、手籠《てごめ》にしようとしたことがある。それ以来、女房は金杉の知り合いへ避難させているということだった。

「そいつは話が逆さまだ。女房を狙われてるおめえが留五郎を懲《こら》すなら話は分るが、おめえのほうから留を怖れるようじゃあべこべだな。何でおめえは留をそんなに怕がるのかえ？」

「ごもっともでございます。意気地のない話ですが、留五郎は酒を飲むと手のつけられない乱暴者で、何をするか分りません。もし、あいつが女房に執心の余り逆上すると、わたしが殺されはしないかと、その恐ろしさが始終つきまとって、つい、女房を逃がすような次第になったのでございます。いいえ、わたしがもう少し力が強ければ、留五郎と対抗するところでございますが、何ぶん、あいつは秩父に居るときから力が強く、村の者も手に余っておりました」

「そうか、おめえの在所はどこかえ？」

「はい、武州秩父郡横瀬村でございます」

常右衛門は淀《よど》みなく答えた。幸八は留五郎の加賀訛が胸にあったが、それは口に出さなかった。常右衛門の言葉には、その訛が聞きとれなかった。

七

ここで当然の順序として幸八は、常右衛門が昨日、つまり二月三日と、その前の二日の日にどこに居たかを訊いた。それに対して常右衛門は、これもはっきりと答えた。二日の日は一日店で商売をしていた。それは近所の人に訊いてもらえば分る。その晩は小網町の炭屋の隠居《いんきょ》のところに行き、碁を打って遅くなり、泊めてもらった。昨日は朝早く店に戻って、やはり一日じゅう商売をした。昨夜は近所の頼母子《たのもし》講《こう》に顔を出し、あとで酒となり、酔って人に送られ、四ツ（十時）に店に戻った。それからはぐっすり寝て今朝起きたのだが、昨夜の酔のせいか、まだ頭がぼんやりしていると云った。

「それに間違いねえな？」

幸八は念を押した。

「はい、偽《いつわ》りを申しても、お調べになればすぐに分ります」

常右衛門は、小網町の炭屋の名前も教えた。それは嘘ではなさそうである。

「ところで、おめえ、留五郎が殺されたと聞いて、どう思うかえ？」

「はい、どう思うかとおっしゃっても……」

常右衛門は、さすがに云いにくそうにした。

「仏には悪いが、おめえもこれで厄払《やくばら》いができて安心なわけだ。おれもとんだ野郎に見込まれたおめえは気の毒だと思っている」

「はあ」

相手が死んだので、常右衛門もあまり留五郎の悪口を云いかねていた。

「おっと、おめえのところは穀物の商売だな？」

「はい」

「そいじゃ、さぞかし百姓衆の客もあるだろう？」

幸八がそう云ったのは、留五郎の傷が鍬で打ちおろされたものだと惣兵衛から聞いたからである。

「いいえ、この町なかではお百姓衆は全然参られません。みんな町家ばかりでございます」

「そうかえ。つかぬことを訊くが、おめえのところでは穀物のほかに百姓道具は売ってねえんだな？　たとえば、鋤、鍬といったものはどうだえ？」

「いいえ、ご覧の通り穀物だけでございます。そんなものは扱っておりません」

常右衛門ははっきりと云った。

「そうかえ。ところで、おめえはだいぶん信心深えそうだが、寺詣りはどちらかえ？」

「はい、本郷の浄験寺《じょうけんじ》でございます」

「浄土宗《じょうどしゅう》だな。おめえのところは代々浄土かえ？」

「はい、先祖代々、そうでございます」

「まあ、用事があれば、また来る。……おう、そこののれんの陰からのぞいているおくまさん、留五郎はもう居ねえのだ。いくら追っかけようにも冥土《めいど》からじゃ仕様がねえ。安心するがいいぜ」

それから、幸八は、まず、近所を歩いて常右衛門の中立ての裏づけを取り、今度は小網町にある炭屋を訪問し、隠居に会って同じく裏づけを取った。小網町の炭屋は以前から商売していて悪事をかばいだてしているとは思えない。隠居もたしかに常右衛門の云う通りだと語ったが、それも口裏を合わせているとは思えなかった。隠居には跡取り息子とその下の弟とがいるが、息子は白山《はくさん》の信仰者《しんこうしゃ》だと近所では云った。

幸八は、ついでに本郷まで足を伸ばそうと思ったが、それではあまり遅くなるので、中間報告のつもりでいったん松枝町の惣兵衛のところに戻った。

「そうか。……いま、熊と権太が帰ったが、二月二日の灸点には、馬道あたりで留五郎に灸を下ろしたところはねえそうだ。留は夕方まで裏店《うらだな》にぐずぐずして居たが、それから出て行ったきりだそうだ」

惣兵衛は、子分二人の報《し》らせをまとめて云った。

「じゃ、留の野郎は近所で灸を据《す》えなかったとみえますね。夕方から出かけたんじゃ、それからどこかで灸点を下ろしてもらったわけですね」

「夕方から灸を下ろすような所なら、よっぽど留と親しい所にちげえねえ。幸八、だんだん狭《せば》まって来たようだな。……それから、こいつは熊が馬道から聞き込んで来たのだが、留の野郎は、あんな大きな図体をしていて、案外、手先が器用だったそうだな」

「へえ、そりゃどういうことです？」

「近所から頼まれると、ちょっとした鍋釜《なべかま》の修繕ぐれえは出来たそうだ。それで野郎は案外近所には評判がいいそうだよ」

「そうですかね。だけど、そいつは百姓の鍬とは結びつきませんね？」

「うむ。それでおれも困っている。なあ、幸八、下手人は一人じゃねえ。あれほど滅多打ちにされたのだから、二人以上はかかっていると思う。どこから死骸を運んだかしれねえが、大八車などを引いているところから、一人の仕業《しわざ》じゃねえな」

「そうですね」

「おい、ちょっとこれを見てくれ」

惣兵衛は、長火鉢の抽斗《ひきだし》から紙に包んだものを出した。それは長さ一分《いちぶ》ぐらいの、幅はその半分ぐらいの、茶褐色の小さなものだった。

「留五郎の死体の踵《かかと》についていたものだ。何だか分るか？」

幸八は、その膜のようなものを見ていたが、

「親分、これは漆《うるし》ですね」

「うむ、漆だ。留はどうしてこんなものを踵にくっ付けていたんだろう？」

「どこか塗物屋《ぬりものや》にでも行っていたんじゃないでしょうかね。あいつは加賀訛を使っていたというから、ひょっとすると、能登の輪島あたりの塗物屋に知り合いがあって、江戸にその出店でもあるんじゃねえでしょうか」

「奴は秩父生れじゃねえのか？」

「大黒屋の常右衛門は秩父生れで同郷だと云っていましたが、この前《めえ》、飲み屋で一緒になった男は留五郎の話しぶりを聞いて、たしかに加賀訛だと云っておりました。留の奴はそう云われるのを嫌っていたようですから、こいつア曰《いわ》くがありそうですね」

「秩父のどこの生れだと云っていた？」

「常右衛門から聞いて、ここに書き取っています。もし出来たら、郡代屋敷あたり

に聞き合わせてもらえませんかね」

「よし、そいじゃ、おれがあとで頼みに行ってみる。おめえはこれからどうする？」

「今も云ったように、常右衛門の昨日、一昨日行った先がはっきりしているので手がつけられません。そこで、奴が信心詣りをしていた本郷の浄験寺に行き、常右衛門の人物をちょいと確かめてみようと思ってます」

幸八が惣兵衛の家の格子戸《こうしど》の外に出ると、あたりがうす暗くなっていた。見上げると、鉛色の雲が凍ったように空に厚くなっていた。昌平橋を渡って湯島の坂にかかるころから、果して白いものがちらちらと降ってきた。

湯島天神前から加賀家の長い塀《へい》に沿って行くと、菊坂のあたりに出る。この辺は寺が多いが、その中の浄験寺は細い路の奥にあった。

ここまで来ると、雪は激しく降ってきた。手拭いで頬かぶりをした幸八は、浄験寺の門の屋根下に佇《たたず》んだ。

こういう際だから、だれ一人として前を通りかかる者がいない。幸八は、どういう手順で寺に訊き合わせたものかと思案していると、向うから傘《かさ》を傾けて十五、六ぐらいの小坊主がやって来た。その小坊主は、幸八の見ている前で傘をすぼめ、門の中に入りかけた。彼は雪を避けている幸八にちょっと眼をくれた。

「もし、お小僧さん」と幸八は声をかけた。「和尚《おしよう》さんは居なさるかえ？」

「おまえさんは誰ですか？」

と、小坊主はませた口を利いた。眼のくるりとした利発そうな顔をしている。

「わたしは、この前郷里《くに》で死んだおふくろの分骨をこちらに納めたいと思ってね、それが出来るかどうか伺いに来たんですよ」

「そうですか。和尚さんはおられると思いますから、わたしが訊いてあげます。まあ、お入り下さい」

と、小坊主は中に案内した。

狭い境内《けいだい》には、巨きな銀杏《いちよう》の樹が裸の梢《こずえ》を箒《ほうき》のように空に立てていた。それにも白い雪が花のように溜っていた。

小坊主は庫裡《くり》から入って、幸八を待たしていたが、

「どうぞこちらへおいで下さい」

と、戻ってきて告げた。

幸八は頬かぶりを取り、中に入った。だだっ広い庫裡の土間に下駄《げた》を脱ぐと、小坊主が雑巾《ぞうきん》を持って来てくれた。それで足を拭い、暗い玄関の間を過ぎて狭い部屋

に通された。そこには樹の株を抉《く》り抜いた火鉢が熱い火を入れていた。

同じ小坊主が番茶を出したあと、襖《ふすま》があいて五十六、七の和尚が出てきた。幸八は坐り直した。

「わたしは日本橋のほうに居る多助という者ですが、今度、国元から兄貴がおふくろの分骨を持って来ましたので、こちらさまに供養《くよう》して戴《いただ》き、永代にとむらって戴きたいのですが、いかがなものでございましょうか？」

幸八は、実直な商人の口の利き方をした。

「それは、まあ、ご奇特なことです。やはりあなたは浄土でございますか？」

和尚は卵のような細面《ほそおもて》で上品な顔つきをしている。

「はい、なにしろ、真宗は多うございますが、浄土宗のお寺は少のうございますので、ようやくこちらさまを尋ね当てたのでございます」

「どちらでわたしの寺のことをお聞きになりましたか？」

「ちょいと知り合いがおりまして、それがこちらの檀徒《だんと》を知っているそうで」

「ほう、誰でしょうか？」

「日本橋堀江町の大黒屋さんです」

「ああ、常右衛門さんですか」和尚は上品な顔をうなずかせた。「あの人はなかなかの信心者です。この寺にもよくお詣りに見えています」

和尚は常右衛門をほめた。幸八は、こちらからあまり訊き出すと妙に疑われそうなので、なおも遠回しに和尚の口から誘い出した。和尚は決して常右衛門を悪く云わなかった。

いくらかのお布施《ふせ》を紙に包んで置き、いずれ改めて参ります、と云って幸八は寺を出た。雪はかなり小止みになっていたが、さっきの小坊主が門前まで傘をさしかけてついて来てくれた。

「和尚さんはいい人だね」と、幸八は云った。「何というお名前だ?」

「雲岳《うんがく》さんといいます」

「この寺には、和尚さんのほかに納所《なつしょ》の坊さんは居るかね?」

「はい。納所は泰雲《たいうん》さんです。わたしは芳雲《ほううん》といいます。三人だけです」

と、小僧は答えた。

八

留五郎を殺した下手人は分らなかった。彼は鍬のようなもので殴り殺されたのだろうという推定はついたが、その現場は見当がつかなかった。また、乞食橋の空地に死骸を運んだのは荷車であろうとも想像がついたが、それにも手がかりがなかった。下手人は、少なくとも二人以上の複数である。しかし、これにも探索の有力な糸口は発見されなかった。また、惣兵衛が留五郎の足の踵から取った漆からも何の手づるも求められなかった。惣兵衛の子分二人は漆器屋《しっきや》を捜し回ったが徒労であった。

その後、幸八が大黒屋の前をそれとなく往復してみると、店先に女房のおすての働く姿が見えた。なるほど、留五郎が執心しただけに年増ながら器量がいい。留五郎のような男に魅込まれたのが因果だが、彼が死んで、女房も安心してわが家に戻ったのであろう。常右衛門も、厄払いができて喜んでいるに違いなかった。

しかし、それだからといって直ちに常右衛門を怪しむわけにはいかなかった。第一、二日の日は常右衛門にはちゃんとした無罪の証跡がある。彼は、その晩、小網町の炭屋の隠居のところに行って碁を打ち、泊っている。三日の晩も近所の頼母子講に行き、家に戻っている。留五郎が殺されたのを二日の晩と推定する限り、常右衛門には嫌疑がかけられなかった。

犯行は、下手人が一人よりも複数の場合が暴《ば》れやすい。それだけ犯人の手がかりが多くなるからである。また、仲間割れの場合もあるのだ。

だが、この犯罪には動機らしいものがなかった。留五郎を殺して得になるのはただ常右衛門夫婦だけである。そのほかに彼を殺して利益のありそうなものは考えられなかった。留五郎は金を持たず、ただふらふらと酒を飲んで歩いているだけの男だったのだ。

岡っ引の惣兵衛は、常右衛門の身辺から眼を放さなかった。彼は子分たちに命じて大黒屋の見張りを怠らなかった。しかし、怪しい者は一人として彼の家に出入りしていなかった。姿が見えるのは、商売物を買いにくる客か、問屋の丁稚《でっち》ぐらいなものだった。

常右衛門が外出するといえば、ときたま小網町の炭屋に碁を打ちに行くか、寺詣りするだけであった。

「やっぱりおめえの云う通りだった」

と、惣兵衛は幸八を呼んで云った。

「先ほど、郡代屋敷に顔を出したら、この前問い合わせた留五郎と常右衛門のことで返事を貰った。郡代屋敷では向うの代官所に訊き合わせて調べてもらったそうだが、常右衛門も留五郎も秩父の横瀬村の人間だ。常右衛門は十年前に村を出て江戸に行ったというから、その後五年して今の穀物問屋の商売をはじめたに違えねえ。だが、一方、留五郎もそのころ村を出ているが、それっきり便りがなかったそうだ。村の者の耳に入った風の便りでは、なんでも一時期、加賀のほうに行っていたらしい」

「やっぱりそうですか」

幸八はうなずいた。

「留は加賀あたりで何をやっていたんでしょうね？ やっぱり塗物屋に奉公したんですかね？」

「さあ、そいつは分らねえ。ただそれだけというんだが」

「分りました。常右衛門は加賀に行ったことはねえんですね？」

「そういう噂はなかったそうだ」

ここまで知れても、直接には探索の益にはならなかった。ただ留五郎の言葉に加賀の訛が入っている理由が分っただけである。

幸八は、また本郷の浄験寺に向かった。今日は先日と変って、蒼空《あおぞら》に暖かい太陽が出ていた。雪も解けて路の真ん中は乾いていた。

幸八が浄験寺の門前近くに行くと、向うから小僧の芳雲が、もう一人の若い僧と一緒に天秤棒《てんびんぼう》を肩にモッコを担《かつ》いで来ていた。モッコには落葉が夥《おびただ》しく積み上げられていた。

「この前はお邪魔しました」

と、幸八は小僧の芳雲に云った。天秤棒の前を担いでいるのが納所の泰雲だろうと思ったが、泰雲は片手に箒を握っていた。彼は幸八を胡散《うさん》臭そうに見た。

「おや、掃除ですかえ？」

幸八は、モッコに積まれた落葉に眼をやって云った。

「はい、近所があんまり汚いものですから」

うしろの芳雲が利発に答えた。

「和尚さんはおられますか？」

「はい、裏においでになります」

納所の泰雲は黙って歩き出したので、小坊主の芳雲も天秤棒に引きずられて歩いた。幸八は、そのうしろに従った。

門が近くになると、銀杏《いちょう》の樹の向うから、蒼い煙りが立上っていた。落葉を和尚が焼いているらしかった。

「ここで待っていて下さい」

納所の泰雲が幸八に初めて口を利いた。彼が本堂の前に佇《たたず》んでいると、その屋根の向うの蒼い煙りは渦巻いて空に上っていた。

ほどなく、熊手を持った和尚の雲岳が十徳《じっとく》を着て現れた。

「おや、分骨のほうはどうなさいました」

和尚のほうから訊いた。

「はい、実は、そのことで参ったのですが、親戚のほうでぜひそれを半分分けてくれと云う者がおりますので、少し暇がいるかと存じます。その者が千葉から来るまで待たねばなりませんので、お断わりに参りました」

幸八は嘘を云った。それは肝腎《かんじん》の分骨が無いのと、その言訳にひっかけ何度もこの寺に来てみたいからだった。

「わたしのほうはいつでも結構ですよ」

和尚は笑っていた。背後の蒼い煙りが一段と濃くなった。

「裏で落葉を焼いていらっしゃいますね」

幸八は、その煙りを見上げて云った。

「はい、去年の秋から掃除をしきれない落葉が溜っているので、いま、毎日少しずつ処分しています」

「さっき小僧さんに遇いましたが、ご近所のものまで集めていらっしゃるようで？」

「なにしろ、どこの寺も手が足りないものですから。門前や、塀の外が汚らしくって仕方がありません。べつに頼まれてはいないのですが、わたしはきれい好きなほうなので、つい、一緒に燃やしてしまおうと思いましてね」

そこへ檀徒らしい町人が二人、門から入って来たので、それを機会《しお》に幸八は和尚と別れた。その一人は二十七、八くらいの色の黒い男で、一人は頑丈《がんじょう》な二十一、二くらいの男だった。二人の顔は兄弟のようによく似ていた。どちらも和尚に伴《つ》れられて庫裡のほうに入って行った。

幸八は、浄験寺の前から、ぶらぶらと路を逆のほうに歩いた。この辺は寺が並んで、塀の外まで植込みの樹がのぞいている。したがって落葉の多い理由も分ったが、どこもきれいにその下の路が掃除されていた。近所まで落葉を集めて清掃するとは近ごろ奇特な和尚だと、幸八は感心した。隣の寺の境界には、いくら汚れていても手を出さないのが人情なのである。

幸八は考えあぐんでいた。一体、留五郎はどうして殺されたのであろうか、手がかりはさっぱりつかめない。このまま親分惣兵衛のもとに戻っても、何も報告することもなかった。彼の足は自然と加賀屋敷の前に出た。その前は中仙道になっていて、荷駄を積んだ馬や駕籠《かご》などがしきりと通っている。ようやく長い塀の端に来たので、今度はそれに沿って南へ路を取った。右手は加賀屋敷から変って水戸家の塀つづきになっていた。かなり急な坂を下ると、この道の傍らには去年の落葉がまだ溜っていた。

そこを下りると、根津権現《ねづごんげん》の境内《けいだい》に出た。

根津権現社の広い社域は一名「曙《あけぼの》の里」とも云っていた。築山《つきやま》を配し、樹木の種類も豊富だった。また、ここの門前町は両側に飲食を供する店が並び、土産物《みやげもの》の店も多い。

幸八は境内をぶらぶらしながら、稲荷社《いなりしや》から観音堂のほうに向かう樹林の間に入った。「草木の花四季を逐《お》うて絶えず、実《まこと》に遊観の地なり」と『江戸名所図会《ずえ》』にある通り、名木もなかなか多い。しかし、さすがに季節はずれの寒い日のせいか、参詣人の姿もまばらだった。

幸八は、ふと、眼を古い梅の樹の根元に止めた。そこには新しい小さな円木で柵《さく》が設けられてあった。木は二尺ぐらいの高さで、きれいにまるく削られてある。

なかなか木を大事にすると思っていると、その木柵の囲いは、向うの桜の樹の下にも、楓《かえで》の幹にも、銀杏の根方にもあった。

幸八はその木の柵に近づき、その一本に手をふれてみた。

九

幸八は、それから松枝町にいったん帰り、親分の惣兵衛を伴れて権現社に引返した。惣兵衛も囲いの木柵を見ていたが、うなずいて幸八と一緒に社務所に行った。

「つかぬことを伺いますが、裏の大きな桜や梅の樹を木柵で囲ってございますが、あの柵はこちらさまでお造りになったんでございましょうね？」

白い着物に水色の袴《はかま》の老人が、

「いや、あれはわたしのほうでやったのではありませんよ。どこからかあの木を持ってくる人があって、自分で柵を造ってくれています。こちらはぜひにと頼まれるのでお願いしたわけです。このところ、途切れていますが」

「その人の名前は分りますか？」

「前に大八車であの木を運んでこられたときお訊ねしたのですが、よほど奇特な方だとみえ、住所も名前も云われませんでした」

大八車という言葉に惣兵衛と幸八とは顔を見合わせた。しかし、夥《おびただ》しい木を運ぶなら、やはり車以外にはなさそうである。

「まことに申しかねますが、あの柵の木を一本譲って戴けませんでしょうか。なに、実は、わたくしのほうで出入りしている旗本のお屋敷先にそういう植木がありまして、かねてから頼まれているんでございます。今日、ひょっとここへお詣りしてあれを見かけたものですから、恰度《ちょうど》いい具合と思い、見本にして大工に削らせようと思います」

「そうですか。しかし、木柵なら、もっと平らな木に削って、頭を三角に尖らせたほうが似つかわしいと思いますがね」

まさにそれが神木を囲う玉垣《たまがき》の普通のかたちだった。細くまるく削った木とは変っている。だが、篤志家の寄贈で金もかからないために、ここではそれに任せているようであった。

寄贈者の人相を聞いたが、二人に心当りはなかった。

「使い残りが五、六本、その辺にありますよ」

水色の袴を穿《は》いた年寄は、わざわざ一本を持って来てくれた。二人は礼を云って権現社を出た。門前町に入ると、一休みして行けという女の呼び声がかしましかった。

惣兵衛と幸八はそこを抜けて神田のほうに戻りかけたが、途中で指物《さしもの》大工があったので、そこへ立寄った。

「ちょいと鑑定してもらいたい」

惣兵衛は、ここでは身分を明かした。店で、働いていた職人が木柵の棒を調べていたが、

「親分さん、これは前に鍬の柄にしたものですね」

と云った。

「ほれ、この先が切られていますね。三寸ばかりあって、その部分は鍬のつけ根に差込むように細まっていた所だと思います」

「わたしも大方そうだろうと思ったが、たしかに鍬の柄にしたものに間違いないでしょうな？」

「へえ、九分九厘まで間違いはございません」

惣兵衛と幸八は、その棒を持って表へ出た。

「さあ、分らねえ」と、惣兵衛は云った。「おめえの云う通り、これでどうやら留五郎を打殺した鍬とかたちの上ではつながりが出来たようだが、その鍬の柄を何で

わざわざ権現さまの木柵などに寄進したんだろうな？」

「そうですね。柄がなければ鍬の役が立たねえはずですがね。それもあれだけ木柵に使ったのだから、夥しい数です」

「うむ。三百本ぐらいはある。奇態だな」

「しかし、親分、さっきの人は云ってましたね、これを運んだのが大八車だってえことを」

「鍬と大八車か。何だか近づいたようでもあるし、まださっぱり雲の中を迷っているみてえでもあるな」

「あとは漆ですね」

「うむ」

鍬の柄と、大八車と、漆と、まるで三題噺《ばなし》のような謎を胸にたたんで二人は惣兵衛の家に戻った。

帰ってみると、子分の熊五郎が惣兵衛を待っていた。

「親分、やっと留五郎の灸を据えた場所が分りました」

「なに、分ったと。そいつア手柄だ。どこだえ？」

「へえ、留五郎が住んでいる馬道から、浅草界隈《かいわい》ばかりを探したのが失敗《しくじり》でした。

でも、根気よく尋ねたものですから、とうとう、足を伸ばして御成道《おなりみち》までめえりました」

「なに、御成道？」

御成道なら、たったいま訪ねた根津権現や、本郷の浄験寺とあまり方角が違わない。むしろ、馬道から道順になっている。

「そこの裏通りに灸点を下ろす白山の修験者《しゅげんじゃ》で日達《にったつ》という奴がおります。その日達のところに留五郎は二日の七ツ（四時）ごろ行き、三里に灸を据えてもらって立去ったことが分りました」

二月の午後四時だと、もう外はうす暗くなっている。幸八の眼には、夕昏《ゆうぐ》れのなかを本郷を歩いて行く留五郎の姿が泛《うか》ぶのだった。

しかし、それだけでは二日の午後四時までの留五郎の行動が分ったというだけで、まだ事件解決の曙光にもならなかった。

謎は、やはり夥しい鍬の柄だった。

その日は考えあぐねて戻ったが、幸八は、どうしても今日の出来事が頭から放れなかった。彼は惣兵衛からほかの子分の報告をまた聞きに聞いているだけで、まだ留五郎の居た馬道の裏店に行っていないことに気がついた。彼は早朝から起きると、浅草に足を向けた。

留五郎の家主に会って話を聞いたが、ここでは留五郎が案外器用だということしか分らず、べつに収穫にもならなかった。留五郎はあまり友だちがなく、いつも彼のほうからふらふらと塒《ねぐら》を出て行っていたというのである。

幸八は失望して戻りかけたが、ぼんやりと考えていたせいか、足がいつの間にか本願寺の前にかかっていた。ふと見ると、この辺は寺も多いが仏壇屋も多い。その仏壇屋の店先には金色《こんじき》に光った厨子《ずし》や仏が出ていた。折本の経や数珠《じゅず》などもならべてあった。店の奥では職人が厨子にせっせと漆を塗っているのが見えた。

幸八は、その店先に入って行った。彼は、ここで、加賀の金沢が金箔の産地だと教えられた。

惣兵衛が八丁堀の同心に報告したので、町奉行所から寺社奉行に連絡して許諾《きょだく》を求めた。神社、寺院関係の犯罪は寺社奉行の管轄《かんかつ》だった。

二月二十一日の早朝、町方は二手に分れ、一方は本郷の浄験寺に向って、住職の雲岳や納所の泰雲の寝込みを襲って捕えた。小坊主の芳雲は年齢は足りないが、証人として同行された。御成道裏の修験僧日達も捕えられた。

一手は、また二つに分れ、大黒屋の常右衛門夫婦と女中のおくまとを捕えた。ほかの人数は、日本橋小網町の炭屋甲州屋六兵衛《ろくべえ》を取押えた。

浄験寺の庫裡を捜索《そうさく》すると、床下の揚げ板の下が地下室になっていた。以前は、寺の燃料の薪《まき》を貯蔵したところらしいが、それを六坪くらいにひろげて、贋金《にせがね》づくりの細工《さいく》場にしていた。隅には鍛冶《かじ》の炉を切り、鞴《ふいご》を備えていた。横には柄の無い鍬が七、八十本も積まれてあった。

別の隅は板戸で区切って漆桶《うるしおけ》や金箔などを入れた函があった。そこには小粒のかたちに切った地金が山のように積まれていた。

この地下室の片隅から穴が地上に開いていて、地面の上は炭の空俵《からだわら》で蔽《おお》われ、人の目をごまかしてあった。つまり鍛冶場の煙出しの穴なのだ。これは本堂の裏手に出るよう斜坑になっていた。

物置を開けると、炭俵が夥しく詰っていた。

こんな明瞭な証拠を押えられては、大黒屋の常右衛門も云い逃れはできなかった。

「贋金を作りはじめたのは、今から二年前でございます」

と常右衛門は白状した。

「なにぶん商売が不景気でなりません。甲州屋に碁打ちに行っているとき、六兵衛とそんな愚痴が出て、いっそ贋金でも作って使わないとやり切れないと、はじめは冗談のつもりでした。実際、金銀貨は粗悪になるばかりで、これじゃお上のほうが贋金をつくっているようなものだと語り合いました。

そこへ、同じ故郷《くに》の留五郎がひょっこり訪ねて参りました。聞けば郷里を出てから、金沢の金箔屋に五年ばかり奉公して職人をしていたというのです。金箔は加賀藩からお下げ渡しになる金の地金を木槌《きづち》で叩いて延べるのだが、目減りが見込んであるので屑《くず》ならこっそり買えると申します。そこで、わたしと甲州屋六兵衛が話し合い、地金を切って金箔を張り、二分金（一両の半価）をつくることを考えました。はじめ、わたしが金沢まで参り、浅野川のほとりにある金箔屋に話をつけました。向うも、ご法度《はっと》だから厭《いや》がっていましたが、少々高値で引取ることにして折合いました。先方もよくないことに使うとはうすうす察していたでしょうが、まさか贋金とは思ってなかったと存じます。そのあとの金箔買いには仲間《なかま》の六兵衛の息子を白山詣りに仕立てて御成道の祈禱僧《きとうそう》日達と一緒に金沢にやりました。信心参りと云えばわりと人の目がごまかせました。この日達も留五郎が加賀にいるとき知っていて、ひき合わせたのです。

あとは地金を何から取るかということですが、いろいろ知恵を絞って、とどのつまり、百姓の使う鍬がよいということになりました。これなら、火で焼いてたやすく延ばせるし、刃先のうすいところはたたんで適当な厚さにも出来ます。鍬だと店をいろいろ変えて少しずつ買えば人に怪しまれることはありません。

さて、今度はそれを作る場所ですが、六兵衛が思い切って檀那寺《だんなでら》の浄験寺の住職雲岳に計画を打ち明けました。浄験寺は長い間貧乏寺で苦しんでいましたので、雲岳はそれに乗ってきました。庫裡の床下にある薪入れがそれに使われたのですが、狭いので、少し拡げました。この工事は、夜、みんなでこっそりやりましたが、煙出しもつくりました……」

ところが、ここに一つの難儀が生れた。燃料の木炭は、甲州屋がお手のものの商売物を持ってきて物置に積んだが、いざ鞴《ふいご》で炉に火を起してみると煙が穴から觧って地上に濛々《もうもう》と出てゆく。これは近所の寺や人の目をひきそうなので困った。

そこで考えた末が、その煙を紛《まぎら》わすために落葉をかき集めて焼くことだった。狭い浄験寺だけではとても足りないので、勢い、近所の落葉まで納所《なっしょ》の泰雲と小坊主の芳雲とがモッコを持って集めてくるようになった。泰雲も芳雲も事情を知って怕《こわ》がっていたが、訴えてもお前も同罪だと和尚の雲岳に嚇《おど》かされた。

落葉の季節を狙うとすれば、秋から早春までの期間しかない。しかし、一年中のべつに贋金を作っていると、かえって露顕しそうなので、この期間だけの仕事にした。その代り生産量を上げればよい。鍬から地金をつくる鍛冶は甲州屋の息子兄弟が鎚《かなづち》を振るった。幸八が浄験寺で見た二人の男はこの兄弟だった。

だが、ここで第二の難儀に逢着した。それは鍬を買って来たのはよいが、それには木の柄がついている。柄だけをのけて頭だけ買ってくるわけにはゆかない。変なことをすると、怪しまれる。悪いことをしている一味は、必要以上に警戒心が強くなっていた。そこで、柄の処分に困った挙句、鍬のほうに差込む細い所は鋸《のこぎり》で切り落し、あとは根津権現まで持って行き、神木の囲い柵にした。奇特な行為だが、所も名前も社務所の人間に伝えられなかったのはそのためである。切り落した柄の端は炉の中で燃した。

こうして出来た贋金は、甲州屋の兄弟息子が、商用にかこつけて各地を回り使った。その利益は、甲州屋と、常右衛門と、御成道裏の修験僧日達と、浄験寺の雲岳とで四分していた。ただし、修験僧の日達は常右衛門の云うことを聞かず、江戸でもかなり贋金を使った。

利益は、こうして四つに分けられたが、もう一人、その享受にあずかる資格のある者がいた。もちろん、それは金箔のことを最初に口利きした留五郎であった。

留五郎も初めは仲間に入るように誘われたし、実際に浄験寺の地下で鍛冶の向う鎚ぐらいは打ったが、生来、怠け者の彼は、間もなくそんな筋肉労働を厭《いと》うようになった。彼は自分が口利きしたということを笠にきて、たびたび常右衛門のところへ金をせびりに行った。

しかし、ここに最大の難儀がきた。それは留五郎が常右衛門の女房すてに横恋慕をはじめたことである。

もとより、それが遂《と》げられぬ邪恋《じやれん》とは分っている。しかし、常右衛門の秘密を握っている留五郎は、逆に常右衛門の女房を手籠にするような挙動に出た。常右衛門は、女房を金杉にある知合い先に避難させたが、留五郎は、その行先を追及してやまなかった。彼は女を探して小網町の炭屋にも、本郷の浄験寺にも掛け合いに行った。このことを聞いて怖れをなしたのは、常右衛門よりむしろほかの一味である。

このままにして置くと、邪恋に狂った留五郎がどんなことを口走らぬとも限らない。こいつは消さねばならぬと覚悟していた矢先、恰度《ちようど》、御成道裏の日達のところに留五郎が二日の灸を据えに来た。ここでも留五郎は日達に向って相当皮肉を云った。

日達は留五郎を先に浄験寺にやった。あいにくとその日の灸を据えてもらいに来合わせている者があって、これが留五郎を知っていた。そのため、手先の熊五郎の聞き込みのとき日達は留五郎のきた事実が隠せなかったのである。

浄験寺に押しかけて来た留五郎は、勝手を知った庫裡から地下室に降りた。工作場には、日達から急な連絡を受けた常右衛門と、甲州屋の兄弟息子と和尚の雲岳が顔を揃えていた。留五郎がそこでどんな目に遭ったかは、鍬でめった打ちされた死骸が証明している。

ただ、留五郎が倒れた拍子にその辺にあった漆桶に足がふれ、踵のところに漆が僅かに付着したのを下手人たちは知らなかった。

死骸は、その晩一晩、地下室に隠した。しかし、いつまでも放ってはおけないので、甲州屋がいつも木炭を運ぶ大八車を使い、深夜、乞食橋の空地に棄ててきた。わざわざそこまで運んだのは、近くでは不安だったからである。

近来にない大がかりな捕物だった。贋金づくりは極刑だ。それに人殺しの罪が加わっているから、関係者全部は、引回しのうえ小塚原《こづかっぱら》で晒首《さらしくび》になった。年長者は甲州屋の隠居の六十歳だった。浄験寺の小坊主芳雲は事情も分らず、子供であるので放免された。

常右衛門は打首になる前に、こんなことを呟いた。

「おれたちは二分金を作ったといっても僅かなものだ。お上はもっと大それた贋金を作っていなさる。老中をはじめ勘定奉行などが獄門にならねえとは、どうも理屈に合わねえな」

これは大胆な言葉としていつまでも噂に残った。

元禄《げんろく》以後、天保《てんぽう》にいたるまでの度重なる改鋳《かいちゅう》は幕府財政の困窮を救うごまかし策だが、銅や鉛の混入が多く、実質は劣悪になるばかりで、民衆は困り抜いていた。常右衛門の呟きは、江戸市民の共感を呼ぶものがあったのであろう。

落葉焚きの煙りと、死人の踵についた漆と、根津権現の囲い柵に使われた鍬の柄と、連絡のない材料をつなぎ合わせて謎を解いた幸八のおかげで、松枝町の惣兵衛は岡っ引仲間にいい顔になった。

大山詣《もう》で

一

日本橋平右衛門町に蠟燭《ろうそく》問屋を営む山城《やましろ》屋という店があった。当主は利右衛門《りえもん》といって四十八歳になる。上方から来る蠟燭、線香の類を相当大きく捌《さば》いている問屋で、現在の利右衛門は二代目である。先代は享保《きょうほう》の頃に近江《おうみ》から出て来たが、商売に敏《さと》かったので、忽《たちま》ち販路を拡げた。今の利右衛門はおとなしい男で、多少店の間口を縮めはしたが、それでも結構営業を維持している。天明《てんめい》三年のことであった。

利右衛門にはおふでという今年二十五になる女房がいる。年の開きでも分る通り、おふでは先妻の死亡後に入った後妻だった。おふでは総州木更津《きさらづ》の漁師の娘だが、或《あ》る時、利右衛門が網打ちに行ったとき見初《みそ》めて家に入れた女だ。これが今から五年前である。彼女は漁師の娘に似合わず整った顔立ちで、汐風に晒《さら》された皮膚は健康的で肉づきも緊まっている。江戸者の云う小股の切れ上った野暮《やぼ》でない女だった。近ごろの利右衛門は、身体の調子が思わしくない。これといって悪いところはないが、全身がけだるくて頭が重い。医者を呼んで診《み》させたが、どうも診立てがはっきりしない。薬もあまり効かなかった。

「うちの旦那も若いご新造を貰って身体にこたえているのだ」

と、奉公人たちは陰口を叩《たた》いた。

山城屋は先代からみると多少衰えたとはいっても奉公人を五人置き、古くからいる番頭の兵助《へいすけ》が万事を仕切っていた。もっとも、商売が少し傾いたとはいえ、あながち二代目の利右衛門や番頭兵助の責任ばかりではない。江戸の人口が膨《ふく》れるにつれて同業者がふえ、競争が激しくなったからともいえる。だから、最近は問屋仲間で「座」を作り、一種の同業組合を結成して新規の加入者は拒絶し、利潤の保護につとめるようになっていた。江戸期の独占企業もこの頃から次第に擡頭《たいとう》しはじめるのである。

それはともかく、利右衛門がぶらぶらしていてもこれ以上商売に響くことはないが、困るのはやはり主人の健康状態である。

「ねえ、おまえさん、近ごろは少しはいいかえ？」

おふでは床の上に寝たり起きたりしている利右衛門の傍《かたわ》らに来て、亭主の顔色を見まもった。

「うむ、ちっとはいいような気もするが、また元に逆戻りするようでもあり、どうも心持がよくない」

利右衛門は顔を顰《しか》めている。

「一体、どうしたんだろうね？　まさか癆痎《ろうがい》ではないだろうね？」

「せんだっても医者の了庵さんが来てよく診てくれたが、そんな気遣いはないそうだ」

「そんならいいけれど、肝腎《かんじん》のおまえさんがこんな調子では、あたしはなんだか心細くて仕方がないよ」

「なに、これから陽気がよくなるから、寒い間のようなことはあるまい。商売のほうは兵助がやってくれているから助かる。まあ、焦《あせ》ることはない。わたしはこれでも気を楽に持っている」

利右衛門は若い女房を慰めるように云った。しかし、彼も早く快《よ》くなろうと内心では焦っているのだ。

「本当にそうしておくれよ。これでお医者さんも三人は変えたが、それで一向にはかばかしくないんだからね。なんだかこの家に悪霊《あくりよう》でもついているんじゃないかねえ」

おふでは忌《いま》わしい目つきで部屋の中を見回した。

「とんでもない。そんなわけがあるものか」

利右衛門が強く否定したのは、おふでが先妻の亡霊を気にしているように想像されたからだ。

「あたしはこの次は自分の番のような気がするよ」

おふでは、寒気がしたように肩を慄《ふる》わせた。

「おまえまでそんな変な気の回し方をすると、本ごとにならないとも限らないよ」

「いいえ、あたしはおまえさんと一緒に病気になって死ぬなら、ちっとも悔いはしないよ。あたしだけがあとに残ったたって、なんの仕合せにもならないからね」

「おいおい、いい加減にしろよ」

と利右衛門は答えたが、若い女房にそんなことを云われると満更《まんざら》でもない。これで癒《なお》らなければ本当にどうかしている。しかし、医者の診立てもはっきりせず、薬も効かないとなると、不安が利右衛門の胸を過《よぎ》らないでもなかった。

「ええ、旦那」

番頭の兵助が顔を出したのは、そんな夫婦の語らいがあった翌日だった。

「ご加減はどうですかえ？」

「うむ、どうもさっぱりしないで困っている」

「そりゃいけませんね、なんだそうですね、おかみさんからちょいと伺いましたが、この家に何か悪いものでも憑《つ》いてるんじゃないかと、近いうちに祈禱《きとう》のお祓《はら》いをさせるということですが、本当ですかえ？」

番頭の兵助は三十四だが、小僧から叩き上げて来ただけに商売のほうは利右衛門以上になんでもよく分っている。まだ独身でいるのも風変りだが、当人はまだ店を持つつもりはないと云っていた。

利右衛門もいずれ兵助にはのれんを分けてやりたいと思っているが、株仲間の規則がうるさいのと、使っていればつい便利なのとでまだ手元に置いている。

風変りといえば、兵助はあまり悪い女遊びもしない。店者《たなもの》はとかく岡場所に出入りするものだが、彼は女にさほどの興味がないのか、てんで見向きもしなかった。変り者だという噂はあっても、使っている利右衛門にはありがたいことだった。

「おふでがおまえにそんなことを云ったのか？」

「おかみさんも旦那の病気には心配しておられます」

「大きな声では云えないが、兵助、彼女《あれ》は死んだ女房の遺恨《いこん》がこの家に遺《のこ》っているように思っているのだ」

「わたしも大方そんなことだろうと思っておりました。ですが、おかみさんの心配も無理はございません。ひとつ、ものは試しで祈禱をお頼みなすってはいかがですか？」

「そうだな。おまえに心当りでもあるかえ」

「へえ。ほかでもございませんが、天王町に居る大山権現《ごんげん》の先達《せんだつ》はどうでしょうか？」

「うむ、石尊《せきそん》権現か？」

「先達の名前は天順《てんじゅん》さんといいますが、なかなか祈禱のほうも確かだそうです。それに、旦那、大山権現といえば、たしか去年からこちらも講に入っておりましたね？」

「うむ、近所のつき合いで無理に大山講に入れられたのだ。わたしも大山にはまだ詣《まい》ったことがないので、そのうち暇があったら、一度は遊山《ゆさん》がてらに行くのも悪くはないと思って入ったまでだがな」

「それも何かの因縁かも分りません。どうでしょう、近所の噂をちらりと耳にしたのですが、来月早々に講中《こうじゅう》の人が天順さんを先達に大山詣《もう》でをするそうでございます。いっそのこと、おかみさんを代参にして、旦那の病気平癒《へいゆ》を祈って来てはどうでしょうか？」

「なに、来月に講中の人が詣るのか？」

「へえ……実は」

と、兵助は少し云いにくそうに云った。

「おかみさんにその話をしたら、ひどく乗り気になられましてね、ぜひ、その中に加わってみたいと、こうおっしゃるんですよ」

「そうか」

利右衛門は少し考えていたが、

「大山詣でといえば、江戸の商売者なら一度は誰でも詣っている。おふでもここに来てからまだ遠出をしたことがない。ひとつ、あれにも気晴らしのつもりでやってみるか」

「それがよろしゅうございます」

「しかし、講中にもほかにおふでの女連れがあるかえ？」

「大山の奥の院は女人禁制ですが、途中の不動堂までは女でも上れると聞いております。そのためにほかにも女連れはあると思いますよ」

「しかしな、兵助、おふでは知っての通り木更津の漁師の娘だ。初っぱなから二日泊りの道中では、人づき合いも馴れていない。どうだ、おまえもおふでの世話役になって行ってくれるか？」

「えっ、では、このわたしが？」

「商売のことはなんとかなる。なアに、せいぜい五日か六日の留守だ。その間ぐらいは心配しないでもいい。ぶらぶらしていても、ほかの雇人《やといにん》のことはわたしが蒲《ふ》団《とん》の上から指図をするから」

「けど、わたしのお供で、おかみさんが気に入りますかね？」

「おまえが付いていれば、あれも安心だ」

「おかみさんさえよかったら、お供さしていただきましょう。俗に、旅をしたことのない者を大山詣でより行ったことがないとか申します。その大山にも行ってないというと、わたしもなんだか肩身が狭うございますからね」

兵助がおふでにそのことを伝えたのか、女房は早速、利右衛門のところに来た。

「おまえさんのためなら、講中の人と大山に行って来るよ。お滝に打たれて祈願すれば、おまえさんの病気だってきっと癒るだろうからね。兵助が付いて行ってくれるからにはあたしも心強いし」

と、おふでも晴々とした顔であった。

二

翌る日には、大山の先達天順がやって来て利右衛門の枕元で数珠《じゅず》をつまぐりながら祈禱をした。天順は三十四になるが、色浅黒く、魁偉《かいい》な容貌《ようぼう》だ。が、その恐ろしげな顔つきもなんとなく大山の不動明王の顔を思わせ、霊験《れいげん》あらたかげに見えた。

その祈禱を済ませて天順は利右衛門に云った。近日、講中の人を連れて大山に行くが、ご新造もその中に入られるのは、まことに奇特のことである。あなたの病気も、ご新造の信心によって薄紙を剝《は》ぐように癒るに違いない。それはわたしが請合うから安心なさるがよい。

利右衛門は喜んで、万事よろしく願います、と云って天順に布施《ふせ》をはずんだ。

「聞けばおかみさんは大山詣では初めてだそうですが、初度には誰でも両国橋の東詰で水垢離《ごり》を取って身体を浄《きよ》めて詣ることになっております。ですが、おかみさんは女だし、幸いお供には番頭さんが付いてこられるそうだから、水垢離のほうも番頭さんにおかみさんのぶんまでやって貰うことにしましょう」

「何ぶんよろしく願います」

　その頃、江戸には信仰の対象にいろいろな講が出来ていた。遠くは伊勢詣りの伊勢講、善光寺講、富士講、身延《みのぶ》の法華講などがあり、たいてい無尽《むじん》や頼母子《たのもし》に託して路銀を貯蓄していた。

　兵助は、先達の天順の指図通り、両国橋の東詰から大川の水をかぶって水垢離を取り、出立の朝は白装束でおふでと一緒に利右衛門の枕元に挨拶《あいさつ》に来た。まだ夜が明け切っていなかった。

「おまえさん、そいじゃ行って来ます」

　おふでも白装束で、手には大きな木剣に「病気平癒祈願、山城屋利右衛門」と墨で書いたものを持っている。願事はこういう木太刀に記して持って詣り、めでたく祈願が成就すれば、また新しい木太刀を持ってお礼詣りに行き、古いのと取替えてくるというのが大山の習俗になっていた。

　利右衛門はにこにこしてその木太刀を眺め、

「おまえたちがそんなにわたしのことを想ってくれているから、石尊権現のご利益《りやく》はきっとあるに違いない。まあ、せっかくの道中だ。遊山半分でゆっくりと行っておいで」

「いいえ、あんた、遊山だなんて、あたしゃそんな浮付いた気持は少しもないよ。向うに着いたら、一心不乱にお滝に打たれてくるからね」

「あんまり無理はしないほうがいい」

と利右衛門は云ったが、浜風に打たれて育ったおふでの身体は、滝打たれにも十分に耐えられそうであった。

「じゃ、旦那、行って参ります。おかみさんはあっしがしっかりとお守りしておりますから、ご安心ください」

兵助は手をついた。利右衛門は、女房が襖《ふすま》の陰に立去るのをしばしの名残りに見送っていた。

おふでと兵助とが柳橋の袂《たもと》まで来ると、すでにうす暗い中に十人ばかりの講中の者が集っていた。みんな同町内か近くの顔見知りばかりだから、気軽な挨拶が交された。

「さあ、これで揃いましたな」

ひときわ背の高い天順が金剛杖《こんごうづえ》を地面にとんと突いて、

「それでは、ぼつぼつ出立しましょうか」

と先に立った。

江戸から大山までは十八里で、男の脚なら一晩泊りだが、今度の一行には女がおふでを初め三人入っているので、初度のことでもあり、ゆっくり日を取って道中二泊ということにした。それでも、旅となると未明のうちに出立するのが習わしである。

江戸から大山に行くには、東海道を藤沢まで行き、その先から北に向って子安村に出るのと、目黒から多摩川に出て矢口ノ渡を渡り、登戸《のぼりと》村に着き、そこから中原、大野、伊勢原と歩む道とがある。大山信仰は江の島遊覧を兼ねて江戸市民の間に盛んとなっていたので、大山道もなかなか開けていた。

一行が品川に入ったときはすでに昼食どきとなっている。一体に幕府の政策として市民の旅行をあまり許さなかったものだが、信仰となると割合ゆるやかであった。だから、その頃の旅はほとんど神社仏閣詣でに名目をかりている。

「おかみさん」

兵助は途々《みちみち》、おふでにときどき声をかけた。

「くたびれませんかえ？」

「なに、思ったより楽だよ」

おふではにっこりする。やはり育ちが育ちだけに丈夫なのだ。ほかの足弱二人は、川崎あたりに来るともう誰かが手を引かなければならないほど疲労していた。

「やっぱりおかみさんは偉い」

と、兵助は賞めた。

「ご覧なさい、蔦屋《つたや》の若旦那なんざ顔が蒼くなっていますよ」

兵助がそっと目顔で教えると、遅れた女たちの間に交って瓦町《かわらまち》の袋物屋の息子久太郎《きゅうたろう》が顎《あご》を出していた。彼も初度で、兵助と一緒に両国で水垢離を取った組だ。

「ほんとに蔦屋さんは気の毒だね」

おふではその久太郎を見て呟いた。久太郎は今年二十一になる。袋物屋という女相手の商売のせいか、ふだんから色が白く、物腰も柔らかで、近ごろ評判の瀬川菊之丞《きくのじょう》に似ているというところから、近所の娘たちが要りもしない財布や紙入れなどを買いに行くくらいである。

「あの久太郎さんなんざ水垢離を取っているときはひどく威勢がよかったもんですがね、生《なま》っ白《ちろ》い華奢《きゃしゃ》な身体は争われないものだ。こういうときなんざ、とんと意気《いく》地《じ》がないようです。おかみさんのほうがよっぽど強うございます」

「これ、そんなことをお云いでないよ。聞えたらどうしますか」

と、おふでは兵助を叱った。

その晩は、藤沢まで足が伸びずに程ケ谷に泊った。

女三人は一つの部屋に一緒に寝る。男たちは旅に出たという第一日の解放感で酒を呑み合ったりしたが、蔦屋の久太郎は具合が悪いと云って独りで早寝をしていた。

翌朝は、昨日の疲れもあって六ツ（六時）に宿を出立、権太坂、平戸、柏尾《かしお》と道を拾ってゆく。ここから鎌倉の鶴ケ岡八幡宮に向って遥かに柏手《かしわで》を打ち、藤沢に入ってからは遊行寺《ゆぎようじ》の大屋根を森の間に見て拝んだ。

「ねえ、兵助」

おふでが振り向いた。

「久太郎さんも昨夜一晩寝なすったせいか、今日はいくらか元気なようだね」

「そうでござんすね」

と、兵助も遅れて来ている久太郎のほうをそっと振り向いた。

「それでも、昨夜は宵の口から具合が悪いと云って病人のように寝ていなすったが、なんだかまだ跛《びっこ》を引いていますね」

「無理はないよ。遠出といえば、あの人には向島あたりか、遠くても雑司ケ谷《ぞうしがや》の鬼子母神《きしぼじん》詣りがせいぜいだろうからね」

「ちげえねえ。あれじゃまるで、その顔の通りに女子《おなご》並みでさア」

「でも、一生懸命に講中の人に従《つ》いて来なさるところはえらいもんだね」

おふでは女のせいか、久太郎に同情的な口ぶりだった。兵助はじろりとおふでの顔を偸《ぬす》み見た。

藤沢の宿で少し早い昼飯をとり、江の島の噂などをしながら松並木の街道筋を踏み出した。一里半ばかり行くと四谷村にくる。ここの追分に大山道の道標が立っていて、麓《ふもと》までは六里の道程《みちのり》だ。

「さあ、お山が見えましたよ」

しばらく歩いた天順が前方に向ってひとしきり数珠《じゅず》を繰った。ほかの者も田圃《たんぼ》の正面にひときわ高い峰を望んで六根清浄《ろっこんしょうじょう》を唱える。

大山は丹沢山塊の一丘陵で、別名雨降山《あぶりやま》とも云った。山容は緩やかな三角形をなしている。一行は目的の山が見えたので、黄色い菜の花畑道を元気になって歩いた。この辺までくると、ほかにも講中の姿が見られる。山から戻ってくる講中には往き遇うごとに、ご苦労さま、とか、お疲れさま、とか云い合った。

「兵助や」

「へえ、何でございますか？」

「久太郎さんはお山が見えたせいか、だいぶ顔色がよくなったようだね」

「そうでございますね」

おふでは留守に残した利右衛門のことはあまり口に出さない。浜育ちの彼女には、足弱同様の若い男が、かなり興味を唆《そそ》ったらしかった。

四谷から二里歩いて馬入川《ばにゆうがわ》の上流を渡る。舟賃十二文を出して上陸した所が田村という宿場だ。ここから大山の麓の子安村まではまだ三里もある。男の脚ならとっくにお山に登って参籠《さんろう》しているところだが、おふでは別として、ほかの女二人と久太郎がいるので、ここで泊らざるを得なかった。

その晩も女たちは三人一緒に床を敷き、男たちはまた酒を飲んだ。久太郎は宿に按摩《あんま》を呼ばせたと聞いて兵助は嗤《わら》った。

だが、ここまで来ると、もう霊場の入口に着いたようなものだ。それにしても、おふでの健脚には兵助もおどろいている。なるほど、あれでは年の違う利右衛門がぶらぶら病《やまい》になるのも無理はないと、兵助は改めて思い当った。

「兵助さん」

「おう、これは天順さん、どうぞこっちへ」

部屋に入って来た先達の天順はしたたか飲んだ顔で、よけいに赤黒くなっている。

眼ばかりぎろぎろ光らせて、

「おまえさんの前だが、おかみさんは強いもんだね」

「天順さんもそう思いなすったかえ？」

「女子《おなご》の初度といえば、いつもあっしなんざ手こずるほうだが、おふでさんは、恰《かっ》好《こう》のいい脚で活潑《かっぱつ》に歩きなさる。いや、もう、すっかり感心しましたよ」

天順は遅くまで兵助と話しこんだ。

三

翌朝はまた未明のうちに宿を出立した。先達の天順は、用意の松明《たいまつ》を翳《かざ》して一行の先頭に立った。だが、三里の道を歩いているうちには夜も明けてくる。子安村は、参詣の道を挟んで両側の坂が土産物《みやげもの》などを売る門前町になっている。しかし、朝が早いので、どこもまだ戸をあけていなかった。そこから鳥居をくぐると、俄《にわ》かに山峡に入った。傍らには渓流が流れ、山間《やまあい》は白い朝靄《あさもや》に閉ざされている。せせらぎの澄んだ音は早くも人々の胸にありがたさを覚えさせた。

皆は口々に六根清浄を唱えながら涯《はて》しない石段を登ってゆく。両側は急な山の斜面が迫っていたが、ところどころに講中を泊める修験師の家がある。どの家も門前に白い注連縄《しめなわ》を下げていた。それぞれ顧客《とくい》があるとみえて、表のほうにいろいろな講中の名前が看板となって下っていた。

石段は登るに従って急となり、うねうねとつづく。先達の天順は、一行を掌握するためにときどき立停ってはうしろを振り向いた。

「さあさ、みなさん、これからお不動さままではあと一息じゃ、元気を出しなされ」

霧の奥から鉦《かね》の音が聞こえるのは、早くも祈禱がはじまっているらしかった。

「兵助」

「へえ」

「久太郎さんはえらく苦しそうだね。きっと、この石段が多いので、息苦しいに違いないだろうよ」

兵助が振り返ると、その久太郎は女たちよりも遅れている。

「なるほど、息を切らしてぱくぱくと口を開けているところなんざ、まるで鮒《ふな》みてえですね」

「これ、そんなに悪く云うもんじゃないよ。どなたさまも信心詣りだからね。気の毒に思わなくちゃいけないよ」

「へえ」

と云ったが、兵助は腹の中でくすりと笑った。どうやら、おふでの久太郎に対する興味は、道中の泊りを重ねるごとに強くなってゆくようだった。

「兵助や、おまえ、先達の天順さんに云って、少しは久太郎さんが楽になるようにゆっくり歩むよう頼んでみてはどうだね」

「そうでござんすね」

と、兵助は云ったが、ばかばかしくてそんなことは云えなかった。

「そんなら、おかみさん、わたしがうしろに退って久太郎さんを引っぱって来ましょう」

「おや、そうしておくれかえ?」

心なしか、おふでは満面に喜色を現わした。

「ええ。わたしはまたおかみさんの介添《かいぞえ》をしなくちゃならないと思ったのに、とんだ番狂わせですね」

「人助けは後生のためだからね、やっぱりこれも何かの御利益《ごりやく》になって旦那の病気が癒るかもしれないよ」

おふでは初めて利右衛門のことを口に出したが、久太郎のついでに便宜上云ったかと思うと、兵助はまた胸の中で嗤った。

「蔦屋の若旦那」

兵助は、十段ぐらいも遅れて来ている久太郎の傍らに戻った。

「だいぶん難儀なようですね。よかったら、わたしが手助けしましょうかね？」

「おう、これは山城屋の兵助さんか。いや、おまえさんに介添をされては、わたしもみっともない。どうぞ構わないで先に行っておくれ。おまえさんにはおかみさんという主人がいるんだからね」

「そのおかみさんがおまえさんの馴れない足取りを見て、このわたしにつっかえ棒をお頼みなすったのだ。遠慮はいりませんぜ」

「なに、おかみさんがそんなことを云われたのか」

久太郎の蒼白い顔がぽうっと赧《あか》くなった。

大山は石尊と通称する真言宗の寺院で、雨降山の中腹にある。寺伝によると、天《てん》平勝宝《ぴょうしょうほう》七年、僧了弁が開基した神仏習合で、阿夫利《あぶり》神社は石尊権現ともいい、仏寺には不動明王を祀《まつ》っている。しかし、古いことは確かで、すでにこの寺のことは鎌倉時代の『東鑑《あずまかがみ》』に出ている。寛永《かんえい》十七年、家光が荒廃した諸堂宇を修復し、そのため江戸市民の信仰を煽《あお》って繁昌するようになった。

山岳の険阻《けんそ》なところから真言密教の修験道場となり、山中に八大院以下十八院をかぞえ、また修験師の家も五十余宇もあった。

やがて石段の坂だけでも二十八丁を登ってくると、ようやく不動の祠堂《しどう》の前に出た。

「さあさ、みなさん」

と、天順は大柄な身体をゆすって声を張上げた。

「ここが前不動です。ほれ、このお不動さまの両脇に石段がさらにつづいておりまする。左のほうは今までみなさんが登って来た坂ですが、右のほうはもっと胸を突くような石段ですぞ。この十八丁の石段を登ると、いよいよ奥不動さまとなり、それよりさらに二十八丁登ると、奥の院石尊大権現の御前に至りまする。脚の丈夫なお方は右手の男坂、馴れないお方は今まで通り左手の女坂を登っていただきまする」

講中の人々は、その右手の男坂なるものを見上げて嘆声を洩らした。絶壁を這うようにして登るような急傾斜である。

「もっとも」

と、天順は気の毒そうに女たち三人の顔を眺めた。

「奥不動より上は女人結界《にょにんけっかい》で、女性《にょしょう》には入山を禁じられておりまする。が、しかし、落胆なさることはない。幸いにして石尊大権現は慈悲深いお方じゃ。女人の願事でも、同行の男衆に託されれば、ご自分が御前に詣られたと同様な御利益《ごりやく》がありまする。……それに、もうご存じの方もあるかと思いますが、いかに善男でも、平日は石尊権現社のある山頂に登ることは禁じられておりまする。すなわち、六月二十七日から晦日《みそか》までを初山といい、七月一日から七日までを七日堂と申し、八日から十二日までを間《あい》の山、十三日から十七日までを盆と申し、この二十一日間を限って山詣でを許されるほか禁制となっておりまする。まことにありがたいお山ですから、ここから遥《はる》かにかの峰のあたりをおろがみ、念仏を唱えて下されば、効験《こうけん》あらたかでございます」

天順の馴れた説明に、女たちも、男連中も眉《まゆ》の上に聳《そび》える山頂を望んで溜息を洩らした。

「なお、お滝に打たれる方は、てまえが奥の院不動にご案内して、下山したのちに改めて先達を務めまする。その間は、ほれ、そこにあるてまえどもの宿坊に休んでいただきましょうか」

男の連中で元気のいい者は男坂を登ると云い、脚に自信のない者は女坂を選ぶと云い、講中はここに二つに分れた。もっとも、久太郎はすでに自信を喪失していたが、ほかの者の手前、奥不動までは頑張ると気力のあるところを精いっぱい見せている。

「兵助や」

おふではそっと呼んだ。

「おまえは、これから先はあたしの名代として旦那さまの病気平癒の祈願をしておくれ」

「へえ、分りました。これ、この通り、ちゃんと大事に木太刀は持っておりますから、間違いなく奉納して参ります」

「それからね、おまえ、久太郎さんのぶんも一緒に奉納しておくれではないか」

「えっ、蔦屋さんのですかえ？」

「久太郎さんはみんなに負けまいとして頑張っておいでのようだが、あたしなどの眼から見ると、もう無理だね。せっかくお山に詣って身体を悪くしちゃ、こんな気の毒なことはないよ。奥不動までは明日でも詣れることだし、今日はあたしがすすめて御坊の一間に休ませることにするから、おまえ、代参しておくれ」

「へえ」

と云ったが、兵助は思わずおふでの顔を見ないわけにはいかなかった。

「そんなら、おかみさんが久太郎さんを介抱《かいほう》なさいますかえ？」

さすがにおふでも眼を伏せて、

「介抱というわけではないが、あんまりあの人が気の毒だからね」

「そりゃご親切なことだ。いえ、なに、よろしゅうございます。どうせ木太刀を一本持って行くのも二本持って行くのも同じことですからね」

兵助は久太郎の傍らに寄っておふでの言づけを伝えた。

「おかみさんがそんなことを云いなすったかい？」

久太郎はまた眼の縁を赧らめたが、一応は奥不動まで登ると云い張った。

「はて、無理をなさるんじゃねえ。せっかくおかみさんがおまえさんのことを気の毒がってああ云いなさるのだ、おとなしくお受けになったほうが憎まれなくて済みますぜ」

四

いわゆる大滝は、峰々の間から湧き出た清水が谿谷《けいこく》に落合って、ここに丈余の落下となっている。滝の傍らには不動明王の石像を祀り、注連縄《しめなわ》が岩々の上に渡されている。山を下った先達天順の指図で、男も女も晒《さらし》の下着一枚となり、滝壺《たきつぼ》の下で飛沫《しぶき》を浴びて水に打たれた。六根清浄が講中の人々の間から高く唱えられた。傍らの天順は、滝の音を圧するような大音声《だいおんじょう》で真言の経文を唱えていた。

この滝打たれは男女一緒だが、天順の眼はどうかすると、その中に交っている山城屋の女房おふでの身体に吸寄せられていた。

濡れた白い下着をぴったりと肌に吸いつけたおふでは、裸身の曲線をあらわに出している。その緊まりのよい豊かな肉体は軽羅《けいら》を身につけた観音菩薩とも、おどろに髪を振り乱した鮑《あわび》採《と》り海女《あま》の絵姿とも思われた。天順の読誦《どくじゅ》さえもときには乱れがちだった。

これは天順だけではない。講中の男どもも合掌しながら、滝の中の山城屋の女房に横目を使っている。蔦屋の久太郎などは、おふでの裸形《らぎょう》に燃えるような目つきを寄せていた。

そのおふではほかの男には眼もくれなかった。彼女は、女にしてもおかしくない久太郎の白い柔肌をねっとりした眼で偸《ぬす》み見ていた。二人の視線は、権現の神霊も懼《おそ》れず、激しい滝の落下にもめげず、大胆な火花を散らしていた。

――その晩のことである。

宿坊で酒を飲んで寝ていた兵助は、咽喉《のど》の渇きを覚えてふと眼が醒めた。彼はうす暗い中を手探りで台所を探し、岩間から湧き出ている懸樋《かけひ》の水を飲んだ。

そのとき、兵助は遠くで雨戸の開く音を聞いて、耳を立てた。彼は、そのほうへ忍び足で近づいた。果して裏口の戸があいている。宿坊の人間が出て行ったとも思えたが、兵助には別の心当りがあった。彼は、そっと草履《ぞうり》を穿《は》いて閾《しきい》を跨《また》いだ。折から山の端《は》に出た半月のうす明りがある。冷たい霧が流れ、はるか下には渓流の音が高かった。

兵助の眼に石段を登ってゆく男の後姿が映った。彼は、そのあとをこっそりと追った。前をゆく男の背恰好は、蔦屋の一人息子久太郎であった。

久太郎は急ぎ足で石段を登っていたが、途中で切れたところから右に逸《そ》れた。そこには黒々と立木の影が差出ていた。

　兵助は、足音を忍ばせ木の間に身体を入れた。彼は、その向うにいま尾《つ》けた久太郎の影がもう一つの影と抱き合っているのを見た。新しい影は、いうまでもなく自分の主人の女房おふでだった。

「よく来ておくれだったね」

　と、おふでの声が忍びやかに聞えた。

「おかみさん、文《ふみ》を貰ったときは冗談ではないかと思ったが、やっぱり本当だったんだね」

　と、久太郎のはずんだ声もした。

「なんであんなものを冗談に書けるもんですか。久太郎さん、逢えてうれしかった。あたしの手を温《あた》ためておくれ」

「ほんにおまえの手はまるで氷のようだ」

「あたしはもう半刻《はんとき》近くもここに立っているんだよ。こんなに山の中が冷えるとは思わなかった。肩まで凍りそうなくらいだよ」

「ほんとにおかみさんの肩は水に濡れたみたいに冷たい」

「さあ、温たまるように、この肩を抱いておくれ。あたしの手もいっそおまえの懐ろの中に入れてほしいね」

二つの影は一つになって重なり合った。のぞいている兵助は唾を呑んだ。

「こんな所に居ては誰かに見られはしないかね。久太郎さん、おまえが出てくるときに、だれにも気づかれなかったかえ？」

「幸いみんな昼間の山登りでぐっすりと寝込んでいました。おかみさんこそ大丈夫だったかえ？」

「あい。ほかの二人も正体がなかったよ。でも、ここに居ては身体が冷えるばかり。久太郎さん。その辺のお堂の中にでも入ろうかね」

「おかみさん、罰《ばち》が当りゃしないかな？」

「なんの。石尊さまもきっと許して下さるだろうよ」

おふでの影は久太郎の手を引っぱるようにして径《こみち》の坂を登ってゆく。

むろん、兵助もあとを尾けた。彼は眼を光らせ、息を詰めていた。しばらく行くと、木立の端から小ぢんまりした屋根が現われた。二つの影が縺《もつ》れるようにして、その下の堂の中に入ったあとは、蒼白い月光の地色に溶け込んだ断崖《だんがい》の山林と、黒い雨降山《やま》の山頂の容《かたち》が残っている以外、動くものとてはなかった。

兵助は、その堂の縁近くに忍び寄って、中の物音に聞き耳を立てていた。やがて彼の顔は奇怪な笑《えみ》に歪《ゆが》んだ。

兵助がそこから立ち上って元の径に戻りかけたのは、二人に気づかれない前にそこを立去るつもりだったのだ。すると、彼は、すぐ横の木立の中から白いものが動くのを眼に止めた。おや、と立停ると、その白いものはすべるように草の間を縫《ぬ》って下に逃げた。その白い着物の主が大柄な人間だと分ると、彼の唇にはまた別なうす笑いが浮かんだ。

元の宿坊に戻り、黙って床に就いたが、しばらくして誰かがこっそりとこの部屋に戻ってくる気配を聞いた。その影は、みなの寝息を確かめるように閾《しきい》の傍《そば》に立停っていたが、安心したように、壁の隅にある蒲団の中に横たわった。

翌朝、みなは顔を揃えて宿坊の出す精進料理《しょうじんりょうり》をとったが、久太郎は心持ち蒼白い顔で落着かなげだった。兵助がおふでを見ると、箸《はし》を運ぶ彼女の眼は、ときどき熱っぽく真向かいに坐った久太郎に動いていた。出来合ったあとの男女の様子はこうも違うものかと、兵助は感心した。

ところで、先達の天順だが、これは寝不足な顔でおふでと久太郎のほうを偸《ぬす》み見ている。この醜男《ぶおとこ》の眼は、久太郎を見るたびに忌々《いまいま》しそうな表情になっていた。

「さあ、みなさん」

と、その天順も、ようやくわれに返ったように一同に云い渡した。

「しばらく一服していただいたあと、また奥不動に祈願といたしましょう。今日は大事な護摩《ごま》があるゆえ、一人残らず上まで登っていただきとうございます。女子衆は別として、特に男の方はみんなお詣りをして下さい」

天順は、意識して久太郎のほうに云っている。久太郎も天順に睨《にら》まれて身体を縮めていた。一方、おふでは気遣わしそうに久太郎を眺めた。

その説明が済むと、兵助は天順の傍らに何気なく近づいた。

「ええ、天順さん、ちょいとおまえさんに話したいことがあるんだがね」

天順は先ほどからなるべく兵助のほうを見ないようにしていたが、いま彼からそうささやかれると、石を呑んだような顔になった。

「なんでしょうか？　信心のことなら、わたしがみなさんとご一緒に先達をつとめますが……」

彼はかすれた声で問返した。

「うむ、まんざら信心に関りのねえ話でもねえ」

と、兵助は鼻先で笑った。

みなが支度をしている間に、兵助は天順を裏手に連れ出した。

「天順さん、おめえ、夜詣りもなさるのかえ？」

誰も居ないところを見澄まして、兵助がいきなり云うと、天順はうろたえた。

「いいえ、べつに……」

と彼はどもった。

「隠しちゃいけねえ。実はおれもちょいと他人の夜詣りにつき合って外に出たが、おまえさんがそのとき一緒に忍んでいたのを、ちゃんとこの眼で見届けたのだ」

図星を指されて天順は大きな身体に似合わず俯向《うつむ》いた。

「なあ、天順さん」

兵助は一歩寄った。

「お互い、よけいな前置は面倒だから省くぜ。おまえさんもあれを見なすったね？　ほら、違うと云っても、おまえさんのその顔色が承知しねえ。昨夜の二人は、この霊験あらたかなお山を懼《おそ》れげもなく穢《けが》したのだ。そいつはおまえさんの眼がちゃんと見届けたはずだがね……」

天順は言葉に詰っていた。

「先達といえば、みんなをただ連れて歩くだけじゃねえ。いわば取締《とりしまり》だ。その肝《かん》腎《じん》かなめのおまえさんが、あの場で不心得者二人を叱らなかったのはどういうわけかえ？」

「………」

「まさか二人から余分なお布施や見逃し料を貰ってるわけでもあるめえ。おまえさんが神仏の罰も懼れず好き勝手なことをした二人を取押えなかったのは、おれにはちゃんと読めている。男のほうには用はねえ、おめえは女が気にかかっていたのだろう」

「兵助さん、おらア何も……」

「隠しても無駄だ。この兵助は三十面《づら》さげてまだ番頭の身分だが、丁稚《でっち》のころから客の機嫌を取ってきたせいか、他人《ひと》さまの顔色を見る術は一人前だ。うちのおかみさんは木更津の磯育ち、汐風に鍛えた身体は堅肥りで、小股も切れ上っている。年違いの亭主に可愛がられて男の味も分りかけているいきな年増《としま》だ。その脂《あぶら》の乗った身体はおめえもお滝に打たれている姿で見たはずだ。男やもめのおめえがぞっこん惚《ほ》れるのも無理はねえ」

「兵、兵助さん……」

「その惚れたおかみさんが、こともあろうに町内のひょろひょろ青二才と、このお山で乳繰《ちちく》り合ってるところを見ちゃ、おめえの心が波立ったのは当りめえだ。おや、おめえ、昨夜あんまり寝ていねえな？　眼が腫《は》れてるぜ」

天順はあわてたように片手で眼を押えた。

「ふふふ。おめえも正直者だ。天順さん、そんなにうちのおかみさんが好きなら、思いが遂げられるように、このおれが取持ってやってもいいぜ」

兵助は相手の反応を見るようにじろりと目玉を動かした。

五

四月が過ぎて三月《みつき》めの七月の暑い最中に、山城屋利右衛門が自分の居間で死んだ。利右衛門はあれからも一向に病気が快くならなかった。四月に女房のおふでが大山詣でから戻ってからは、かえって病床に就くようになった。それが六月を過ぎてからひどく重くなったのだ。

医者が来たが、結局、癆痎《ろうがい》という診立《みた》てになった。ぶらぶら患《わずら》いで寝就くようになったので、そういう病名しか付けようがなかったかもしれぬ。

利右衛門が死んだのは七月の十五日で、臨終には雇人だけの立会いだった。おふでは、亭主の病気平癒祈願に二度目の大山詣でをして留守だったのだ。

「おかみさんも、せっかく大山詣りをされたのに、何も知らないで帰ってこられたら、さぞかし嘆かれるにちがいない」

兵助は死んだ主人の遺骸の傍らに坐って憮然《ぶぜん》としていた。

利右衛門がおふでをどんなに可愛がっていたかよく知っている雇人たちも、番頭の言葉には心からうなずいた。女中たちは泣いている。選《よ》りに選って女房の居ないところで寂しく息を引取った利右衛門に同情した。

これが普通なら、すぐさま使いを大山に走らせるところだが、予定では、すでに向うを出発したあとなのだ。途中、入れ違いになってもいけないというので使いは見合わせることになったが、明日おかみさんが戻らないときは、ひとまず仮りの埋《まい》葬《そう》をすることに決めた。暑い折だから遺骸の傷《いた》みも早いのである。

おふではいわゆる盆山《ぼんやま》に詣《た》っている。それはやはり先達の天順が町内の者を連れて行ったのだが、おふでは強ってその中に入れてくれと頼んだ。亭主の病は軽くはなかったが、まさか留守中に息を引取るとは彼女も思っていなかった。

利右衛門には子供がいない。親戚も少ない。病状も急に悪化したので、その遠い縁戚も葬式に間に合うかどうか分らない。それに、日ごろから利右衛門は親戚づき合いをあまり好まないほうだった。

おふでがわが家の閾を跨いだのはあくる日の夕方で、表の様子から早くも事態を知って家の中に走り込んだ。彼女は枕元に香煙の立っている利右衛門の遺骸に取付いて泣いた。

「こんなことなら、いっそ大山などお詣りしなければよかった。すみません。あたしが居ないばかりに、どんなに寂しい思いをして仏になったんだろうね」

おふでは亭主の遺体に掻《か》き口説《くど》いて泣いた。店の者は、いつまでも亡夫の傍らから離れないおふでを宥《なだ》めすかして居間に連れ込むのに骨を折った。

「おかみさん、とんだことになりましたね」

と、兵助は泪《なみだ》を拭いているおふでに云った。

「おかみさんの留守にこんなことになろうとは夢にも思わなかった。だが、旦那は睡るような往生《おうじょう》だったから、安心してください」

兵助は大きい声で、

「それについて、肝腎のおかみさんが留守なので、出過ぎたことだが、わたしが町内の人と相談し、葬式万端手筈《てはず》を整えておきました」

「兵助、ほんとにあたしが悪かったよ。まさかこんなに早く旦那が亡くなるとは思わなかったからね」

おふでは激しく肩を慄《ふる》わせた。

「そう云ってはなんだが、死んだ人のことをいつまでも悲しんで、おかみさんまで病気になっては何にもなりません。これからはおかみさんが旦那に代ってこの商売をつづけなさるのだ。しっかりしなせえ。この兵助も及ばずながら一生懸命働きます」

「あい、そうしておくれ。兵助、あたしは何にも分らないんだから、商売のことは、これから先おまえだけが頼りだからね」

これは居合わせた悔《くや》みの町内衆が聞いていてまことに気持のいい話だった。兵助の誠実に心を打たれない者はいなかった。

しかし、兵助の言葉は、ここまでが高い声だった。彼はほかに相談があると云って、おふでを別間に誘い込んだ。暑いのに襖《ふすま》を閉め切り、彼女の傍らに身体を寄せた。

「おかみさんえ、旦那はああして亡くなったが、どうしてこう不意に死んでしまったか、おまえさんの胸に覚えがあるだろうね？」

おふではぎょっとして顔をあげた。その眼は怕《こわ》そうに兵助の顔を見ていた。

「それではやっぱり、あの薬が……」

彼女は息を詰め、声を潜めた。心なしか、その肩が慄《ふる》えていた。

「その通りだ。あっしも案外薬の効き目の早いのにびっくりしているところだ。おまえさんが今度の大山詣りに出かけるとき、少し量をふやしていたのが効いたんですぜ」

おふでは真蒼な顔になっていた。

「だが、安心しなせえ。医者の了庵も最後の脈を診に来たが、まさか毒薬で死んだとは気がついていねえ。……恰度《ちょうど》、旦那が死んだのは真夜中あたりだ。あっしは夜中に心が騒ぐので、起きて病室をのぞいてみたのだ。すると、旦那の様子が変っている。ほかの者もまさか急に容体《ようだい》が変ろうとは思わないので、みんな傍《そば》についていなかった。旦那の顔をのぞくと、もう眼の色が変り、吐く息も虫のようになっている。さすがのあっしも泡《あわ》を喰った。すぐにみんなを起して、丁稚《でっち》の定吉を医者へ走らせたのだが、それがもう間に合わなかった。臨終は大往生でしたぜ。旦那はなんの苦しみもなかった。あっしが筆の先で旦那の口の中に水を入れると、舌をわずかに動かしていたが、それっきりがっくりでさア」

「…………」

「そこには店の者がみんな見ている。あの藪医者《やぶいしゃ》だけじゃねえ。まさかおまえさんが大山詣りの前《めえ》に毒をふやして旦那にやっていたことなんざ、誰も気がつかねえ」

おふでは絶句して肩を痙攣《けいれん》させていた。

「心配することはねえ。あっしはどこまでもおかみさんの味方だからね」

兵助は襖の外に耳を澄ませた。町内の者が詰めかけるなどして混雑が遠くで聞えている以外、この部屋に近づく足音はなかった。

「もともと、おまえさんに二度目の大山詣りをすすめたのはあっしの計らいだ。……それというのも、おまえさんがあんまり蔦屋の久太郎さんと逢いたがっているからだ。つい、見るに見かねたのだ」

「これ、兵助……」

「なアに、人には分っちゃいねえから安心しなせえ。……おまえさんと久太郎さんの仲をあっしが初めて気づいたのは初度の大山詣り、この春四月に菜の花畑道を二日泊りで旅したときだ。今でこそこんなことをおまえさんに云えるが、真夜中におまえと久太郎さんとがお山の暗いお堂の中に消えたのを見たときは、正直、あっしも魂《きも》を消したぜ」

おふでは袖《そで》の中に顔を伏せた。

「無理もねえ。旦那とおまえとは年が開きすぎている。それに、どういうものかあんなぶらぶら患いになって、おまえも寂しい思いをしている最中だった。それに引替え久太郎さんは、あの通り役者にしてもいいほどの男っぷりだ。おまえでなくても、あの若い身体に惚れるのは女ならば当りまえだ。あっしは、おまえさんが可哀想になったのだ」

おふではしくしく泣いた。

「それというのも、お山から帰って、あっしの問におまえさんがあっさりと正直に云ってくれたからだ。長兵衛を気取るわけじゃねえが、こいつは侠気《おとこぎ》を出さねえわけにはいかねえ。ところが、お山とは違い、町内は人の眼も口もうるせえ。いくら久太郎さんに逢いたくとも不自由なわけだ。そいつをおれが見かねておまえさんに大山にお詣りするようにすすめたのだが、そこは如才なく両人で諜《しめ》し合わせ、久太郎さんも講中に加わった。おまえさんたちの首尾は、あっしの計らいでめでたく遂げられたわけだぜ」

おふでは顔をますます袖の中に隠した。その突伏《つっぷ》しているおふでの身体の腰のふくれを、兵助は無遠慮に眺めた。

「兵助、あたしが大山に詣っている間に、旦那が死んだのは、石尊さまの罰が当ったんじゃないだろうね？」

「何を気の弱いことを云いなさる。旦那が死んだのは身体の中に薬が回ったからだ。

神罰も仏罰もあるもんか」

「えっ」

「そんな気の弱いことを考えていると、あられもない妄想にとり憑《つ》かれて何を口走るか分りませんぜ。亡霊に魘《うな》されたり、仏罰に怖れおののくのは、みんな気の弱さから神経が妙な具合になるのだ。おまえさんが一言でも変なことを口に出すと、それこそ身の破滅だぜ。おまえひとりではない。可愛い久太郎さんまでさらし首の道連れにすることだぜ」

突伏したおふではまた肩を波打たせた。

「なに、そこはちゃんとこの兵助がついている。おまえは女、久太郎さんも気の強い男ではねえ。二人とも安心して万事はあっしに任せておくんなさい。それもせいぜいあと半年だ。この峠を越しさえすれば、おまえさん方も晴れて夫婦になれるというものだぜ」

兵助はおふでの背中を撫でた。

六

死んだ山城屋利右衛門の初七日がきた。

山城屋は同業のなかでも顔が広かった。当日は取引先の旦那衆も多勢集った。利右衛門は先代の商売を発展させ、今では地所のほかに、裏のほうに八軒の家作《かさく》もある。

これからの山城屋はどうなるのだろう、とは、焼香をしにきた者が胸に泛《うか》べた懸念だった。彼らは、僧侶のうしろに慎《つつま》しげに控えたおふでの顔を偸《ぬす》み見た。離れた所では番頭の兵助が神妙に数珠《じゆず》を繰っていた。

生涯後家を通すにはおふでの年が若すぎる。忌中髪《きちゆうがみ》は、恰度銀杏返《ちようどいちよう》しのかたちに似ているので彼女の色白な顔に色気を添えた。柔らかいまる味のある肩や腰は、二十五、六という女盛りを隠しようもなかった。

山城屋はどうなるんだろう――という疑問は、おふでさんはこれからどうするんだろう――という好奇心に通じている。あの若さではとても独り身で通せまい。第一、子供が無いから可哀想である。あれだけの器量だから、男も放って置かないであろう。利右衛門さんが死ねば、おふでさんが山城屋の財産を受継ぐことになるのだが、これからはさぞかし色と欲との二筋道を狙った男が現われるに違いなかろう。

一体、それはどこの誰であろう。口にこそ出さないが、みなの目色は互いにそれを囁《ささや》き合っていた。

その疑問や好奇心やに答えるように、参会者がお斎《とき》の膳に並んだとき、当のおふでと番頭の兵助とが末席に並んで挨拶《あいさつ》した。

「ええ、これはおかみさんからご挨拶しなければならないところですが、なにしろ、まだ利右衛門と死に別れた悲しみが抜けておりませぬ上、女のことではあり、番頭のてまえが代りましてみなさまに申上げます」

十二畳の座敷の両側に居並んだ客の間に手をついた兵助は、首をうなだれているおふでのほうをちらりと見て、丁寧《ていねい》に口上を述べた。

「ご承知の通り、利右衛門夫婦には子供がおりませぬ。当分のところはおかみさんが主人《あるじ》となって商売をつづけますが、仏の遺志もあり、近々、養子を迎えるつもりでございます」

この言葉を聞いて客は静かなざわめきを起した。

「と申しましても、おかみさんにお婿《むこ》さんがくるという意味ではございませぬ。おかみさんは亡くなった旦那に貞節を尽すため、一生独りで通す覚悟だと申しております」

客の眼は一斉に下座のおふでと兵助に向っていた。

「養子の儀につきましては、故利右衛門の親戚が江州《ごうしゅう》長浜在にございますので、そこから十二になる男の子を迎えることになっております。これは遠からず江戸に呼び寄せて手元に置くことになっておりますので、その節はまた改めてみなさまにお目通りさせ、お引立てを願うことになっております。……ところが、何にいたせ、養子と申しましてもまだ子供ではあるし、この商売とは全く縁の無い先から参りますので、当分の間、てまえ兵助が及ばずながら商売のほうを見させていただき、養子が一人前になるまでいろいろと教え込むつもりでございます。向後もお見捨てなくおつき合いのほどを願います」

この口上につづいておふでが、

「ただ今、兵助が申した通りでございます。よろしくお願いします」

と、低い声で挨拶した。

客一同は大きくうなずき合い、それで山城屋さんも大磐石《だいばんじゃく》だとか、利右衛門さんも安心して成仏《じょうぶつ》されるだろうとか、番頭さんの後見なら何も心配はいるまい、われわれも山城屋さんには出来る限り商売のお手伝いをしたいなどと、口々に明るい声を湧かせた。

「兵助さん、その江州のご養子はいつごろ江戸にお下りですかえ？」

と、同業のなかで世話役として通っている年寄りが訊いた。

「はい、何せ、利右衛門が思いのほか早く死んだので、いろいろと先方でも準備があり、まず、三月《みつき》ぐらいはかかるだろうと思います」

兵助が神妙に答えた。

「そりゃ何よりだ。それでこそ山城屋もめでたいな」

と、一座の年寄りは祝福した。

それで座がさらにはずみ、賑《にぎや》かな笑い声も起った。近所の女房や店子《たなこ》の娘たちが酒の間を斡旋《あっせん》する。山城屋はこの辺で聞えた分限者《ぶげんしゃ》でもあるし、利右衛門の人柄がよかったので、台所の手伝人も多い。

おふでは座敷と台所に、そのみずみずしい後家姿を往復させた。

――それを見て溜息を洩らす者がある。利右衛門さんもあのおかみさんを残しては死んでも死に切れまい、さぞかし心残りであったろうと誰彼となく云い合った。

「おかみさんえ。おまえさんも利右衛門さんの病気祈願にわざわざ相州大山まで出かけたくらいだから、尽すだけは尽しなすったのだ。寿命は人間の定めだから仕方がねえ。利右衛門さんもおまえさんの亭主孝行にきっと喜んで逝《ゆ》かれたに違いない」

酒の席で、そんなふうにおふでを慰める者もいた。

大山詣でのことを云われると、おふでは身を切られるように辛かった。利右衛門の病状悪化の本当の原因を知る者は、自分のほかに、番頭の兵助と蔦屋の久太郎しかない。ほかの者は、おふでが利右衛門の死に目に遭《あ》わなかったことに同情している。おふでの秘密は久太郎、兵助の秘密でもある。いわば利右衛門はこの三人に謀殺されたようなものだった。

利右衛門に飲ませる毒は兵助がどこからか手に入れて、これを毎日少しずつ飲ませろとおふでにすすめたものだ。はじめは怖ろしかったおふでも、久太郎と自由に逢いたいばかりに兵助の云いなりになった。彼女はこのことを久太郎にも打明けている。

久太郎も初めは仰天《ぎようてん》したが、おふでに溺《おぼ》れている彼は、結局、彼女を振切ることができなかった。

罪の意識は互いの愛情を一層に刺戟《しげき》した。そのおふでは二度目の大山詣でから帰って利右衛門の死体を見たとき、兵助からかねての毒薬が効いたのだと囁かれたのだ。

今日も久太郎はこの初七日の席に客として来ている。近所の誼《よしみ》として普通なら久太郎の親父久兵衛が参会するはずのところ、親父は去年から中風《ちゆうふう》を患《わずら》って寝たきりになっている。久太郎はさしずめその代理として来ているのだが、もとより、大びらにおふでの顔が見られることなので当人ははずんで席に連なった。久太郎の眼とおふでの眼とはときどき花火のように光を散らし合った。どうかすると、おふでの熱い視線が久太郎の上にうっとりと止まって、よそから声がかかっても気づかぬことがある。

この末席には修験師の天順も連なっていた。天順はおふでと久太郎の様子ばかりを窺《うかが》っていた。他人には分らないが、彼にだけはこの両人の忍びやかな合図が手に取るように分っている。そのつど、くぼんだ眼窩《がんか》の奥から二つの眼が嫉妬《しつと》深く光るのであった。

兵助は客の相手をしたり、雇人たちに指図をしたりして、この家の大黒柱ぶりを発揮し、誰が見ても頼もしげな番頭ぶりだった。如才はないし、永年積み上げた商売経験の厚みもある。兵助さん、番頭さん、とほうぼうから盃が降るように差されていた。

そのうち、兵助は酔を醒ますように中座した。母屋《おもや》と蔵の間には僅かな庭とも空地ともつかぬものがある。彼は蔵の横手に回った。雇人も今日は座敷のほうに手を取られてここには居なかった。兵助が柳の青葉を見上げていると、やがて足音が聞えた。それは大男の天順だった。

「兵助さん、何か用かえ？」

と、天順は訊いた。彼は中座するときの兵助に眼で合図されていたのである。

「ふふ。天順さん、おめえ、おかみさんの様子を見たかえ？」

兵助は柳の梢《こずえ》に顔を向けたまま訊いた。

「うむ、なかなか忙しいようだな」

「とぼけちゃいけねえ。おめえはおかみさんと久太郎さんとが眼でたびたび合図し合ったのを見ているはずだ。おっと、匿《かく》しても無駄だ。おれはおめえがあの二人のほうばかり窺っているのを、ちゃんと横目で睨んでいたからな」

「…………」

「天順さん、おめえはおかみさんが好きなはずだ。こともあろうに、あの陰間《かげま》のような久太郎におかみさんが吸寄せられているところを目《ま》の当り見たんじゃ、おめえの気持もたまらねえわけだ。今日のおかみさんは、うす化粧ながらぞくぞくするような女っぷりだぞ。おめえの眼にはちっとばかり毒だったな」

「兵助さん」

「まあ、もう少し辛抱《しんぼう》しな。いつか話したように、あのおかみさんは必ずおめえの女にするように仕向ける。この兵助は商売物の蠟燭《ろうそく》の値段を弾《はじ》いてるだけじゃねえ、そっちのほうの算盤《そろばん》も確かなつもりだ」

「兵助さん、おれはおめえの云うことなら、どんなことだって聞きます」

天順はうれしそうにうなずいた。

七

初七日が過ぎるとふた七日《なぬか》、次はみ七日と仏前の供養がつづくが、これにも蔦屋の久太郎は必ず線香を上げにきた。彼の目的がおふでの顔を見にくることにあるのは云うまでもない。

そのおふではみ七日が過ぎた頃から、日が昏《く》れるとこっそり裏口から出て行くようになった。

「おかみさんはお寺詣りだ。裏の戸締りはおれがするから、みんな早く寝ろ」

と、兵助は雇人どもを表のほうへ追いやった。山城屋も四十九日が過ぎるまでは
まだ本気に商売をするつもりはないようだ。

おふでは六ツ（六時）を過ぎて出て行くと、五ツ半（九時）ごろにこっそりと裏の戸を叩く。それを開けるのが兵助の役目である。

「兵助、すまないね」

と、おふでは闇の中で恥しそうに礼を云った。おふでと久太郎とは浅草の奥山の茶屋の二階で媾曳《あいびき》しているらしい。男と逢ったすぐあとのおふではまだその余情が冷めきれずにいて、疲れたような姿もなまめかしかった。

「おかみさん、そうしげしげ久太郎さんと出遇《であ》って人目に立たないかえ？　こんなことはすぐに評判が立つ。まあ、気をつけてやるこったな」

「それは分ってるけど、久太郎さんと四日も逢わずにはいられないんだよ」

おふでは正直に云った。年の多い利右衛門の後添《のちぞい》に来て永い間寂しい思いをしたおふでは、若い久太郎と出来合って以来、一どきに溜った生命《いのち》を燃え上らせているようであった。

「まあ、お互い、暗い内緒ごとを抱いている身だ。おまえさんもそこは分別をつけるんだな」

兵助はおふでの忠実な番頭だったり、利右衛門殺しの共謀者になったりする。

「ねえ、兵助、あたしはおまえにはこの山城屋の財産を分けて上げるからね、どこかで店を開くがいいよ。あたしは久太郎さんをこの家に入れて山城屋の跡を継がせるつもりだよ」

おふでは前からその覚悟を兵助に打明けている。兵助に財産のいくぶんかを与えるというのは彼への報償《ほうしよう》であり、仲間としての分け前であった。兵助も、それには異存がないようだ。

初七日の晩に皆に披露《ひろう》した江州からの養子の一件は、勿論《もちろん》、おふでの当座の云い逃れであった。山城屋の将来がみんなの注目をひいているので、ひと通りの筋道を立てて抑えたまでだ。それも兵助の入知恵であった。

「しかし、久太郎さんも一人息子だ。蔦屋も山城屋には及ばねえが、もう相当な商売をしているし、地所も持っている。おまえさんが久太郎さんと一緒になるつもりでも、親御さんがとても首を縦には振るめえ」

と、兵助は云った。しかし、女は逆上《のぼ》せていた。

「久太郎さんが云うにはね、親父さんはあの通り中風で寝ている。もし、万一のことがあれば、あとは蔦屋をどうしようと久太郎さんの考え通りになるそうだよ」

「だって、それじゃ、おふくろさんが承知しなさるめえ」

「おふくろさんは久太郎さんを可愛がっているから、少々の無理は聞いてくれそうだと云っていたよ。だから、あたしはおふくろさんをこっちに引取ってもよいし、あの通り年寄りでもないから、どこかに後添の話があれば、本人の気儘《きまま》にさせてあげると云っておいたよ」

「なるほど、あのおふくろさんは久太郎さんのおふくろとは思えねえくらいに若いな」

「十八のときに久太郎さんが出来たそうだから、今やっと四十になったばかりだね」

「それで、久太郎さんはおまえさんと一緒になって、蔦屋の商売をどうするつもりだろうね？」

「久太郎さんは、そうなれば蔦屋の株を他人に売って、財産も山城屋のぶんに一緒に合わせてもいいと云っているよ」

「えっ、久太郎さんはそんなことを云ってるのか？」

兵助もこれには少々おどろいた。蔦屋の財産が山城屋と一緒になれば、おふでは山城屋の財産のいくらかを兵助に与えても、まだ現在より太ることになる。もっとも、お互い熱くなっている久太郎とおふでは、そんな財産上の駈引《かけひき》などは考えてないようだ。しかし、おふでの洩らしたその一言は、兵助に今までの考え方を少しばかり変えさせた。やがて四十九日もきた。それが過ぎたらおふでの媾曳もいよいよ激しくなるかと思われたが、今度は逆に彼女は外へ出なくなった。その代り鬱陶《うっとう》しい顔をして家の中に沈んでいる。

「おかみさん、どうしなすった？　このところばかにおとなしくなったようだね」

兵助が訊くと、おふでは深い溜息をついた。

「兵助、久太郎さんは、どうやら親父さんにあたしと逢うのを止められたらしいよ」

「えっ、じゃ、おかみさんとの仲を親御さんが気づかれたのかえ？」

「気づかれたというかどうか」

と、おふでは吐息を重ねた。

「久太郎さんは、この前の晩にそう云ったんだよ。近ごろ親父がやかましくていけないと。あたしの名前をはっきりとは云わないが、なんだか媾曳の相手があたしだとは察しがついた様子。大事な蔦屋の跡取として世間さまにうしろ指を差されるような間違いがあっちゃいけないと、厳しく叱られたというんだよ。おふくろさんはおふくろさんで、中風の親父さんにあまり気を揉《も》ましては身体のためによくない、親孝行だと思って相手の女と縁を切っておくれ、そして親父さんの眼の黒いうちにどこからかちゃんとした嫁を取ってくれと久太郎さんを泣き落してるそうだよ。久太郎さんは、あの通りおとなしいから無下《むげ》にも逆らえずに、しばらくお互いに逢わないでほとぼりを冷ましたほうがいいと、あたしに云ったんだよ」

「なるほど、おまえさんの話しぶりから察すると、こいつア誰かがおまえさんと久太郎さんとの仲を両親に告げ口したかもしれねえな」

「えっ、なんだって？」

「その証拠に、この近所で久太郎さんとおまえのことを気づいている者は一人も居ねえ。あっしはそれが一番気がかりだから他人の内緒話には聞き耳を立てているが、久太郎さんとのことはちっとも入ってこねえ。それを久太郎さんの親御だけが察するわけはねえ」

「じゃ、誰がそんな余計な告げ口をしたんだろうね？」

「誰だか知らねえが、その詮索《せんさく》よりも、いずれはそういうことも起ると覚悟していなけりゃアならねえことだ。久太郎さんの云うように、おまえさんたちもしばらく間をおくんだね。そのうちあっしが機会《おり》を見てこっそり久太郎さんに逢わせようじゃねえか」

「そんなら、兵助、必ずそうしておくれかえ。あたしゃもう、これで一年も久太郎さんと逢っていないような気がするんだよ」

「はて、おかみさんもまるで小娘のようだな」

小娘と違うのは、この熟《う》れ切った後家が女盛りの身体をどうしようもなく身悶《みもだ》えしていることだった。

天順はときどきこっそりと兵助に会いにきた。

「どうやらおめえの告げ口が効いたようだぜ。このところ、おかみさんも久太郎には逢えねえで焦《じ》れている」

兵助が伝えると、天順は、その真黒い顔に満足そうな笑を泛べた。

「やっぱりおめえは偉え。おれはおめえの指図通り、久兵衛さんの病気祈願にこと寄せて、そっとここのおかみさんと久太郎との仲を教えてやったのだ。久兵衛さんも、女房のお芳《よし》さんも顔色を変えていたぜ。それで久太郎は閉門蟄居《ちっきょ》を仰《おお》せつかったにちげえねえ」

「可哀想に、うちのおかみさんは毎日暗い顔で鬱《ふさ》ぎこんでいる。なあ、天順さん、もう少しの辛抱だ。おかみさんの身体が渇《かわ》き切りさえすれば、待っていたようにおめえに落ちるのは間違いなしだ」

「そんなら、兵助さん、二、三日うちに首尾を計ってくれるかえ？」

「そう急《せ》いてはことを仕損じる。気長にかみさんがいよいよ焦《じ》れてくるのを待つんだね。その頃合は、この兵助に任しておきな」

「ありがたい話だが、そうおまえにおれの心を見抜かれちゃ、いまさら体裁をつくろってもはじまらねえ。おれの心配は、おれのような醜男《ぶおとこ》と、久太郎のような優《やさ》男《おとこ》とでは較べものにならぬことだ。おまえの云うように、そううまくおかみさんが落ちてくれるかえ？」

「うむ」

と、兵助は仔細らしく腕を組んだ。

「そうだな。一番いいのは久太郎が居ねえことだがのう」

「なに、久太郎をどうかするのかえ？」

「まあさ、こいつは譬《たとえ》の話だ……」

八

山城屋は戸を開けたが、商売は利右衛門が生きているときのような活気がなかった。商売人は初七日を待たないでも店を開けるが、山城屋は四十九日をすぎても、まだ半戸が下りている感じの湿っぽさであった。それというのも、肝腎の女主人《おんなあるじ》のおふでに元気がないからである。

事情を知らない者には、おふでが利右衛門を失った悲しさからまだ脱け切れないでいるように映る。彼女は店には滅多《めった》に姿を見せず、奥の居間に閉じこもっていた。

兵助には、おふでの鬱《ふさ》いでいるわけがよく分っている。

「おかみさん」

兵助は、その居間をのぞいてはおふでに声をかけた。

「そんな暗いところに引っこんでいては頭痛がひどくなるばかりだ。少しは表に出たほうが楽ですぜ」

「ね、兵助。おまえ、いつ久太郎さんと逢わせてくれるんだね？」

おふでは振り向いて訊いたが、その顔は瘠《や》せて蒼白くなっていた。

「あっしも気を揉んでいるが、なにぶん、久太郎さんところの親御さんの眼が光っているんでね。山城屋の番頭のあっしはうっかりあの家に近づけねえのさ。まあ、そのうち、なんとか計らうから、気楽にして待っていなせえ」

「いいえ、あたしは、もう、一ン日でも待ち切れないくらいだよ。ねえ、兵助、後生だから早く久太郎さんに逢わせておくれ」

年増女は熱い身体の冷ましようもなく、分別を忘れている。若い久太郎が欲しい一途《いちず》だった。

兵助はそれを心で嗤《わら》っている。彼の算盤《そろばん》の珠は正確に弾《はじ》かれていた。

その晩のことだ。おふでが居間で、きゃあ、と異様な悲鳴をあげた。

兵助が障子を開けて入ると、おふでは寝巻のまま枕の上に顔を突伏していた。

「おかみさん、どうなすった？」

兵助が背中を抱えると、おふでの胴体は慄《ふる》えていた。

「あれ、石尊さまの天狗が……」

おふでは顔を枕から上げずに云った。

「なに、天狗？」

「そこに……そこに見えないかえ？」

おふでの声に兵助はあたりに眼を移した。すると、枕元の行灯《あんどん》の傍に真赤なものが落ちていた。それは天狗の面だった。

「うむ、これか」

兵助は手に取って見た。なるほど、おふでが云う通り、この面は大山のものであった。大山の石尊には不動堂のほかに天狗堂がある。それで、大山の奥山には天狗が棲《す》んでいるという言い伝えもあった。大山講は別名天狗講とも云っていた。

「どうしてこんな所にこんな面が落ちていたのだろう？」

と、兵助は怪《あや》しんで訊いた。

「怖ろしい」

と、おふでは声をわななかせた。

「罰《ばち》がおそろしい」

罰とは云うまでもなく、おふでの亭主殺しのことである。久太郎と通じた上に亭主に毒を盛って殺す――それだけでもお上に知れると打首ものだった。しかし、そんな刑罰を受ける前に、彼女は仏罰を蒙《こうむ》ると恐怖しているのだった。

「なるほど、今まで無かった面がふいに出てきたのは不思議なことだ。おまえさんの云う通り、石尊さんが大山から来たのかもしれねえな」

と、兵助も云った。

「あたしは今に石尊さまに殺されるかもしれない」

おふでは瘧《おこり》がついたように戦慄《せんりつ》するだけだった。彼女が歯の根も合わずに語るところによると、寝る前には何も無かったものが、睡っている間にふいと顔に当るものがあるので眼を醒ました。すると、この天狗の面が高い鼻を空に向けて金色の眼を怒らしていたので、気絶せんばかりに愕《おどろ》いたというのだった。

「きっと、この面は大山から飛んで来たに違いないよ」

と彼女は愬《うった》えた。

「しっかりしなさい、おかみさん」

と、兵助は彼女の肩を抱いた。

「おまえばかりが仏罰に当るんじゃねえ。このあっしもおまえと同罪だ。いかにおまえのためと思って久太郎さんとの間を取持ったとはいえ、悪いことをしたのには変りはねえ」

「いいえ、兵助。おまえの気持はうれしいが、あたしのために仏罰を蒙《こうむ》ると思えば、あたしはいっそう罪業が深いよ」

「おかみさん」

兵助は抱えていたおふでの肩に力を入れて抱き寄せた。

おふでは愕《おどろ》いたように眼を大きく開き、兵助の顔を下から見上げた。

「こんな天狗の面なぞがここにあるからいけねえのだ」

彼はおふでを抱いたまま片手を伸ばして天狗の面を摑むと、片隅へ投げた。行灯の灯はそこまでは届かなかったので、面は暗いところに消えた。

「あれ、そんなことをすると、余計に罰を蒙るよ」

「なに、構うことはねえ。罰を受けるならおかみさんと一緒だ。あっしはそれで本望だ」

「兵助、おまえは……」

「おかみさん、今だからこそ打明けるが、おれはとうからおまえに惚れていたのだ」

「え？」

「悪いとは思っても、まだ旦那が生きている間は心持を抑えていた。今は旦那も死んでしまったし、おかみさん、おれはこれ以上辛抱はできなくなったのだ」

「兵助、おまえ、気でも狂ったのかえ？　あたしには久太郎さんという男があるのを承知の上で……」

「その久太郎さんをおまえに取持ったのは、このあっしだ。だが、それも惚れたおまえのことを考えて自分の心持にねえことをしたまでよ。おかみさん、いやさ、おふでさん」

「え？」

「おれの思いを遂《と》げさせてくれ。おまえとなら、たとえ天狗にとり殺されようと、お伊勢さまのお札に頸《くび》を絞められようと、おれに悔《くい》はねえぜ」

兵助は彼女の肩を抱き込んだまま一緒に床の上に倒れた。

「兵助、な何をする？」

「ここまで慕ってきたおれの心だ、もう止めようはねえ。暴れ馬のようなものだから、おまえも覚悟を決めてくれ」

「いけない。あ、兵助」

と、おふでは必死に踠《もが》いた。

「おまえにこんなことをされると、あたしは久太郎さんに申し訳ないよ」

「久太郎だって？　あの男もいずれはおまえと同罪だ。石尊の罰も逃れようはあるめえ」

「え？」

「まあ、静かにしな。なるほど、年の違う旦那のところへ嫁に来たおまえだ。若い身空で十分な思いも遂げていねえところに旦那の病気だ。そいつが大山詣りのひょんなことから、生っ白い若い男とくっ付いたおまえの気持も分らないでもねえ。だが、おふでさん、あんな陰間野郎《かげまやろう》の身体よりも、このおれのほうがよっぽど情が深えぜ。まあ、一度、おれに抱かれてみな。今度はこの兵助が気に入って、久太郎なんざどうでもよくなるのは請合いだ」

「兵助、堪忍《かんにん》しておくれ」

おふでは必死に寝巻の前を抑えた。

「はて、こうなったらおとなしく往生しな。とっくりと、この兵助の技がおまえを喜ばしてやるぜ」

「あ。あ、あ……」

「ふふふ」

兵助はおふでを押えつけて勝手なことをはじめた。

おふでは顔も身体も左右に激しく振っていたが、そのうち胴体だけが力が抜けたように静かになった。顔の動きも次第に緩慢《かんまん》となるが、その代り、顎《あご》を反《そ》らせて歯を喰いしばっている。それも堪《た》えられなくなって苦しげな声が洩れた。

枕はどこかに刎《は》ね飛び、ずり上った背中は蒲団《ふとん》からはずれて畳の上についていた。髪が解け、櫛《くし》もかんざしも落ちた。おふでは拷問《ごうもん》に遇っているように荒い息を吐いた。

長い時間の挙句、おふでは死んだように眼を瞑《つぶ》って動かなくなった。

「どうだい、おふでさん」

と、兵助は半裸になった女の傍らにかがんだ。

「極楽往生の心持はまんざらでもあるめえ。久太郎のような乳臭い男とは段違いだと分ったかえ？」

おふでは、顔の汗に乱れた髪毛を粘りつかせて無言だった。

「ふふ。おめえが何も云わなくとも、その顔つきにちゃんと書いてある。まだ夢の中に遊んでいるようだとなあ。こんな心持にさせる男はそうざらにねえ、おれは女のほうを喜ばす性質《たち》でな。おまえは気がつかなかっただろうが、これで若いときからちょくちょく店を抜け出て吉原《なか》に遊んできた道楽のおかげだ。女郎の直伝よ」

兵助はおふでの耳をくすぐるように云った。

「これからはこの兵助に毎晩、虐《いじ》められてみたくなるぜ」

「いや」

と、おふでは僅かに割った唇の間から呼吸《いき》ともつかぬ声を洩らした。

「うむ。おめえはまだ久太郎に義理を立てているんだな。そいつは止したほうがいい。おまえはあの若僧と夫婦になるの候《そうろう》のと騒いでいるが、あんな者をこの家に引き入れたんじゃこの身上《しんしょう》が潰《つぶ》れる。商売違いの上に青二才じゃ何もできやしねえ。それじゃ死んだ旦那に義理が悪かろう。なに、どうせ貞女とは云えねえおまえの身体だ、ここは一番、おれと夫婦になったほうがよかろうぜ」

「えっ」

おふでがおどろいて顔をもたげるのを、兵助は手で柔らかく押えつけ、その汗ばんだ頬を舐めた。

「おふで。仏罰ならおれと一蓮托生《いちれんたくしょう》で受けようぜ……」

九

久太郎が殺された。——

それも奇怪な死にざまである。彼はその前の晩から家から居なくなっていたのだが、朝早く蔦屋《つたや》の小僧が裏の蔵の前で俯伏《うつぶ》せになっている久太郎を発見した。しかし、ただ横たわっているのではなく、彼の背中には木太刀が突き刺さっていた。

大騒ぎになってみなが集ったが、久太郎は動かなかった。地面にはどす黒い血が流れ、すでに黒ずんでいた。

駈けつけた人は久太郎の背中に刺さっている木太刀を検《しら》べて見た。それには「大山石尊権現」という焼判が捺《お》してあった。

縄張内から岡っ引が来て、木剣を久太郎の背中から抜いた。

「これだな」

木剣の先はさらに尖《とが》るように削《けず》られてあった。はじめから久太郎を刺すつもりで細工したものらしく、木剣の先端は三寸も血がべっとりと付いていた。

検視の役人がきた。久太郎の遺骸は両親に渡された。岡っ引は問題の木太刀の出所をいろいろと詮議した。これは相州大山詣での者に関りがあることははっきりしている。この太刀は何かの願いごとを書きつけて参詣者が権現社の前に奉納することになっているからだ。しかし、この木太刀には祈願の文字はなかった。ただ焼判が捺してあるだけだが、これは大山の土産物《みやげもの》で、いくらでも売っている。岡っ引はまず蔦屋に最近出入りしていた天順を調べた。彼は大山詣での際の先達をつとめているからだった。

天順はその晩ずっと山城屋に居たと云い張った。岡っ引は山城屋に来て、おふでと兵助に訊き合わせた。両人とも天順は宵《よい》から来て朝まで一緒に居たことを証明した。

「天順さんを呼んだのは、旦那の冥福祈願《めいふくきがん》を頼んだからです。今までは坊さんにお願いしていましたが、おかみさんが旦那の病気のときに大山詣でをして祈願しているので、今度は天順さんにお願いしようということになって来てもらったのです。そのうち話がはずんで、とうとう奥で寝てもらいました」

兵助はおふでと口を揃えて云った。むろん、おふでは兵助の入知恵もあったが、久太郎殺しの関り合いを恐れたからだった。天順は一度も来ていなかった。いくら天順が怪しくとも、こういう証人がいれば、岡っ引もすぐには彼を引張れなかった。

「大山詣でをしたのは何度だえ？」

と、岡っ引は訊いた。

「へえ、おかみさんとわたしが一度、あとでまたおかみさんが一度詣っております」

「それはほかの者も一緒かえ？」

「へえ」

兵助は、その名前をいちいち挙げた。その中に久太郎が入っていた。

「なに、久太郎がいたと？」

岡っ引は眼を光らしたが、そこからは犯人と結ぶ根拠をまだ見出し得なかった。

おふでは、久太郎が殺されたと聞いたときから奥で慄えていた。

「とうとう久太郎さんが仏罰を受けた」

と、彼女は蒼い顔になって口走った。

「どうしよう。今にあたしもあの奉納剣で殺される」

この前の晩に天狗の面を見たとき以上の恐怖がおふでを襲っていた。

「気を強く持つんだな」

と、兵助はおふでを抱いた。

「おめえの傍《そば》には亭主のこのおれが付いている。久太郎は気が弱えから一番先に狙われたのだ。仏罰も気の強いほうは避けて通りそうだ」

彼はせせら笑った。

「でも、おまえ、あたしは、もう生きた心地がしないよ」

「まあまあ、気を静めてくれ。石尊さんも久太郎をひとり殺しただけでさぞ気が晴れたにちげえねえ。相手は仏さまだ。そうむやみと人を殺すものか」

「どうぞ、災難はこれで済むように」

おふでは怖ろしそうに手を合わせた。

「人を殺すのは石尊さんより人間さまのほうがよっぽど怕《こわ》いぜ」

「え？」

「なあ、おふで。おれとおまえとは利右衛門さんを殺したのだ。もう一人の片棒久太郎は、あの仏罰でこの世には居ねえ。これからはほんとうにおれとおまえと二人だ。どちらも死ぬまで口を割るめえぜ」

口を割らないということは相手の秘密を暴露しないことである。兵助の口吻《くちぶり》はおふでへの脅迫でもあった。

「そんなことよりも、これからはお互い愉《たの》しくいこうぜ。おまえも久太郎が死んでさっぱりとしただろう。こうなりゃ誰に憚《はば》かることもねえ。利右衛門さんの百ヵ日がきたら、この兵助を入婿として立派に披露しようぜ」

「…………」

「なあ、おふで。おまえもおれにかかってはもう思いあまることもあるめえ。ほれ、おれがいった通りじゃねえか。このごろのおまえは、てめえのほうから脚を絡ましてくるぜ」

事実、おふでは兵助に落ちてからは顔色もよくなってきた。前には腰のあたりが重かったが、近ごろでは浮くように軽くなっている。彼女は、結局、兵助の入婿のことも承諾《しょうだく》した。兵助と寝るようになってからは、まだ生きていた若い久太郎さえ何となく物足りなくなっていたくらいだ。その久太郎が死んだのだから、一も二もなかった。

「でも、あたしは恥しいね。番頭のおまえと前からそんな仲だったと見られては、よっぽど淫奔《いんぽん》な女と世間の人に思われそうだよ」

「そんな遠慮はいるものか。人の噂もしばらくの間だ。そのうちおれの腕で山城屋の身上をひろげて見せる。そうなると、世間はかえっておれを婿に直したのをおまえの手柄だと思うぜ。……淫奔な女だと見られようがちっとも構わねえ。おまえの近ごろは、夜になるとまるで夜叉《やしゃ》のような狂い方だぜ。ちっとは色ごとも慎まねえと、それこそ今度は色痩せに痩せてくるぜ」

「まあ、それもおまえのせいだよ。いやだねえ、こんな真昼間に恥しいことを云わないでおくれ……」

おふでは兵助の背中を抓《つね》ったが、

「ほんとうに、おまえ、こんなあたしに石尊さんが罰は当てないだろうね？」

と、また心配顔になった。

「いくら云っても聞き分けがねえ。おまえはおれにさえしっかりとつかまっていればいいのだ」

「そうは云うけれど……ねえ、おまえ」

と、彼女は急に声をひそめた。

「天順さんは、もしや、久太郎さんに仏罰を当てるために、あの晩どこかで呪法《じゅほう》をやっていたんじゃあるまいね？」

おふでは天順が岡っ引に疑われたことをそんなふうに解釈している。天狗の面を見て以来、どこまでも石尊の祟《たた》りだと彼女は考えているようだった。それも亭主を殺して久太郎と通じたうしろめたさからである。

「うむ、そんなにおまえが気に病むなら、どうだ、天順さんに頼んで厄払《やくばら》いの大山詣でとしようか」

兵助は思いついたように云った。

「そうすれば、石尊さんもおれたちの罪を赦《ゆる》して、何もかも無事にゆくにちげえねえ。こいつは商売繁昌の祈願にもなるから一石二鳥だぜ」

おふではそうすると、喜んで承知をした。

「兵助さん」

と、天順が翌晩裏口に忍んで兵助を呼出した。

「蔦屋の久太郎はうめえこと片づけたぜ」

「なるほど、石尊さんの奉納剣を削って久太郎の背中からぐさりと刺したところなんざ芸が細かい。さすがに大山詣での先達だけあるぜ」

「そう賞められては恥しいが、おめえのおかげで岡っ引にしょっ引かれずに済んだ。この上ともよろしく頼むぜ」

「むろんのことだ。久太郎を殺したほうがいいと云ったのはおれの口からだ。大丈夫、そいつは安心しねえ」

「いいや、もう一つ安心してえことがある。おい、兵助さん、おかみさんはいつおれに渡してくれるんだえ？」

天順のいかつい顔が暗い中でも真剣に硬張《こわば》った。

「そのことだ。おかみさんはこんど久太郎が奉納剣で殺されたのを知って、石尊さんの仏罰だと怖れている。かみさんの気が静まらねえうちはどうにもならねえ。たとえおれが取持っても役に立ちそうにもねえ。そこで、天順さん、おかみさんの怖れを払うために、おいらと三人で大山に詣ろうじゃねえか。え、それが一番の近道だぜ」

天順は暗いところでしばらく考えていたが、

「よしきた、そいつはいい考えだ」

と彼は大きくうなずいた。

十

天順、おふで、兵助は揃って大山詣りに出かけた。兵助は二度目だが、おふでは三度目になる。近所には利右衛門の冥福を祈りに出かけると云って留守を頼んだ。彼らには、あとから旅をする者もつづくので、誰がうしろから跟《つ》けているか分らなかった。

江戸より大山までは十八里。今度の道順は東海道を通らずに宮益《みやます》坂から道玄坂へさしかかる。この辺は茗荷《みょうが》畑や茶畑が多い所だ。今の厚木街道がその頃の大山街道で、一行はこの前と違い、おふでを急《せ》き立てて狛江《こまえ》に一泊した。その晩はおふで一人を二階の部屋に置いて、男二人は階下《した》に寝た。兵助は鼾《いびき》をかいて寝たが、大男の天順はなかなか寝つかれない。彼はほとんど夜通し横に寝ている兵助の様子を窺っていた。兵助がおふでのもとに抜け駈けするのを要心しているのだった。

翌る朝は早立ちで、その日の夕景には子安に着き、山麓《さんろく》の宿に泊った。

「兵助さん、今度はちっとばかり荒行になるが、いいかえ？」

天順はその晩に早速云った。

「なんだか知らねえが、あんまりおどかさないでもらいてえ。一体、どんな荒行だね？」

兵助は訊いた。

「なに、いつもいつも大山詣でに遊山気分では申し訳ねえ。明日の朝は早く起きて、おまえとおれとで大滝に打たれたいのだ」

「なに、おれたち二人でか？」

と、兵助も眼を光らした。

「おかみさんは女だ。まさかそんな荒行もさせられまい。この前と同じようにおまえが名代をつとめるのだ」

「そうか。ここに来ればおめえが先達だ。何もかもおめえの云う通りになるぜ」

兵助は逆らわなかった。その晩も女のおふではほかの講中の女連れの中に入れてもらって寝《やす》ませ、兵助は天順と共に男ばかりの講中と寝た。ここでは贅沢《ぜいたく》なことは云っていられない。それでも天順の眼は蒲団の中から絶えず兵助の様子を見張っていた。彼の警戒は変りなかった。

翌朝早く、兵助は天順に起された。

「おい、兵助さん、ぼつぼつ大滝に上ろうぜ」

二人は滝打たれの支度にかかった。これにかかるには裸のままか、経文を書いた白衣に荒縄《あらなわ》の襷《たすき》がけで打たれるかである。天順は兵助にも白い着物を渡した。襷縄も付けてくれた。

長い石段を登った。深山幽谷のこの辺では夜明けが遅い。あたりはまだ暗かった。

天順は先達だから真先に滝壺に入って打たれた。

「おい、兵助さん、早くこっちに入ってくれ」

天順は飛沫《しぶき》の中で声をかけた。

「よしよし」

兵助はぐずぐずしている。その白衣はうす暗がりの中にじっと立っていた。

「兵助さん、何をしている？　おめえにはこの大滝に打たれて懺悔《ざんげ》して貰いてえことがある」

天順は落下する水音の中で大声を張上げた。

「まだおめえはそこに立っているな。おめえはこの大滝に打たれるのがそれほど怕いのかえ。お。まだそこに竦《すく》んでやアがるな。やい、兵助」

と、天順はいきなり大きな声を出した。

「よう聞け。この大山の大滝に垢離《こり》を取るときはな、誰でも今までしてきた悪事をすっかり懺悔することになっている。それで罪障消滅するのだ。それも普通の罪業じゃねえ。ここで懺悔するのは色事と決っている。やい、ここに居るのはおめえとおれだけだ。そこに竦んでいても、今にこの滝壺に引きずってくるから、そう思え」

天順は咆《ほ》えた。彼の眼にはまだ白衣が暗い中にうすぼんやりと立っているのが見えるだけだった。しかし、それは天順がうしろ向きになって滝壺に入るとき、兵助が素早く脱いで梢にかけた白衣とは知らなかった。水に打たれている天順の眼には、まだ兵助が白衣の姿でそこに立っているとしか映らなかった。

「やい、兵助」と、天順は叫んだ。「ここはな、世の中の密通事《みそかごと》は全部白状しなければならないのだ。川柳《せんりゆう》にもある通りだ。間男の沙汰を天狗は聞き飽きる……うぬはとうからおふでと出来合っているにちげえねえ。おれの眼を節穴《ふしあな》とでも思っているか。やい、てめえがおふでとぐるになって利右衛門を毒殺したことも、こちらはちゃんと推量がついているのだ。それにおれが眼をつぶってやったのは、おめえがおふでをおれに渡すという甘え言葉にひっかかったばっかりだ。それだけじゃねえ。おれはおめえに唆《そその》かされて久太郎を殺した。……やい、こうして大滝に打たれているおれだ。何もかも懺悔するのだ。おれの声が大きくて怖ろしかったら、うぬは何もかも云ってしまえ、どうだ、口があくめえ、ざまア見やがれ」

天順の声は、横の崖《がけ》を匍《は》い登っている兵助の耳に下のほうから聞えた。兵助は、その辺の大きな岩に手をかけていた。すぐ前には急流がある。しかも、滝の落口は、その岩を二、三度転がせばよかった。

「兵助、聞いているか？」

と、下からは天順が怒鳴っていた。

「おれはな、ついこの間までおふでとおめえとが出来合っているとは知らなかった。久太郎という者がいたばっかりに、おれの眼が晦《くら》まされていたのだ。久太郎さえ手にかければ、おふではおれのものになる、そう思いこんでいたのが、この天順の愚かさよ。おめえはよくもこのおれを騙《だま》したな」

轟《ごう》と谷間を風が渡って過ぎた。少しずつあたりが明るくなってきた。

「だいぶん夜明けが近づいてきたな。そのうち、ぼつぼつ下からこのお滝にほかの者も上ってこよう。やい、兵助、そいつらの耳にこのおれの声が聞えてもいいか。どうせおれはここで懺悔しているから、縄にかかって梟首《さらしくび》になろうと覚悟の前だ。だが、おればっかりが地獄《じごく》行する道理《わけ》はねえ。兵助、うぬは心底からの悪党だな」

声は轟《とどろ》く水音にも掻き消えなかった。天順は精いっぱいの声を張上げている。

「うぬは、おれから天狗の面を一つ持って行った。そのときは何に用立てるのか分らなかったが、今となってはそれが読めた。あの面でおふでをおどかし、それにつけこんであの女をわがものにしたに違えねえ。おめえはどこまでも悪知恵が働く野郎だ」

上では、兵助が岩を動かしかけた。彼は、下から誰が上ってきているかも分らなかった。あたりは薄明になっている。

「うぬはおれにかくれておふでをわがものにし、亭主面をして山城屋に居直り、その財産を横領しようとしたに違えねえ。……えい、おめえの返事を聞くまでもねえ。江州《ごうしゅう》の親戚から子供を養子にして跡取りにするなどと体裁のいいことを皆の前で云いふらしたのもおめえの悪知恵だ。なに、そんなものが来るもんか。おめえの達者な口におれまでが欺《だま》されたのだ。おふで欲しさのおれに付け入って、よくも操り人形のように踊らしてくれたな」

天順は滝の下で身もだえした。

「やい、早くこっちに来て、何もかも懺悔をしろ、その上で、おふでをおれに渡し、この山からそのまま何処《どこ》かに消え失せたら勘弁してやろう。でなかったら、おめえとおふでを抱いて梟首台《きようしゆだい》に上るまでだ。こっちは、とうに覚悟が出来ているから、ちっとも恐ろしくはねえのだ。……やい、兵助、いつまでもそこに案山子《かかし》のように突っ立っていねえで、何とか返事をしろ。それとも、うぬは度胆《どぎも》を抜かれて脚が動かねえのか？　動かなかったら、おれがそっちへ行って引きずってやるぜ」

天順の大音声の最後を目がけて、滝の上の兵助の両手が岩塊《がんかい》を押した。

岩が流水の傾斜に従って転がりはじめたとき、兵助の背中は後から押されて岩に抱きついた。

「あ、あ」

兵助はうろたえて、転がる岩から身体をはなそうとしたが、倒れた重心はどうにもならなかった。彼は岩に凭《よ》りかかった姿で激しい水勢の中に入った。そこで彼は岩塊から離れたが、岩よりも先に落口にかかった。

落下する前の兵助の視線には天狗が立っているのがわずかに映った。それに恐れる間もなかった。彼が先に滝壺に向って落ち、岩がすぐあとにつづいた。下では天順が頭を砕かれて沈み、兵助は首の骨を折って滝壺の中に弄《もてあそ》ばれた。

巌上のおふでは、江戸から尾行して山の宿に泊っていた岡っ引に捕えられた。彼らは未明に兵助と天順とが宿を出るとは知らなかったので、一足遅かったことを悔《くや》んだ。

「どうぞ、天狗のお面はこのまま江戸まで脱《と》らないでおいて下さい」

と、おふでは縄を受けてから嘆願した。

「女だ。人に素顔を見られては恥しかろう。仕方がねえ。お慈悲をかけてやるぜ」

と、岡っ引は大岡様になったような顔つきで許した。

おふでは天狗の面で脅かした兵助が憎いためにそうしたのか、彼がなつかしいためなのかよく分らなかった。

山椒魚《さんしょううお》

一

天明《てんめい》元年は米価の高騰《こうとう》で、早々から世間が騒がしかった。米相場は金一両で米七斗《と》ばかり、銭《ぜに》百文で一升ぐらいになっていた。それで、幕府も市中の月見団子は無用であると町名主に触れさせたくらいだった。

また天変地異も相当に起った。十一月には世間に風邪《かぜ》が流行して老中も堀大和守《やまとのかみ》一人を除き、残らず引籠《ひきこも》りという珍事態があった。これを三升《みます》風邪と云ったのは、このころ升つなぎの模様が流行《はや》っていて、「抜けかねる」という洒落《しゃれ》である。

同じ月のある日の亥《い》の刻（午後十時）に家鳴り震動して東の空に赤色の光りものが現われ、西を指して飛んだが、そのかたちは満月のように、しかも白昼より明るく、諸人いずれも胆を潰《つぶ》した。このぶんではこの先どんな変事があるか分らないと云い合っているうちに、越えて翌年の七月十四日と十五日には湘南一帯に大地震があった。相州小田原城中に水が押入って死亡する者が数知れず、また城下の町家や農家へも水が押寄せて夥《おびただ》しい死者を出した。

また伊豆八丈島では夜分、人家の屋根を隔《へだ》たること僅《わず》か三尺ばかりで白味を帯びた赤い火が飛び去った。

その夜半から離島の青ケ島で大噴火があり、天地も崩れるほどであった。

八月一日には相州鎌倉の海が大荒れして光明寺門前の人家五十軒ばかりが跡形もなく攫《さら》われた。

また漁船二十六艘《そう》が空中へ巻上げられて崩れ落ちた。米の値段は騰《あが》るばかりで、一両につき六斗三升にもなって諸人の難渋は言語に絶した。

それればかりではない。この天災に追討《おいうち》をかけるように、夏が終る頃から小児の疱《ほう》瘡《そう》が流行しはじめた。すでに西の丸に居る世嗣《せいし》豊千代（家斉《いえなり》）も疱瘡に罹《かか》ったという風聞が流れた。

米が高くなるのはまだ粥《かゆ》を啜《すす》ってでもなんとか凌《しの》げる。また地震や津浪は天災ではあるが一局地に限られている。だが、疱瘡の流行は子供を持つ江戸中の親を恐怖に陥れた。武家屋敷といわず、町家、農家といわず、どの家の表にも疱瘡除《よ》けの呪札《まじないふだ》が貼られた。それでも、「牡丹灯籠《ぼたんどうろう》」のお露の亡霊ではないが、その呪札を破って疱瘡の厄病神《やくびょうがみ》が侵入して来そうで、どこの親も子供のために神経を尖らせた。その年の疱瘡は近年にない悪質で死亡率も高かった。

その疱瘡が猖獗《しょうけつ》を極めはじめた八月の半ば頃である。江戸の市中に奇態な疱瘡除けの呪《まじない》が現われた。

その者は魚屋のように天秤棒《てんびんぼう》を担《かつ》ぎ、片方には径《さしわたし》二尺ばかりの桶《おけ》を吊り、うしろにも同じようなものを下げている。それには蓋《ふた》がしてある。これだけならボテフリの行商姿と変らないが、変っているのは、三十一、二とみえるその男が頭に古い烏帽子《えぼし》を神主のようにつけていることだった。魚を入れるような桶の胴には注連《しめ》縄《なわ》が巻かれていた。彼は背中に看板のような指物《さしもの》をつけていた。それには、

「疱瘡除けの神霊仙魚」

と、赤い布地に墨で大きく書かれていた。

彼はそれを担ぎながら、町なかを大きな声で触れまわった。

「さあさ、みんな、これは浅間《せんげん》さまのお使、箱根の深山幽谷に千年も棲む仙魚です。これを一目見るだけで疱瘡神は退散、医者も薬も要らぬ。疱瘡の厄除けはこれじゃ

これじゃ」

流行の疱瘡は衰えるどころか、いよいよ猖獗の兆《きざし》を見せている。昨日は隣町の三つの子が野辺に送られた、一昨日は親戚の子の葬いに行ったというような話が聞かれない日はない。藁《わら》をも摑みたい親の心理は、その異形《いぎょう》な触れまわりをつい家の中に呼び込んでしまう。「仙魚」というのもなんとなく人びとの気を惹《ひ》いた。というのは、そのころ、西の丸の右大将（世嗣豊千代）が疱瘡の薬として富士川の鯉を生血のまま吸われたという噂が流れていたからでもある。

「疱瘡に効くというのはこれかえ？」

と、呼び込んで烏帽子をつけた物々しいボテフリの桶を指して訊いた。

「へえ、左様でございます」

「見ただけで効くというが、中に何が入っているのかえ？」

呼び入れた者は注連縄を張った二つの桶と男の顔とを見較べながら訊く。

「へえ、これはこの看板の通り、浅間神社のお使で、稀代《きたい》の神魚でございます。別にこの魚を煮て食ったり焼いて食べたりする必要はありません。ただご覧になるだけでお子さんが疱瘡に罹らないで済みます」

「おまえの云うことが本当ならありがたいことだが、その拝観料というのはいくらだえ？」

「へえ、百文でございます」

「百文？　拝観料も相当なものだな」

「いいえ、決してお高くはございません。当節は百文でも米が八合も買えませんので」

「全くおまえさんの云う通り、無闇《むやみ》と米の値段が騰って困ったものだ。なに、こちらは粥を啜ってでも我慢できるが、子供だけは業病《ごうびょう》に罹らせたくないでのう。よろしい。そいじゃ、その浅間さまのお使を拝見さしてもらおうか」

「拝観料は先に頂戴《ちょうだい》いたします。……ご覧になったあとで、負けてくれの、銭が無いのとおっしゃられると困りますから」

「いや、わたしのほうは神罰が怖ろしいから、そんなことは決して云わない」

「いいえ、お宅さまはそうでも、ときどき、そういう不心得なお方に出遇いますので」

「ああ、よしよし、それももっともだな。おいおい、銭を百文持っておいで」

　というわけで、たいていの家が承知する。

「へえ、たしかに頂戴しました」

と、件《くだん》の男は銭をふくれた財布に入れた。

「おう、おまえさん、ずいぶんとお賽銭《さいせん》が上っているようだな」

「へえ、どこの親御さんも子供さんが可愛いから、なんとしてでも仙魚をご覧になられます」

「まあ、早いところ見せておくれ」

「かしこまりました。……旦那、どうぞそこに坐って柏手《かしわで》を拍《う》っておくんなさい。ご新造もどうぞ」

と、彼は手本を示すように蓋をした桶に向って手を叩いた。何やら短く祝詞《のりと》めいたことを呟《つぶや》いていたが、

「では、どうぞごゆっくりとご覧なすって」

と、一方の桶の蓋を取った。

頼んだほうが桶の中を恐る恐るのぞきこむと、桶いっぱいに蜥蜴《とかげ》のようなのがとぐろを巻いている。これにはびっくりして誰もがあっと声を呑んだ。

「ありがたや、ありがたや、浅間さまのお使さま、どうぞ、この家に疱瘡神が入らぬようにお守りをお願いします」

と、男は仔細らしくまた手を拍った。

見るほうはようやく眼が馴れた。蜥蜴かと思うと、まるい頭をした怪物は背中を桶の水に浸して四つん匍《ば》いになっている。胴につづいた細い尻尾は桶に沿って曲っていた。黒ずんだ緑色の体がときどき動き、口をときどきぱくぱくとあけている。

「おまえさん、これ、山椒魚《さんしょううお》じゃないかえ？」

見るほうは正体を知って訊いた。

「へえ、いかにも山椒魚でございます。ですが、普通の山椒魚じゃねえ。箱根の山中の透き通った谷川の中に古くから棲んでいる神さまのお使でさア、こんな大きいのはちょっとほかにはねえでしょう」

「なるほど、山椒魚にしては大きいな」

「今も云う通り、その谷川の水は富士の白雪が溶けて流れたもので、すなわち浅間神社の清浄な水を吸って何百年となく生きてきたんですからね。こういうのはほかを探してもあるもんじゃねえ。ご覧なせえ。背中にはまだ苔《こけ》が付いてます」

男が指さしたところを見ると、なるほど、怪魚の蒼黒《あおぐろ》い背中には何やら緑色の斑点がある。

「おまえさん、山椒魚だと思うから有難味がねえのかもしれねえが、そいつはとんだ心得違いだ。大体、山椒魚てえのは山中の山椒を食って生きている清浄な魚だ。

ただの川魚じゃねえ。岩魚《いわな》や山女《やまめ》といっしょくたにされちゃ困りますぜ。普通の山椒魚でも日乾しにして黒焼にすれば、子供の疳《かん》の虫の薬になる。ましてや、これは勿体《もったい》なくもかたじけなくも浅間権現《せんげんごんげん》のお使だ。さあさ、とくと拝観なすって可愛い子供さんの厄除けにしておくんなさい」

と、彼は馴れた調子で弁じ立てた。

どこの親もこんなふうに云われると、つい有難味がなんとなく出てくる。彼らは奇態な山椒魚に向って素直に手を合わせて疱瘡除けの祈願をした。

「さあ、それでは、この辺で」

と、男は恭《うやうや》しく桶に蓋をして天秤棒を担ぎ上げた。

「旦那、おかみさん、これでお宅も安心ですぜ。百文のお賽銭は安いもんでさア」

「もし、軽い疱瘡に罹った子でも、それを拝ませれば癒《なお》りますかえ？」

「軽いうちなら立派に癒ります。わっちはなんでも効くというような安請合《やすうけあ》いはしねえ。疱瘡も重くなれば、もう手遅れだ。まあ、旦那がた、子供さんをお大事に」

と男は人を食った挨拶を残して往来に出て行った。

「ああ、百文ぐらいは造作《わけ》はねえ。まさかここまで当ろうとは思わなかった。稼げるうちは稼がなきゃ」

と、彼は独り言をいい、また背中の看板の指物を振りながら、

「さあさ、疱瘡除けの呪だ。浅間さまのお使だ。これさえ拝観すれば、どこの子も疱瘡にはかからぬ」

と、大声で歩き出した。

先年もはしかの呪だといって熊を車にのせて曳いて歩き、銭をとった者が現われたことがある。気の強い江戸の市民も迷信には弱かった。

二

山椒魚の桶を担いでいる男の名前は源八《げんぱち》といった。自分では甲州の生れだと云っているが、素性《すじよう》はよく分らない。そういえば、彼がその荷を担いで戻ってきた日本橋馬喰町《ばくろちよう》の旅籠屋常陸屋《はたごやひたちや》も、わけの分らない客が二階にいっぱい居る。つまり、ここは木賃宿で、旅芸人や行商人などが寝泊りする所だ。入口の土間の片隅は、そういう連中の荷物の置場となっていた。

「おや、源八さん、今日は早くお帰りだね」

こういう旅籠のおかみは宿泊人に無愛想と決っているものだが、おかみは源八に

世辞がよかった。

「うむ、あんまり歩き回るのもいい加減にしねえと脚がくたびれる。おれはそれほど儲《もう》けなくともいいのだ」

源八は二つの荷を下ろした。

「まあ、おまえも欲が無いね。歩きさえすればいくらでも稼げるんだから、ほかの者は羨《うらやま》しくて仕様がないよ」

「働きのねえ奴がいくら眼を剝《む》いても、こちとらはちゃんとそれだけの才覚があるのだ。他人《ひと》のすることを陰でいろいろ云っている奴にろくな者はいねえ」

「ほんとにおまえは知恵者だよ。この桶はこっちに仕舞っておこうかね」

「おっと、おかみさん、あまり粗末にしてもらいたくねえな。おれの大事な商売道具だ。こっちの桶は肩の天秤の釣合いをとるため石が入っている。そっちだけそこいらに片付けておくれ」

「あいよ。それじゃ、源八さん、山椒魚の水だけ取替えてあげようかね」

「そうしてくれ」

「おや、この山椒魚、相変らず元気がいいね。でも、よくこんな大きな山椒魚が手に入ったもんだね」

「心安く山椒魚山椒魚と云ってもらいたくねえな。これでもおれには大事な飯の種だ。おっと、水をとりかえたら、二階のおれのところに知らせてくれ」

「そいじゃ、そのとき声をかけるから、階下《した》に降りておくれ。今夜食べさせる蚯蚓《みみず》も、今に庄太《しょうた》さんが持ってくるだろうからね」

「庄太の野郎、まだ持って帰らねえかえ。しようのねえ奴だ」

源八は脚を洗って二階に上った。この二階は間に襖《ふすま》の仕切が無く、十五、六畳の広さになっている。そこには、追込みで二十人ばかりの男女が坐ったり横になったりしていた。

「今日もだいぶんお賽銭が上ったようだな」

と羨しそうに見る者がいる。

「さあ、そこをどいてくれ」

源八は人を分けて隅の畳三枚の場所にひとりで坐った。ほかの者は一畳に二人くらいの割合で詰込まれているが、彼だけは六人分ぐらいの銭を払ってこの広さを独り占めにしている。

部屋の中は異様な匂いで満たされていた。病気で片隅の破れ蒲団《ぶとん》の上に横たわっている者があるかと思うと、すぐ傍らでは割れた七輪に火を起して土鍋《どなべ》に雑炊《ぞうすい》を煮ている者もいる。この旅籠は自炊なのだ。これも米の値上りのおかげだった。そこでは、壁に凭《もた》れて元気なく考えこんでいる者もいるし、中年者の夫婦が子供を寝かせつけているのも見られる。総じて着ている物は垢《あか》にまみれ、風呂は何日も入ってないような手足をしていた。そんな黴臭《かびくさ》い匂いと食べ物の匂いとが奇妙な臭気を発している二階だった。服装《なり》もまちまちで、巡礼がいるかと思えば、香具師《やし》や物売り、六部、願人坊主《がんにんぼうず》のようなのもいる。膝《ひざ》がふれ合いそうな狭さだ。

源八は悠々と自分の広い所に腰を下ろした。彼は腰から莨入《たばこいれ》を抜き出し、煙管《きせる》に莨を詰めたが、近くに坐っている六部がその刻《きざみ》に物欲しそうな眼をした。

このとき階下から梯子段《はしごだん》を勢いよく音立てて二十四、五ぐらいの男が色の白い顔を出した。

彼は皆の膝を跨《また》ぐようにして源八の横にやってきた。

「おう、源八兄哥《あにい》、お帰んなさい」

畳の端に膝をついて、

「いま餌を獲ってきたので、山椒魚にはちっとばかり食わせておいたよ」

「庄太か。めっぽう遅かったじゃねえか？」

源八は口から煙の輪を吹いた。

「近ごろは江戸も開けたもので、土を掘っても蚯蚓も容易に出てこねえ。青山のほうまで行ってえらく汗を掻きましたぜ」

「そうか。何もかもせち辛《がら》くなったものだな」

源八は胴のふくれた財布を取出した。

「庄太、見ろ。今日はこれだけ稼ぎがあったぜ」

彼は、その財布を自慢そうに手に振りかざした。片手の掌《てのひら》に底を付けると、ふくれた袋は重そうな音を立てた。

「そいつは豪儀《ごうぎ》だ。やっぱり兄哥の腕はたいしたもんですね」

「腕じゃねえ。頭だ。ちょいとした思いつきでこれだけ銭コが取れるのだ。そこいらの奴が汗水垂らして働いても、おれの一日《いちんち》分の稼ぎには十日もかからなくちゃなるめえ。庄太、人間も知恵の回りよう一つだな」

「ちげえねえ。おいらも兄哥の知恵の万分の一でもあったら、もっと楽が出来るんですがね」

「その代り、おめえも今までぞっこん愉しみをし尽してきた男だ。近ごろもいいかげん女子《おなご》をたぶらかしているんだろう」

「冗談じゃねえ。そいつは昔の話だ。小間物の商《あきない》で武家屋敷の奥に入って奥方や女中にふざけたのは遠い話。さる屋敷の奥方にあんまり目をかけられすぎて危うく手討ちになろうとしたのがおしまいで、もう、あんないい目をみることはねえようです」

「今でも、ちょくちょく小間物の荷をそこいらで拵《こしら》えて回っているから、まんざら愉しみの縁が切れたわけでもあるめえ」

「そんなことよりも、今じゃ銭コのほうがどれだけありがてえか分らねえ。こう米が高くちゃ干乾しになりかねませんからね」

「そう云やア腹が空いてきた。庄太、七輪に火を起して飯を炊《た》いてくれ。米は帰る途中に銭百五十文も出して一升買ってきた。おめえにも食べさしてやるぜ」

「へえ、ありがとうございます」

庄太はいそいそと源八の投げ出した米袋をあけて、

「なるほど、こいつは凄《すげ》えや。源八兄哥、越後米ですね」

「米屋のおやじに余分な銭を出して買ってきたのだ。どうだ、米粒の光沢《つや》からして違うだろう。そいつを水気の無いようにふんわりと固く炊いてくれ」

「合点です」

と、庄太は破れ縁側《えんがわ》に出ている七輪に火を起した。それから米袋を提げて水磨《みずと》ぎに降りる。

その間に源八は財布の銭を畳の上にざらざらとうつし、ほかの者が羨しそうに見ているなかを、わざと自慢そうにかぞえはじめた。

一緒に居る連中で固唾《かたず》を呑んで見る者もあり、わざとそっぽを向く者もいる。露骨に物欲しそうな顔つきと、唾でも吐きかけたそうに反感を泛《うか》べた顔とがある。源八は、そんな他人の思惑など一切構わず、五十文ずつを積み上げて並べている。

「やれやれ、かぞえるだけでも骨が折れらア」

と、彼は並べた銭の小山を気持よげに見て、あたりの同宿連中の顔色を眺めまわした。

磨ぎ上った米を持って庄太が入ってきた。釜の中には三合ばかりの米が沈んでいる。それを七輪の火の上に置いて、手を拭き、

「源八兄哥、おかずは何にしますかえ？」

と、畳に並べた銭の小山に庄太もちらりと眼を落した。

「そうだな、近ごろ、刺身を食っていねえ。おめえ、ひとっ走りそこの魚屋に行って、見つくろって買ってきてくれ」

「へえ、分りました。それから、ほかには用はありませんかえ？」

「気の利いた野郎だ。おめえに催促されちゃしようがねえ。酒を一升ほど買ってこい」

「合点です」

と、源八に顎《あご》で使われている庄太は、喜び勇んで出て行った。

やがて七輪の上の釜が湯気を立てて噴きこぼれた。源八が起《た》って釜の蓋を取ってのぞくと、白い湯気が上昇《あが》り、飯の匂いがあたりに散った。途端にみんなの顔が微妙な変化を起した。わざとそれを嗅《か》ぐまいと背中を回す者もあれば、恨《うら》めしそうな目つきをする者もいる。その中にいる願人坊主が眼を閉じて数珠《じゅず》を繰った。

「やあ、炊けた、炊けた」

と、源八は笑った。

「せっかく脚を棒にして江戸中を触れ歩いているのだ。米の飯でも鱈腹《たらふく》食わなきゃ身体がもたねえ」

と、これも聞えよがしの独り言だった。

三

源八と庄太は、買ってきた刺身を肴《さかな》に酒を呑みはじめた。

「兄哥、やっぱり米の汁はうめえもんでござんすね」

色の白い庄太は盛んに胡麻《ごま》を摺《す》っていた。

「当りめえよ。こう米が高くては一滴の酒も無駄にはできねえ。それだけ味が腸《はらわた》に沁みらアな」

源八は得意そうに云った。

「おう、もう酒もこのくらいにしようぜ。残りの半分は明日の晩だ」

「へえ、もう飯ですかえ」

「恨めしそうな面をするな。米の飯だってちょっとやそっとで食えるご時世じゃねえ。おれのお蔭《かげ》でおめえもふんわりとしたところにありつけるのだ。ぐずぐず云わずと釜をここに持ってこい」

「へえ」

庄太は七輪から釜を下ろして、畳に敷いた紙の上に真黒い尻を据えた。

「源八兄哥、あっしがよそってあげますよ」

庄太が手を出すのを源八は撥《は》ねのけて杓子《しゃもじ》を握った。

「余計なことをするな。飯はおれがつぐ」

源八は自分の茶碗には湯気の立つ飯を盛り上げ、庄太には茶碗の底に軽くよそった。

「兄哥、こいつは少々軽すぎるようですね」

「情ない面をするな。それでも、そこいらに居る連中よりは……」

と、源八は箸《はし》の先で並居る同宿人を指した。

「どれだけてめえは運がいいかしれねえ。それが不足なら、おらア別におめえに飯を食ってもらわなくても構わねえぜ」

「おっと、そいつはあんまり早合点だ。いいとも、おめえは一日じゅう外を山椒魚を担いで歩いている。おれはこの通り若えから、先代萩《せんだいはぎ》の千松《せんまつ》をきめこんで我慢《がまん》すらアな」

「当りめえだ。おれの銭でおれが振舞ってやるのだ。見ろ、庄太、そこいらの連中の物欲しそうな顔を。それに比べれば、おめえはよっぽど仕合せ者だ」

「へえ」

源八はわざと口を尖らして飯の湯気を吹いて、もりもりと食べてゆく。

同宿の連中はこの光景にしゅんとなっている。隅っこのほうに破れ蒲団を敷いて寝ている五十ばかりの男が鼻をひくひくさせた。

源八の振舞を同宿人の誰もが憎んでいた。だが、ここには源八ほど腕っ節の強い者は居なかった。腹に据えかねているが、正面切って喧嘩《けんか》をふっかける勇気のある男は居ない。それというのも、十日ほど前、背中に刺青《ほりもの》をした男と組打ちになったとき、源八がその男を担いで二階から投げ下ろし、大怪我をさせた膂力《りょりょく》を知っているからだった。

「おや、庄太。てめえ、もう食べたのか。道ばたの石地蔵みてえに茶碗だけ抱えてぼんやりとするんじゃねえ」

「源兄哥、あっしは軽いところ一杯だからね。かえってそれが空きっ腹を突いてもう少々頂戴しねえと、どうにも胃の腑《ふ》が喚《わめ》いて始末がつかねえ」

「何を云やアがる。そんな泣言に甘《あめ》え顔をするおれじゃねえ。もう少し経つと、それなりの飯で腹がおさまるものだ。あんまりばたばたせずに、じっとそこに坐っていろ」

「へえ」

このとき沈黙していたなかから、先ほど病人の横に付いていた女がもじもじしながら出てきた。

「あの、ちょっとお頼みしたいんでございますがね」

「おう、これは薬屋さんのおかみさんだね」

源八は、その三十過ぎと思われる女房を見た。女は眩《まぶ》しそうに源八の視線を避けて、

「申しかねますが、ご覧のように亭主が炎天に目まいを起して倒れてから商売になりません。そのため、今朝までやっと粥《かゆ》を啜らせましたが、もう、その温《あたた》かい御飯の匂いを嗅ぐと、どうにも切なそうにしております。あんまり可哀想ですからなんとかしてやりたいのですが、少々茶碗に裾分けして頂けませんでしょうか」

女は手をついた。窶《やつ》れてはいるが、どこか垢抜《あかぬ》けしたところが見える。

「うむ、なるほどな」

と、源八はじろりと、その女の白い頸《くび》から衿元《えりもと》のあたりを見た。

「薬屋が病気で倒れるとは、とんだ紺屋《こうや》の白袴《しろばかま》だ。だが、聞いてみれば可哀想だ。おめえたち夫婦はこの宿に来てからすぐ亭主の病気騒ぎになったので、まだおめえの名前もろくすっぽ聞いてはいねえが、何というのだえ？」

「お種《たね》と申します」

「そのお種さんが、どうして年の違う亭主をお持ちかえ？　……ははあ、よめた。おめえの亭主はどこかで薬屋の店《たな》を持っていたが、おめえにうつつをぬかし、夫婦喧嘩の末に家をおん出た。好いた女と二人なら、たとえ野中の一軒家、竹の柱に茅《かや》の屋根、愉《たの》しく暮そうという寸法が、とんだ薬の盛違いで今の苦労となったわけだな？」

「いいえ、そういうわけではございません」

「匿《かく》さなくともおれにはたいていの推量はついている。まあ、いいや、世の中は相見互いだ。こっちに茶碗を持ってきな」

「え、それでは恵んでいただけますか。ありがとうございます」

と、女はいそいそとして病人の枕もとにある茶碗を遠慮そうに持ってきた。

「寝ている病人に、こんな固い飯を一ぺんに食わせるのも身体に毒だが、どうだえ、飯が食いてえのは亭主ばかりじゃねえ、おめえの腹もぐうぐう鳴ってらアな。さあ、持って行きな」

と、源八は女から渡された茶碗に飯を盛り、

「こいつはおめえのぶんだ」

と差出した。

「はい」

「庄太、ぼんやりとしてねえで、おめえの茶碗をこっちに出せ」

と彼は庄太から茶碗をひったくり、それにもふんわりと飯をよそって持たせた。

「ありがとうございます。ご親切は忘れません」

と、女は二つの茶碗を抱えて隅に戻り、病人の顔の前に差出した。

「おまえさん、あの親切な源八さんという方がこれを恵んで下すったんだよ。さあ、おまえは病人だからうんとお上り」

と、茶碗を見せた。中風の男は上半身を起し、遥かに源八を拝んでいる。

「もし、源八さん、おまえ、いい功徳《くどく》をなすったな」

と願人坊主が老いた顔に微笑した。

「なんだ、玄了か」

と、源八は舌打ちをして、

「なにも、あのうす汚ねえおやじに恵んだのじゃねえぜ。おめえも羨しそうな面をするな」

「いや、わしは空腹には馴れているでな」

と、坊主は笑った。

「源八兄哥、おめえも案外女には親切だな」

庄太が云った。

「当りめえよ。野郎たちが空きっ腹の看板みてえな面をしているのは、それだけの甲斐性《かいしょう》がねえからだ。そこへいくと、女は初めから稼ぎの出来ねえ身体だ。それに病人の亭主持は可哀想だからな」

「なるほど、おめえは浅間さまのお使を持ち回っているだけに慈悲深えな」

「おめえがいくらおだてても、飯の代りはさせねえからそう思え」

源八はごろりと三畳の畳に大の字になって寝た。

「ああ、いい気持だ。なあ、庄太、おれはここに六人分の銭を払っているのだ。銭さえ払やア、何も窮屈に他人と膝坊主をこすり合わせることはねえ。やっぱり銭の威光はてえしたもんだな」

「兄哥、薬屋のかみさんが茶碗を返しに来ましたぜ」

「源八さん、どうもありがとうございます。お蔭さまで助かりました」

と、お種が寝ている源八に向って手をついた。

「庄太、釜の中にまだ飯はあるだろう？」

源八は寝ころがったまま云った。

「へえ」

「残りをみんな、そのかみさんの茶碗についでやんな」

「へえ」

庄太はお種から茶碗を取って釜の底の飯をすくった。

「おまえさん、仇《あだ》やおろそかにこの飯を食うんじゃねえぜ。近ごろは米の値段もべらぼうに騰《あが》っている。今に道端に餓死《うえじに》の死体が転がるようになるかもしれねえ。さあ、うんと食べなよ。おめえなんざ、折角《せっかく》の器量を今から凋《しな》びさすには早すぎる。飯を食やア、それだけ身体に脂《あぶら》が乗るのだ。さあ、おかみさん」

と、庄太が親切そうに云ったとき、源八ががばと起き上り、いきなり庄太を突き飛ばした。

「な、何をする?」

仰向《あおむ》けに引っくり返った庄太は下から叫んだ。

「何をするとはこっちのことだ。やい、庄太、おめえ、ひとの飯にこと寄せて、この女に手を出そうとしたな」

源八は睨みつけた。

「と、とんでもない、兄哥。おらア何もそんな……」

「おめえは、その生っ白い顔で小間物道具を担ぎ、あっちの屋敷、こっちの商家の奥に入り込み、さんざん女子を手なずけてきた野郎だ。おめえが担いだ小間物の箱の抽斗《ひきだし》には何が入っていたか知れたものじゃねえ。さぞかし留守居の女房に、枕絵や四ツ目屋の張形《はりがた》を見せてさんざん惑わしてきたにちげえねえ。てめえの商売物で女をたぶらかすぶんには構わねえが、こいつはおれの米だ。引込んでいろ」

「兄哥、何をそうぽんぽん憤《おこ》ってるのだ？　おれはただおめえの云いつけ通り、かみさんに飯をよそってやっただけだ」

「えい、つべこべ云うな」

と、源八は庄太の肩を足で蹴った。

「おう、お種さん、こんな奴の口車に乗るんじゃねえぜ」

と、今度は女に云った。

「はい」

お種はおどおどしている。居合わせた連中も源八の剣幕を呆れたように見ていた。

「何をそんなに人の顔をじろじろ見るのだ？　おめえたちがいくら哀れな目つきをしても、銭一文、飯一粒やるんじゃねえからそう思え」

源八は一同を睨んで階下に降りて行った。

「南無阿弥陀仏、南無阿弥陀仏」

と、願人坊主の玄了が念仏を唱えた。

「やれやれ、あの人はまだみ仏の慈悲を知らぬ気の毒な方じゃ。み仏の慈悲に縋《すが》っていれば、おのれのものも他人のものもない。したがって我欲《がよく》我執《がしゅう》はないのじゃ。気の毒な方じゃ」

と両手を合わせて呟いた。

階下に降りた源八は、うす暗い土間の片隅に置いてある桶の蓋を取った。

「おや？」

と、彼はじっとうずくまっている山椒魚をみつめた。

「おい、かみさん、蠟燭《ろうそく》の灯を呉れ」

「あいよ」

旅籠の女房が障子《しょうじ》を開けて灯を持ってくると、彼はその蠟燭を桶の上に近づけ、山椒魚の様子をじっと見ていた。

「こいつはいけねえ。魚の様子が変だ」

「ほんとに少し元気がないようだね、わたしが水を入れかえたときは、もっと動いていたけどさ」

と、宿の女房ものぞいている。

「畜生。庄太の野郎、どんな蚯蚓《みみず》を食べさせやがったのだ」

彼はいきなり梯子段《はしごだん》の下から、

「庄太、庄太」

と喚《わめ》いた。

「なんだ？」

と、庄太が顔を二階からつき出した。

「やい、ちょいとここに降りてこい」

庄太が怪訝《けげん》な顔つきで階下に降りたところを、源八はいきなり彼の髻《もとどり》を摑んで土間に引倒した。

「な、何をする？」

庄太が抵抗するのを、源八は顔を歪《ゆが》め、髻を摑んだまま彼の背中に片足をかけ、彼の顔を地面にこすりつけた。

「痛え、痛え」

庄太は悲鳴をあげた。

「やい、庄太、てめえ、何の恨みがあっておれの大事な商売物を殺そうとしたのだ？」

「兄哥、おらア何にもそんなことをした覚えはねえ」

「何をぬかしゃアがる。論より証拠だ。山椒魚さまがそこに弱り果てていなさる。おれの銭儲けを嫉《ねた》んだてめえがこっそりと悪い虫をこいつに食べさせたにちげえねえ。うぬ、ただではおかねえからそう思え」

源八の強い力に庄太は顔を擦り剝き、血だらけになって悲鳴をつづけた。

梯子段の上から皆の顔がのぞいた。

四

源八に殴られた庄太は、血だらけになって常陸屋の土間を匍《は》い回った。

「意気地《いくじ》のねえ野郎だ」

源八は庄太の姿を見下して罵《ののし》った。

「これからもあることだ、気をつけろ」

彼は、梯子段の上からのぞいている二階の連中の顔にも怒った。

「やいやい、何をそこから雁首《がんくび》並べてのぞいてやアがる。見世物じゃねえぞ。それとも、おれが庄太を殴ったのが気に入らねえ奴は、誰でも相手になってやるから降りてこい」

声におどろいて二階の顔は一ぺんに消えた。

「庄太、ちっとは逆上《のぼせ》が下ったか。裏に行って、顔の血でも洗ってこい」

庄太は抵抗もできないでうなだれていた。

「おれは、つけ上ってくる奴が大嫌いだ。よく心得ておけ。今夜のところはこれくらいで勘弁してやる」

庄太が、へえ、と哀れな声を出した。

源八はもそもそと土間に起き上っている庄太を尻目にかけて二階に取って返した。同宿の者は源八の姿を見てあわてて顔を背けた。彼はそれをじろりと見回し、足音荒く自分の寝床に戻り、どっかと尻を据えた。

そこから目を三角にして皆を睨んでいたが、隅のほうで亭主の看病をしているお種だけには、その視線の表情が違っていた。

みなは源八の眼に射竦《いすく》められて、なるべく彼のほうを見ないようにし、無関心を装っていた。部屋はしゅんと静まり返っている。

源八は肘《ひじ》を張って酒を飲み出した。

「ここに居る奴は、どいつもこいつも可愛げのない野郎ばかりだ」

と、彼は茶碗酒を呷《あお》って威嚇《いかく》するように云った。

「貧乏でぴぃぴぃしているくせに人一倍もの好きとみえるな。おらア、いま庄太を殴ってきた……」

彼は沈黙している一同に突っかかるように云った。

「庄太はおれの子分だ。あいつにはタダ飯、タダ酒をくれてやっている。このせち辛い世の中に、こんなお慈悲の深え男はめったに居るもんじゃねえ。だから、気に入らねえことをすれば、おれが折檻《せっかん》するのは当りめえだ。おめえたちは庄太が可哀想だと思ってるかもしれねえが、あいつに情をかけてやってるのはこのおれだ。大事な商売物の山椒魚さまにつまらねえものを食わせて病気にさせたのだから、こいつは殴るのは当りめえだ。悪戯《わるさ》をした餓鬼《がき》を親が叱るのとおんなじよ。……え、坊主、どうだ、おれのいう通りだろう」

源八は皆が沈黙しているので、横に居る願人坊主の玄了に顔を向けた。

「本当の親御なら、それも仕方がないだろうな」

玄了が膝に両指を組み合わせて、もそもそと答えた。

「ち、そりゃアおれへの当てこすりかえ？　だが、おれは親以上に、あの働きのねえ庄太の面倒をみてやっているぜ。あいつが生っ白い面でよけいな真似《まね》をするから、思い切って殴ってやったのだ。文句はあるめえ」

源八はそこに居る一人ひとりの顔をねめ回したが、ふいと眼がお種の姿に当ると、じっとそれに粘《ねば》い瞳を据えた。お種は向うむきになって寝ている中風の亭主の肩を撫《な》でていた。

源八が庄太に腹を立てたのは山椒魚よりも、庄太がお種に親切な言葉をかけたことからである。それで、むかむかとしている矢先に山椒魚の一件が起り、それにひっかけて急に彼の怒りが爆発したのだ。

あれほどひどい目に遭ったのだから、もうここには上ってこないだろうと思われた庄太が、顔に膏薬《こうやく》を貼ってのっそりと二階に現われた。しかも、酒を飲んでいる源八の前に膝を揃えて手をついたのには、みんなもおどろいた。

「兄哥、さっきは兄哥に腹を立てさせて申し訳ねえ。勘弁しておくんなさい」

部屋中の意識がこっちに集っていると知った源八は、咳払いを一つして、庄太に顔をあげた。

「うむ。おめえのほうから謝ってくるなら、勘弁してやらねえこともねえ」

と、それでも多少照れ臭そうに云った。

「へえ、ありがとうございます」

「これからもあることだ、気をつけろ」

「よく分りました」

庄太は何を云われてもおとなしく頭を下げた。殴られたあとの疵《きず》に貼った膏薬は、宿のおかみにもらったらしいが、見ている者にはそれがおかしくもあり、可哀想でもあった。

「まあ、おめえも一杯飲め」

と源八はぎごちなく庄太に盃《さかずき》を出した。

「へえ、ありがとうございます」

庄太は推《お》し戴《いただ》いて酒を咽喉《のど》に流し、早速、その盃を有りがたそうに源八に返して遠慮そうに酌をした。そのあとは、もう、その辺を片づけたりして、こそこそしていた。殴られても踏まれても庄太は源八の機嫌を取っている。だが、さすがに前よりは元気がなかった。

玄了が何を思ったか、

「なんまいだ、なんまいだ」

と一声唱えた。

源八がじろりとそれに眼をくれた。

「おい、坊主。おめえ、そこで念仏を唱えたが、この酒の匂いにたまりかねて、邪念でも消そうというのかえ？」

「あいにくと」

と、玄了は笑って、

「わしは酒は嫌いなほうじゃ」

「ふん。じゃなぜ嫌味《いやみ》に念仏を云ったのだ？」

「わしは年寄りだから、もう睡くなったのだ。それで、ここで寝《やす》ませてもらおうと思ってな。今日一日、ともかくもわが身が無事で生きてこられたのを阿弥陀さまにお礼を云ったまでじゃ。おぬしが酒を呑んでいるのとは関りはない」

「願人坊主だけにしゃらくせえことをぬかす。うぬはそれでよその門口に立ち、怪しげな札を売りつけて、一文、二文と貰い歩きをしているのだ。そんな情ねえ暮しでもお釈迦《しゃか》さまに礼を申上げなきゃならねえのかえ？」

「人間も、蛆虫《うじむし》も、生きとし生けるものみんな、これ阿弥陀如来《あみだにょらい》のお慈悲じゃ」

「糞面白《くそおもしろ》くもねえ。酒も飲めず、これ、この通りふっくらとした白い飯も食えねえで生きていたところで何になる？　てめえで虫ケラとおんなじに考えていれば世話はねえや。おれはおめえのような暮しをするくれえなら、まだ河豚《ふぐ》でも食って死んだほうがましだ」

「おぬしも年を取れば、だんだんにお慈悲が分ってくる。ま、今の間は、それでおぬしもいいのかもしれぬがの……どっこいしょ」

　と、畳のへりに横になって、

「これでも、この畳半畳がわしの棲み家だ。野山で行倒れになることを思えば、まるで極楽浄土《ごくらくじようど》、ありがたい仕合せじゃ」

　と、玄了はまた手を合わせた。

　この宿はこういう手合の寄合《よりあい》だから、勝手なときにごろりと横たわる。蒲団は宿の汚ないのを賃借りするので、金の無い者は着のみ着のままで寝る。

「兄哥」

　と、庄太が源八の横に来た。

「すまねえが、どうも今夜は身体がだるいようだ。わっちは先に寝《やす》ませてもらいてえ」

「なんだ、もう寝るのか」

「へえ、どうも意気地のねえ話だが」

「仕方がねえな。まさかおいらが殴ったせいでもねえだろうな？」

「とんでもねえ。兄哥がどうしたからというわけじゃねえんで。わっちの勝手です」

庄太はあくまでも源八に気がねしていた。

「そんなら寝ろ」

「へえ、兄哥、その辺はそのまま放っといてくんな。明日の朝、わっちが早く起きてすっかり片付けておくから」

庄太は源八に痛めつけられたのがよほどこたえたか、前よりは一層頭が低くなっていた。彼は源八がよけいに銭を払って占領した畳の一隅に蒲団をそっと敷き、遠慮深く柏餅《かしわもち》になって寝た。

源八はまだ酒を舐《な》めている。その辺ではもう鼾《いびき》が聞えている。源八は自分に近い行灯《あんどん》を傍らに引きつけて、暗くなった向うの壁際を見ていた。そこには中風の薬屋夫婦が蒲団にうずくまっていた。源八の眼はそれに、ちらちらと流れていた。こういう下等な旅人宿では客が追込みとなっていて、別に間に仕切りの屏風《びょうぶ》も立てない。夜中には夫婦者があたりの寝息を窺《うかが》って抱き合ったりする。

源八の眼に、壁の暗い隅の薬屋夫婦の蒲団が妙な具合に動いているように見えたので、盃を投げて起ち上った。脚を踏まれた男が、眼を怒らせて身体を起したが、相手が源八なので、あわてて伏せた。

源八はずかずかと薬屋の蒲団の端に行ったが、女房のお種は坐って、寝ている亭主の腰を揉んでいるだけだった。そのお種がびっくりしたように白い顔をあげた。案に相違した源八は、黙ってそこから離れた。そのまま梯子段を下に降りた。彼にはいま暗い中にほんのりと浮いた女の白い顔と、顔を見上げて見開いた大きな黒い瞳とがまだ浮んでいた。

五

「おや、源八さん、どうしたのかえ？」

と、階下の土間ではおかみさんが彼を見た。

「なに、山椒魚が気になってね」

と、源八は酔った足取りで桶のほうへ寄った。

「おかみさん、ちょいと灯を貸してくんねえ」

「あいよ」

源八からいつも銭を貰っているおかみは、蠟燭を持って戻ってきた。源八はそれを桶の上にかざして、じっと底をのぞいた。奇態な恰好をした山椒魚の、ぬめぬめした背中に蠟燭の灯が映じた。

「源さん」と、おかみが云った。「魚は大丈夫かえ？」

「うむ」

源八が小指の先で背中をつつくと、山椒魚がうるさそうに四つ脚を動かした。

「どうやらもと通り元気になったようだ」

「そうかい。あたしは、さっきおまえが庄太さんを殴っているときは、どうなるかと思ってひやひやしていたよ」

「庄太の野郎がつまらねえ餌を食わせるからだ。こちとらには大事な商売ものだからな」

「それにしても、おまえの虫の居どころがよっぽど悪かったんだね」

「なあに、魚さえ元気なら何も云うことはねえ、おれのお宝だ。おれにとっちゃ女房や子供よりも可愛いのだ」

「そりゃそうだとも。おまえは知恵も回るし、ほんとうに働き者だよ。ほかの者におまえの爪の垢でも煎《せん》じて飲ましてやりたいね」

源八の顔はその追従《ついしょう》だけでは晴れなかった。どことなく気がかりな風である。

「おかみさん、ちょいとここで莨《たばこ》を喫《の》ませてくれ」

「あい、いいよ」

源八は土間の上り框《かまち》に腰かけた。おかみが煙管《きせる》と莨盆を渡した。

「おまえ、だいぶん酔っているね」

「当りめえだ。この暑いのに江戸中を山椒魚さまを担いで一軒一軒ふれ回るのだ。酒でも飲まねえと身体がもたねえや」

「大きにそうだね。おまえの働きで畳をよぶんに買切った上、酒を鱈腹《たらふく》飲み、うまい飯を炊いて贅沢《ぜいたく》するんだから、ほんとに大したものだよ」

源八は煙管を口にくわえて、じろじろと奥のほうをのぞいていた。この旅籠屋の居間が奥のほうに廊下つづきにある。上にはかたちばかりの暖簾《のれん》が下っていた。

源八は何を思ったか、雁首《がんくび》を吐月峰《はいふき》に叩くと、

「なあ、おかみさん、おめえの家には、どこか空いた座敷でもあるのかえ?」

「空いているというわけではないけれど、がらくたを押込んである四畳半の間があるだけだよ」

「うむ。そこにはおめえたちは寝ねえのか？」

「あたしたち夫婦はこっちの六畳だからね」

「すると、何かえ、そのがらくたの詰っている四畳半というのは、人間が坐れるくらい真ん中が空いているのかえ？」

「ああ、少しは空いているよ。そうだね、あれで畳二畳ぶんはあるだろうね」

「畳二畳あれば十分だ」

「え？」

「ちょっと耳を貸してくれ」

源八は酒臭い息をおかみの耳に吹きかけていたが、

「そんなら、おまえは……」

と、おかみは顔を天井《てんじょう》に向けた。そこから二階を見上げる心持である。

「礼はたんまりするぜ」

「おまえはよっぽど薬屋の女房が気に入ったんだね」

「こんな汚ねえ宿に泊る客にしては、ちっとばかり渋皮《しぶかわ》が剥けている」

「おまえも案外達者だね。あたしもあの夫婦がここに来たときから思ったんだけれど、女房のほうは、あれはまんざらの素人《しろうと》じゃないね」

「おめえもそう思ったか」

「あたしゃ客商売だから、人を見る眼はあるつもりさ。あたしが踏んだところでは、吉原か品川の女郎上りか、それとも向両国《むこうりょうごく》の水茶屋の女上りというところだね。それをあの薬屋がせっせと通って金を注ぎ込み、とうとう貧乏神と一緒にあの女を貰ったというところだろうね」

「誰の見る眼も同じだな。そんならかえって話が分らア。女は亭主の中風で困っている。あんな病気じゃ亭主に可愛がってもらえめえ。……おれはそのがらくたの入っている部屋に鎮座しているから、おめえ、そっとあの女をおれのところに呼んでくれるかえ？」

「ほかならぬおまえの頼み。じゃ、呼ぶだけは呼んであげるよ」

「ほらよ」

と、源八は腹の胴巻から銭を掴んでおかみの手の中に握らせた。

「おや、まあ、いつも済まないね。あとはおまえの腕次第……」

「うむ、待ってるぜ」

源八は、そこにある莨盆と煙管を提《さ》げて廊下を奥へ歩いた。突当りが厠《かわや》で、納《なん》戸《ど》と宿の夫婦の部屋とは向い合せになっている。

　中には明りがないので、源八は爪先で探りながら納戸部屋に入り、畳の上に坐った。途端に埃《ほこり》が鼻の孔《あな》に噎《む》せてきた。莨盆の中の火種だけがぽつんと赤い。

「源八さんかえ？」

「おれだ、おれだ」

「まあ、暗い所によく辛抱《しんぼう》しているね」

「何を云やアがる。行灯《あんどん》がねえから仕方がねえのさ」

「じゃ、いま持ってくるからね」

「おっと待ってくれ。で、首尾はどうだった？」

「行灯を持ってくるからにはおまえにも分るだろう。色恋となると、おまえの知恵も鈍るらしいね」

「勝手なことを云え」

　宿のおかみは二階に上った。

　旅宿人たちは畳の上に力なく横たわっていた。汚ない財布から銭を出してこっそり勘定する者、繕《つくろ》いものをする者、匍ってぼそぼそと隣と話している者など、さまざまだ。異臭が部屋に立ち罩《こ》めている。

　おかみは、中風で寝ている薬屋の蒲団の横にしょんぼり起きているお種に近づいた。

「もし」

と、彼女は立ったまま声を小さくかけ、にっこりして手招きした。お種がうなずいて膝を起し、おかみのあとから廊下に出た。

この女二人の様子を誰も気づかぬはずだったが、庄太だけは見ていた。彼もお種の姿には、蒲団にくるまりながらもさっきから眼をつけていたのだ。彼は鎌首をもたげて女二人のあとを見送った。

庄太には、源八がなぜあんなに自分に憤ったかその気持がよく分っていた。お種に飯をやるとき、つい親切な言葉をかけたのが源八の怒りを買ったのである。源八はお種に惚れている。だが、彼女に眼をつけたのはおれが先だと庄太は考えている。薬屋夫婦がこの宿に入ってきたときから、彼は窶《やつ》れたなかに漂っているお種の色気を見つけたのだった。

おかみはお種を呼んで部屋の外で何か話をしている。庄太は心にうなずくものがあった。源八はさっき階下に降りて行った。それからしばらくしておかみが上ってきてお種を呼出した。——狂言の筋は庄太にもおよそ推察がついた。

彼は小便にゆくような恰好《かっこう》で起きた。足音を忍ばせて部屋の外に出ると、腐りかけた手摺《てすり》の前でおかみがお種の肩を小さく叩いていた。

「それじゃ、階下《した》で待っていますからね」

お種が小さくうなずき、庄太とすれ違って、亭主の寝ている蒲団に戻った。庄太は、それをじろりと見送って、

「おかみさん」

「なんだえ」

庄太に呼びとめられて、おかみはなんとなく逃げ腰になっていた。

「へへへへ」

と、彼は笑って彼女の横に寄った。

「おめえ、源八兄哥から頼まれて、薬屋のおかみさんとの間の仲立ちをしたのかえ？」

「いいえ、あたしは別に、そんな……」

「隠すのは水臭かろうぜ、おかみさん」

「え？」

「源八兄哥とおれとは知っての通りの仲だ。そりゃさっきはおれがドジを踏んでちっとばかり殴られたが、なあに、あれは兄弟喧嘩みてえなもんだ。ことが済んでし

まえば、お互いがきれいさっぱりと忘れている。兄哥はやっぱりおれが可愛いのだ。その兄哥がお種さんにどういう気持を持っているか、おれだって知っている」

「庄太さん、おまえさんの目はしも相当利くんだね」

「当りめえよ。なにも伊達《だて》や酔興で今まで女道楽をしたわけじゃねえ。こういうときの男は女にどういう気持でいるか、口説《くど》かれた女はどういう風情《ふぜい》をするか、てめえの掌《てのひら》を指すようにちゃんと何でも分ってる」

「おや、大そうなものだね」

「そこで、おかみさん、いま擦れ違ったお種さんの様子じゃ、どうやら首尾は吉と出たようだね」

「さあ、そこまでは分らないよ……とにかく、あのおかみさんには、階下で源八さんが待っていると教えただけだからね。あとは源八さんの腕次第ということになるらしいよ」

「そうか。あの薬屋の女房に眼をつけたのは、源八兄哥もさすがだ」

庄太は仔細らしく首をかしげていたが、

「こういう際だ、何とか源八兄哥の思い通りにさせてやりてえものだが……そうだ、おかみさん、おれはいい惚れ薬を持っているのだがの」

「なに、おまえがかえ」

「知っての通り、おれは今まで旗本の奥向きに小間物を卸《おろ》して回った男だ。ああいう奥の女は権高で取澄ましているように見えるが、内実は始終男に気を惹《ひ》かれているのだ。おれは小間物の卸にことを寄せて、ご法度《はっと》になっている絵本や道具を女たちにそっと売りつけてきた。こいつはひどく喜ばれたが、それにも増してうれしがられたのは惚れ薬だ。今もおれは小間物屋みてえな稼ぎをしているが、その惚れ薬も実はちっとばかり売りつけている。薬屋の女房に薬を飲ませるのはちとどうかと思われるが、おれの惚れ薬は滅法《めっぽう》効き目がいいのだ。そいつを兄哥とあの女房に飲ませたら、効き目疑いなしの請合いだ。おめえ、ちょいとその薬を階下《した》で待っている兄哥のところに届けてくれねえか」

「そうかえ。おまえがそんな器用なものを売っている男とは知らなかったね。それに、さっき源八さんからあれほど殴られたんだから、さぞ恨んでいるだろうと思ったが、おまえは案外親切なんだねえ」

「当りめえよ。兄哥に殴られたからといって、いちいちそれを根に持つようなケチな男じゃねえ。それに今も云ったように、源八兄哥とおれとの間は特別だ」

「おまえこそよっぽど源八さんに惚れてるんだね」

庄太は、宿のおかみを自分の寝場所に伴《つ》れてきた。壁の隅には商売物の抽斗《ひきだし》の付いた箱がある。夥《おびただ》しい抽斗の真ん中あたりを引抜いた彼は、黒い粉と白い粉とを二つに分けて包んだ。

「いいかい、この黒いほうがお種さんのだ。白いほうは源八兄哥だ。間違えねえように、女に飲ませるほうは、こうして包みを少し小さくしておく。……源八兄哥に云ってくんな。惚れ薬は男と女とでは成分が違うし、身体つきも違う。この白い薬は男が飲むやつだ。同じ惚れ薬といっても井守《いもり》の黒焼きじゃねえ。ネタはちょっと云えねえが、とにかく、これだけ飲めば精分がつきすぎて眼が赤くなるくれえだ」

おかみは庄太から薬を二包掌の上に載せてもらった。

六

「やっぱり庄太の奴だ」

宿のおかみから薬を受取った源八は、あぐらをかいて二つの包を掌の上に載せて笑った。

「あいつはこれまで生っ白い顔で旗本の奥に出入りし、女子を惑わしてきた奴だ。

こんな薬ぐらいまだ持っていたのだろう。あれほど痛い目に遭わせても、商売ものをただでくれるとは、やっぱりおれのことを考えているな」

「ほんとに庄太さんはおまえの弟のようだね」

おかみが横から云った。

「可愛い野郎だ。さっきはちっとばかりおれの虫の居どころが悪かったが、こんな心配をしてくれるのなら、あとで酒を鱈腹飲ましてやろう。……で、あの女房はすぐにここに降りてくると云ったかえ」

「ええ、いま降りて来ますよ」

「それにしてはちっとばかり手間がかかるようだが」

「何さ、おまえ、女はいくら貧乏をしていても、男の前に出るときは髪くらいは掻きつけるからね」

「そんなものか」

源八はうれしそうに鼻の孔をふくらませた。

「あの女の前でこの薬を入れたんじゃ面白くねえ。今の間に、二つの銚子《ちょうし》にその薬を分けて酒を調合してもらおうか」

「おまえ、ほんとにうれしそうだね」

「当りめえよ。ここんところしばらく女の身体を抱いていねえのだ」

源八に云われて宿のおかみは新しい酒を銚子二つに入れ、それぞれの薬を分けて混ぜた。

「源八さん、こっちがおまえの飲むほうだからね。間違えないように、ほら、銚子の恰好を違えておいたよ。おまえの飲むほうは、この通り注ぎ口が広くなっている。お種さんの飲むのは首が細いからね」

「気を遣わせてすまねえ。首尾よくいったら、明日たんまり礼はするぜ」

「あい、頼むよ。……おや、二階から足音が降りて来たようだね。じゃ、あたしは邪魔になるようだから向うに引っ込むよ」

「呼ぶまでここをのぞかないでくれ」

おかみは源八の肩をぽんと叩いて出て行った。

廊下を踏んできた足音が四畳半の前で停った。

「ご免なさい」

とお種の低い声が障子の外からきこえた。源八はそわそわと起った。

「おう、おめえさんか。まあ、こっちへ入んな」

源八は開けた障子からお種を中に引入れた。

お種は髪のかたちを整え、薄化粧もしていて、二階のうす暗いごみごみした所で見るよりずっと若くみえた。彼女は面映《おもは》ゆそうに源八の前に坐った。

「先ほどはどうもお世話になりました」

彼女は亭主に貰った飯の礼を源八に云った。

「なんの。あれくらいはいつでも分けて進ぜる。病人は大事にしねえといけねえからのう」

「はい……」

源八はうっとりした目つきで盃をお種のほうに差出し、

「まあ、一杯どうだえ？」

と、細い首の銚子を取り上げた。間違わぬように、広い口の銚子は自分の膝の前に置いていた。

「おめえ、いけるほうだろう？」

「でも」

「まあ、いいじゃねえか」

源八はお種のきれいな顔に、眼がひとりでに蕩《とろ》けた。

「二階じゃあの通り多勢の南瓜《かぼちゃ》野郎がごろごろしているので話がしにくかったのだ。

まあ、一杯やりながら、ゆっくりおめえに相談してえことがある」

「相談ですって？」

お種は怯《おび》えた眼をした。

「まあさ、そいつはゆっくりと話すとしよう。さあ、まんざらいけねえ口でもねえとすると、受けてくんな」

と、銚子を無理に彼女の盃《さかずき》に傾けた。酒が盃の縁に溢れたので、お種は思わずそれを口に運んだ。その様子に色気がこぼれた。

「ほうら、見ねえ、その飲みっぷりじゃ、いけねえ口とは云わせねえぜ。さあ、もう一杯」

喜んだ源八は、つづいて銚子の酒を注ぎ、自分の盃には手元にある銚子のを注いだ。彼の頭には、白い惚れ薬と、黒い惚れ薬とが渦巻いていた。

「こっちで飲んでいる酒はちっとばかり強すぎるのでね、女には口当りのいい酒を別にしているのだ」

源八は、そんな言訳を云って自分の盃に満たした酒を一気に飲んだ。舌で唇を舐めてみたが、別に変った味もしなかった。

「そこで、親方、わたしに用というのは何でございましょう？」

と、お種が訊いた。

「親方と云われるほどの身分じゃねえが、実はおめえがああして病気の亭主を抱えて困っているのをよそながら見かねているのだ」

彼女の盃にまた酌をして源八は答えた。お種は俯向いていた。

「そう云ってはなんだが、おめえのような器量よしがこれからさきもあの病人を抱えて暮すのは並大抵のことではねえ。あの病気は長えというからな」

「はい」

お種は膝に置いた盃に眼を落していた。

「まあ、そうしょんぼりとすることはねえ。こういう話は陰気でいけねえが、今夜は酒を飲みながらゆっくりと話をしよう」

「え？」

「いやさ、こう云うからには、おれは、おめえの暮しをちょっとは手伝ってやってもいいと思ってるのだ」

お種は源八をじっと見返したが、案外、その表情はわるびれなかった。普通の女だと、源八の言葉で、そこから逃腰になるか、恥《はずか》しそうに身を竦《すく》めるかするのだが、お種は大胆な眼を源八の顔に注いでいた。

源八は、やっぱりおれが踏んだ通りだと思った。この女はもの分りがいい。その前身も想像の通りだと考えた。そういえば、酒を飲んだお種の目もとには、もう婀《あ》娜《だ》っぽいものが見えていた。

「まあ、飲みながら話そう」

と源八はぞくぞくして酒を注いだ。この酒に女の浮き心を湧き立たせる薬が入っているかと思うと、ひとりでに頭の中が燃えてきた。

「それじゃ親方、あたしの難儀を見かねて手伝ってやろうとおっしゃるからには、おまえさんにはあたしの身体が入用なんですね？」

ものの云い方も大胆になっていて、嬌《し》態《な》が出ていた。

「そう真正面から図星を指されちゃ、おれも少々照れ臭いがの。だが、おまえさんはもの分りが早え。じゃ、おれも飾《かざり》気《け》のねえ本心を打明けるが、どうだえ、おめえ、この三、四日、おれと一緒に夜を過してみねえか？」

「…………」

「実はな」

と、云いかけて、源八はまた女に酒を注いだ。そういえば、女はこの話を切り出されてから酒の飲みぶりが早くなったようだった。彼も自分の銚子をしきりと盃に傾けた。

「実は、おめえがこの二階に入ってきたときから、おれは見染めたのだ。こう云やア、おまえは今までほかの男からも、さんざん同じようなセリフを聞いたと思うかもしれねえが、おれのは真実だ。事情《わけ》があることは百も承知で、おめえが今まで何をやっていたか一切聞かねえことにする。知っているのはおめえが厄介《やっかい》な病気の亭主を抱えている今だけだ。そいつをおれが少しばかり助けてやろうというのだ。……その代り、おれのほうもおめえを借りてえのだ。いうなれば、両方で持ちつ持たれつだ」

「ありがたいお話だけれど……」

お種がぐっと盃を乾して云った。

「なに、断わるのかえ?」

「いいえ、そうじゃありません。お察しの通り、あたしもまんざらの素人《しろうと》から今の亭主と伴れ添ったのじゃござんせん。今さら顔を赧《あか》らめるほど初心《うぶ》じゃありません。こんな宿に落合ったからには同じ屑《くず》の寄集り……」

「なに」

「いいえ、ものの譬《たとえ》です。親方も近ごろの疱瘡ばやりでだいぶん収入《みいり》がいいようだけど、こんな旅籠の二階にごろごろしているんじゃ、あんまり自慢にもならないようですね」

「おめえは見かけによらねえ減らず口を叩く女だな」

「その減らず口であっさりと相談をしましょう。あたしも今のところ金に乾いている女、二晩でも三晩でもおまえに抱かれたといえば、それだけ亭主に辛い思いをさせる。おまえだって夜鷹《よたか》や船饅頭《ふなまんじゅう》を買うのと違って他人《ひと》の女房に手を出すからには、それだけ面白い目をみるというもの。色は間男に限るというからね。親方、少々の金ではおまえの云うことは諾《き》けないね」

「おもしれえ」

と、源八は盃で間に合わず、いきなり自分の傍らにある広口の銚子を取上げると、がぶがぶと咽喉《のど》に流し込んだ。

「ようし、それだけおめえがはっきりしてるんじゃおれのほうで云うことはねえ。どうだい、一晩一分《いちぶ》ということでは？」

「たった一分ですかえ？」

と、女は頬をふくらませた。

「いやですね。これでもあたしは今の亭主に惚れているんだからね。なんとか病気を癒させたいと、医者代欲しさにおまえに身体を売るわけさ。もっと弾《はず》んでおくんなさい」

「なるほど。女というものは見かけだけじゃ分らねえものだ。おめえが中風の亭主の背中を撫でたり、身の周りの世話をしているところを見ればおとなしい女房振りのようだが、そんな口を利くとは初めて知った」

「そんなら気に入らないのかえ？」

「おっと待ってくれ。おめえも気が短けえ」

源八はまた銚子を口に当てて残りをがぶ飲みした。

「よし。こうなりゃおれも男の執念だ。二分、二分ではどうだえ？　四晩抱かれりゃア二両だ。こいつアおれも胆《きも》を切ったのだ……」

七

双方の話は決着がついた。お種は一晩二分の約束で首を縦に振った。

「さあ、そいじゃ、どうやらこれで棟《むね》が上ったようだ。おっと酒が足りねえ」

源八は手を叩いて宿のおかみを呼んだ。

「何ですかえ?」

と、おかみが障子を細目にあけて首を出した。

「あとの銚子を運んでくれ」

「源さん、おまえ、そんな顔つきなら首尾はよかったんだね?」

「大きな声を出すんじゃねえ。……それから、次に運んでくる酒の中にもあいつを頼むよ。まだ、残りはあるはずだ」

薬を入れてくれという注文だった。

「あいよ」

と、おかみは心得てすぐに代りをついできた。すでに支度をしていたとみえる。

「お種さん」

と、源八は新しい銚子もぐいぐいと飲み乾した。

「おめえもそんな所に離れて坐っているより、まあ、こっちに寄ってくれ」

源八が手を伸ばそうとすると、お種は少し酔った眼で、

「おや、おまえも気が早いね。いま話が決ったばかりじゃないか。もう少し経たないと、あたしだっておまえの情が移らないからね」

その情が早く湧くように、お種の飲んでいる酒には黒い薬が仕込んであると思う

と、源八は腹の中で北叟笑《ほくそえ》んだ。

「それに、一度亭主に断わってこなくちゃね」

「おや、亭主のお許しが出ねえといけねえのか？」

「何しろ寝たっきりだから、あたしを頼りにしてるんだよ。さっきはここのおかみさんが用事があるといって降りて来たんだからね。今度はここでおまえと長く過すからには、それ相当の口実をつくっておかなくちゃならないよ」

「大きにもっともだ。じゃ、すぐここに戻ってきてくれ」

「あいよ」

お種は起ち上った。薬の効き目か、蹴出《けだ》しをこぼして起ち上るお種の足取りが浮かれているように見えた。

お種が出て行くと、源八はまた銚子の酒をがぶ飲みした。この中に庄太の呉れた妙薬が入っているかと思うと、彼は一滴でもそれを吸い尽さねばおかぬ心持だった。薬が庄太の効能書き通りに効くらしいのは、さっきのお種の色っぽい様子でも分った。女には源八を迎える気持が十分に湧いているようだった。

廊下にみしりという音がした。源八は振返ったが、障子はそのままになっている。彼の酔いかけた眼には、障子の一角に小さな指穴があいたまでは見えなかった。

「誰だ？」

　と源八はいった。

「へ、へ、へ」

　と笑い声がして、半分あけた障子から顔を出したのは庄太だった。にやにやと笑っている。

「なんだ、庄太か」

「へえ。兄哥、だいぶんお愉しみのようで……」

「うむ。仔細はこの宿のおかみに聞いただろう。おめえは滅法調法な薬をくれて礼を云うぜ」

「なに、手持のものがあったのを思いついて裾分《すそわ》けしたまででさ」

　庄太は後手《うしろで》で障子を閉めて入ってきた。

「おや、薬屋の女房は、どこかに行ったのかえ？」

「うむ、いま亭主に断わってここに戻ってくる」

「へええ、そいじゃ相手も納得したのかえ。兄哥も今夜はお愉しみってえところだな」

「庄太、夕方おめえに乱暴をして済まなかったな。思わずかっとしたのはおれがいけなかった。ま、勘弁してくれ」

「とんでもねえ。兄哥にはさんざん世話になっている。ことの起りは、おれがつまらねえ餌を山椒魚に食わしたからだ。兄哥の憤るのも尤《もっと》もだ」

「そういってくれたらおれも気持がいい。さあ、庄太、せっかくだ、おめえにもこの酒を一杯やるぜ」

「へえ、ありがてえが、惚れ薬の入った酒じゃ、あっしにはあとの始末がつかねえ」

「何を云やがる、まあ、いいから一杯でも受けろ。そこにいては遠い。遠慮せずとこっちへこい」

「でも兄哥、そこで腕を伸ばしてくれたら、わっちのほうに盃は届きます」

「また妙に遠慮するじゃねえか。よしよし、そいじゃ取ってくれ」

源八は手元の盃を取って手を庄太の坐っているほうへ伸ばしかけたが、その腕は自由に伸びなかった。

「おや？」

と、源八は奇妙な顔をした。

「どうしたのかな？　どうも腕の調子がぎくしゃくとしていけねえが」

「兄哥、腕がどうかしたかえ？」

庄太はそこからじっと眼を据えていた。

「うむ、なんだか畳で痺《しび》れを切らしたときみてえに、腕の先に妙に力が入らねえ」

「兄哥も薬屋の亭主みてえに中風にでも罹ったのかえ？」

「縁起でもねえことを云うな」

源八が無理に腕を伸ばそうとしていると、今度は持った盃が指からぽろりと落ちて、畳に酒が流れた。

「おや、ほんとうにおめえは中風に罹ったみてえになったが、だいぶ酔ったのかえ？」

「おれには今夜下心があるのだ。そのつもりで飲んでるから、これっぽっちの酒に酔うはずはねえ。……だが、どうも奇妙だな」

源八が左の手で自分の右腕を揉もうとすると、その左手も自由には上らなかった。源八の身体は坐ったままふらふらと揺れた。

「源八兄哥、どうかしたのかえ？」

「うむ、両手の付根から、どうも痺れてきたようだ」

と云いかけて、何に気づいたか源八がかっと大きな眼をむいた。

「やい、庄太。うぬがおれにくれた薬は何だ？」

「おめえの好きな元気の出る薬よ」

庄太は瞳を凝《こ》らして源八の変化を見つめていた。その源八は遂に身体の重心を失って他愛なく畳の上に転がった。

「庄、庄太。う、うぬは、お、おれを……」

と、源八はもうあとの口が利けなかった。

庄太は始終の様子を見届けると、すっくと起ち上った。

「ざまア見やがれ。やい、源八。うぬはそこで夜が明けるまで痺れていろ。……おれのやった痺れ薬はな、手脚も利けねえ、口も利けねえのだ。その代り、おめえの開いている眼《まなこ》は正気と変らず何もかも見えるのだ。耳も聞える。何もかも分るのだ。……やい、源八、おれが今から何をするか、そこに寝転がって愉しんで待っていろ」

八

庄太が梯子段の下までくると、二階から降りてきたお種に出遇った。

「おい、お種さん。おめえ、どこへ行く」

お種は眼を伏せた。

「ちょっと、ここの旦那に用事があって……」

「その用事の旦那は、いまあの座敷で睡っていなさるぜ」

「え？」

「おめえが隠しても、何もかもこのおれは知っている。源八の野郎は、おれが酒に混ぜた南蛮《なんばん》渡来《とらい》の痺れ薬で達磨《だるま》みてえに手も脚も出ねえで転がってらあな」

「え、そんなら、おまえが？」

お種は声をあげた。

「当りめえよ。あの野郎に勝手なことをさせてたまるか。おめえがあいつとどれだけ銭の約束をしたか知れねえが、おれはあいつの倍はおめえに出してやるぜ。ほれ、遠慮せずに受取りな」

庄太が懐ろからずしりと重い鬱金《うこん》の財布を出した。それは源八が蒲団の下に入れていたものだった。彼は手を突込んでお種の掌に移したのが小粒の一山だった。

「まあ、こんなに……」

と、お種は眼をまるくしていた。

「何も遠慮することはねえ。どれだけあるか知らねえが、なあに、源の野郎がいかさま呪《まじない》で泥棒同様に稼いだ銭だ。遠慮することはねえ、取っておきな」

「でも、おまえ……」

と云ったが、お種は急いでその小粒を帯の間にざらざらと落しこんだ。

「それから、おめえに手伝ってもらうことがある」

「あいよ。おまえの云うことなら何でも聞いてあげるよ」

と、お種は頼もしそうに庄太の顔を見上げて云った。

「前から、あの源八という人は虫が好かなかったからね。みんなをおどして独りで威張っているのを見ると、腹が立って仕方がなかったけれど、あたしもああいう病人の亭主を抱えているので、背に腹は替えられず、つい不本意ながらいやなことを承知したけれどね。こうなればおまえの味方だよ。あたしゃ、おまえが、あの源八にひどい目に遭ったときは、ほんとに可哀想で仕方がなかったよ」

お種の眼は熱っぽく潤《うる》んでいた。

「もう、おめえにも薬の効き目が出たとみえるなア?」

「え?」

「なに、こっちのことよ。それから宿の亭主夫婦も叩き起してくれ」

土間に飛び降りた庄太は、桶《おけ》の蓋《ふた》をあけた。奇怪な恰好《かっこう》の山椒魚がごそりと彼の眼の前で動いた。

宿の夫婦は、庄太が山椒魚の尻尾を摑んでぶら下げているのを見て、眼をむいた。

「おい、宿のご亭主とおかみさん。これからおれがこの山椒魚を料理《りょう》って皆に振舞ってやるのだ。何をびくびくしてやアがる。金なら源八よりずっと弾んでやるぜ」

と、ここでも庄太は銭を摑み出して夫婦に投げた。

「さあ、庖丁《ほうちょう》と俎《まないた》を持ってこい。それから、火をどんどん燃してくれ。こいつを串刺しにして蒲焼《かばやき》にするのだ」

と庄太はそれをお種に手伝わせた。お種も襷《たすき》をかけて奇妙な山椒魚を気味悪いとも思わず、庄太が魚のまるい頭を庖丁でぐいと切りはなすのを平気で見ていた。

「ざまア見やがれ。こうなりゃ山椒魚もへちまもねえ。明日から源八の商売も干上りだ」

庄太は、蛇のような尻尾を動かす山椒魚の背中を、順々に切り刻んだ。あたり一面は人間を斬ったような血溜りが出来た。

「ざまア見やがれ」

と庄太は勝ち誇ったように云った。大きな図体の山椒魚だっただけに、肉片もそのへんに夥しく盛り上げられた。

「おかみさん、醬油《しょうゆ》はどこにあるかえ？」

　宿の女房はうろうろしていた。

「やいやい、亭主、何をそこにぼんやりと立っている？　おめえも源八から余分な金を取って畳をひとの三倍も貸してやったのだ。ちっとはほかの者にうめえものを食わせる手伝いをしろ」

「へえ……」

「庄太さん、串刺しのほうはあたしが受け持つからね」

　お種は客用の箸を二十本くらい持ってきて、その先を庖丁で削った。それに山椒魚の切身を刺して火に焙《あぶ》りはじめた。

「うむ、おめえは見かけによらず度胸があるな。……うまそうな匂いがしゃアがる」

　庄太は鼻をひくひくさせて、皮を剝いだ山椒魚の白身が焦げてゆく煙を嗅いだ。

「こいつはきっとおつな味がするぜ」

　彼はぐいと串を宿のおかみに差出した。

「かみさん、どうだえ、おまえから先にこれを食べてみな」

「いえ、あたしゃ、結構だよ」

「業突張《ごうつくば》りのおめえもこいつばかりには遠慮するとみえるな。ようし、それならおれが試しに食ってみるから、おめえたち、そこで見ていろ」

と、庄太は肉の先を白い歯で噛んだ。

「うめえ、うめえ」

彼は眼を細めた。

「こいつはまるで鶴《つる》か鴨《かも》を食ってるみてえな味だ」

旅籠屋《はたごや》のことで、大きな皿がいくつもあった。庄太は焼上った串刺しを大皿に盛上げると、両手で抱え、二階に上った。

「おい、みんな起きろ」

と、彼はごろごろしている宿泊人に怒鳴った。

「おめえたち、そこでひもじい腹を抱えているのは身体に毒だ。さあ、この庄太がおめえたちに鴨のご馳走《ちそう》をしてやるから、みんな思う存分食ってくれ」

その声に、あちこちで人の頭が、もそもそと起き上った。

「ほうら、いま焼上りのほやほやだ。見ろ、煙が立ってらアな。嗅いでみろ、うめえ匂いがするぜ。鰻《うなぎ》の蒲焼の段じゃねえ」

そこにいる者がみんな匍《は》い寄って嗅いでいたが、

「庄太さん、おめえ、えれえものを持ってきたな。この鴨はどこから獲れたのかえ？」

「その鴨か。……うむ、そいつはな、箱根の山中で……」

「え？」

「いや、なに、箱根の芦ノ湖に棲《す》んでるやつを、おれの知った奴が獲って帰ったのをくれたのだ。何でもいい。とにかくうめえから、みんな食ってくれ。銭を取ろうとは云わねえ」

みなが夢中になって手を出し、口に頰張ったが、

「うめえ、こいつはうめえ」

と、誰もかれもが餓《かつ》えているので咽喉《のど》の奥に押し込むように飲み下した。

「なんまいだ、なんまいだ」

と、玄了が声を出した。

「おや、坊主、何をいってやアがるのだ。おめえ、そんなところで念仏唱えていねえで、早えとこ手を出さねえと食い損うぜ」

「おまえも源八もよくねえ奴だな。おれはおまえたちのことが可哀想でならないの

だ」

「何を寝呆《ねぼ》けをいやアがる。うぬは指をくわえてそこで餓死《うえじに》しろ」

彼はふいと壁の傍《そば》に寝ている薬屋に眼を止めた。

「やいやい、いくらおれが云ったからって、てんでに手を出すんじゃねえ。向うに寝ている病人にも誰かこれを少し齧《かじ》らせてやれ」

その通りにしたものが居たが、おかみさんがいない、という声が聞えた。

「かみさんは階下《した》でおれの用事をしているのだ。おっとそうだ、その串を三つばかりこっちに寄越《よこ》せ」

と、庄太は山椒魚の串刺し三本を手に握って階段を駆け降りた。そこにはお種が襷を外して彼を待っていた。

「おめえ、まだこいつを食ってねえだろう？」

「あい」

「そいじゃ、向うの間でゆっくりと食べろ」

庄太は彼女の背中を押して四畳半の間に歩いた。宿の夫婦が顔を出していたが、

「おめえたちは用事があるまでここにくるな」

と、庄太は夫婦を叱った。

納戸の狭い部屋に入ってお種が、俄《にわ》かに立ち止り、

「あっ」

と叫んだ。源八は芋虫のように畳に転がって、眼をかっとむいていた。

「やい、源八、どうだ、痺れ薬の心持は」

庄太がせせら笑った。源八は怒って口を動かそうとしたが、その唇からは涎《よだれ》が流れただけであった。

「やい、てめえの耳はおれの声が聞き分けられるはずだ。ここにおれが持ってるこの鴨の肉みてえな串刺しが何だか、おめえには分るかえ?」

源八はそれに瞳を凝《こ》らしたが、怪訝《けげん》そうな表情だった。

「ふん、分るめえ。これはな、おめえの商売物の山椒魚だ。そいつをおれがいま料理して蒲焼にしたのだ」

源八の眼球《めだま》が飛出るばかりになった。神経が麻痺しているせいか、顔の表情にはそれほどの動きはなかったが、剝《む》き出た二つの眼には忿怒《ふんぬ》の色が燃えるようだった。

「ざまア見やがれ、明日からおめえのいかさま商売は上ったりだ。だが、こいつはおめえがご恩になっていた山椒魚さまだ。その味をおめえにも舐めさせてやるぜ」

庄太はそこにかがむと、芋虫のように匍っている源八の肩を片手で摑み、ごろり

と仰向《あおむ》けにした。彼は馬乗りになり、串刺しの肉を源八の口の中にさしこんだ。源八は抵抗しようとするが、力なくゆるんだ唇は他愛なく庄太の入れた串の先を頬張った。彼はただ目玉ばかりぎろぎろと動かしていた。

「どうだ、うめえだろう？　やい、うめえと云え」

庄太は、ぐいぐいと串刺しの肉を源八の口の中に押込んだ。

彼は馬乗りになった源八の身体からはなれた。仰向きになったままの口には串刺しが船の帆柱のように立っていた。

「ふ、ふふふ、ざまアねえや」

と、庄太が見下ろして笑い声をあげた。彼は、お種の肩をひき寄せた。

「やい、源八。これから、このお種とおれとがここで濡れごとをするのだ。おめえは、そこで一部始終をとっくりと見物していろ。その身体の痺れは、明日の午《ひる》までつづくはずだ。その前におめえの片腕の骨をへし折って、もう二度と威張らせねえようにするから、覚悟していろ」

源八が苦しそうに身もだえした。庄太はお種をぐっと抱きよせた。

「あれ、庄太さん……」

「何も気兼ねをすることはねえ。お種、おめえも芯のふてえ女だ。こっちに来な。

源の字の眼を喜ばしてやろうぜ」

「いやだよ。庄太さん。それではいくら何でも……。二人であっちに行こうよ」

「そうかえ」

三人の留守居役

一

そろそろ夏に向う四月末の八ツ刻《どき》（午後二時）ごろのことだった。

両国に甲子屋《かねや》藤兵衛という大きな料理屋がある。その表に駕籠《かご》が三挺《ちょう》連なって到着した。挟箱《はさみばこ》を持った供《とも》は居るが、三人とも三十から四十ぐらいの間で、立派な風采《ふうさい》をした武士だった。だが、この茶屋の馴染《なじみ》ではない。はじめての顔だから女中が走り寄って、

「どちらさまで？」

と丁寧《ていねい》に訊《き》いた。甲子屋は、この辺で聞えた名代の茶屋だからむやみとは客を通さない。

「われわれはさる藩の留守居の者だが、暫時《ざんじ》座敷を借りて寄合をしたい」

と、その中で年嵩《としかさ》な男が告げた。帳場の中から様子を見ていたおかみも、藩の留守居役と聞いて心にうなずいた。風采が立派なだけでなく、その渋い中にも粋好《すいごの》みがみえる。とても普通の武士ではこのような呉服の高尚さは分らない。

各藩の江戸屋敷には留守居役を置いて、おもに各藩間の折衝《せっしょう》に当らせたが、今で云えば一種の外交官のような役目だ。だが、泰平無事の世の中だから面倒なことはあまり起らない。ときとして各藩の供回り先が何かの間違いで衝突し、喧嘩《けんか》となり、傷害沙汰《ざた》を起すことはあるが、そんな椿事《ちんじ》は三年に一度あるかないかで、ほとんどは藩同士の儀礼的な打合せだけが留守居役に任されている。

その性質上、留守居役には遊芸を嗜《たしな》む者があり、粋人が多かった。寄合と称して、そのたびに料理茶屋を使うので、自然と酒席の間の交渉が巧みになり、芸を覚えるようになる。長唄、端唄《はうた》、三味線などは玄人《くろうと》はだしだった。そんなわけで各藩の国侍《くにざむらい》が不粋の代表のように云われたのに反し、留守居役は定府《じょうふ》と決っているので、ほとんど江戸通人化していた。

甲子屋のおかみや女中がうなずいたというのも、この三人の留守居役の身装《みなり》がそれらしく粋に作られているからだ。

甲子屋でも初めてながら上客と思い、いちばんいい部屋に通した。まだいずれの藩とも云わないし、名前も告げないが、総じて武士はめったなことに主家の名前は出さないことになっている。とにかく今後贔屓《ひいき》にしてもらえば、これ以上の上客はない。会計は藩邸が保証しているし、遊び方も鷹揚《おうよう》なので金も儲《もう》かる。その代り遊び馴れている客だから、料理茶屋としても気を遣わなければならなかった。三人は酒を出させておいて、しばらく談合があるからと云って女中を遠ざけた。

それもすぐに済んだとみえ、やがて手が鳴って女中が呼び入れられた。

「どうだ、この家にも芸者が呼べるか？」

床柱を背負った、色の浅黒い、年嵩《としかさ》の男が砕けた態度で女中に訊いた。

「はい、芸者衆はいつでもお呼びできます」

「そうか。われわれも話が済んだから、これから少々飲みたい。同じ呼ぶなら流行《はや》っている妓《こ》がよい。四、五人ほどここに呼んでもらえぬか」

「かしこまりました。あの、誰かお名指しの妓でもございましたら」

「いや、別にそういう馴染はない。ただ、少々費用はかかっても構わぬから売れっ妓を呼んでほしい」

「かしこまりました」

その男の横に坐っている三十過ぎの、色の蒼白《あおじろ》い、痩《や》せぎすの男が、

「芸者もよいが、わしは当家の料理を楽しみにしてきた。ひとつ板前の腕を見せてくれ」

と注文した。

身装からいっても、態度から推しても、それほど小藩の留守居役とも思えなかった。総じて客は気まぐれなものである。定めしほかに行きつけの料理屋があるに違いないが、そこも少し鼻について、気分を換えにふらりとここに入って来たものであろう。おかみも、女中一同も、そう考えて、あわよくばこれから贔屓にしてもらうつもりで料理の吟味にも心を配った。板前も腕に縒《より》をかける。なにしろ、口が奢《おご》っているし、ほかの料理屋の味も知り尽した人たちなので比較されるのだ。

三人の留守居役はまだどこの藩とも云わないが、かなり大きな藩らしいことは鷹《おう》揚《よう》な注文ぶりでも分った。当時、芸者の線香代といえば相当なもので、下級武士の一ヵ月の俸禄《ほうろく》が一日の線香代に当っていたくらいだ。だが、留守居役ともなれば自分の金は一文も使わず、全部藩の費用だから、少しも懐《ふとこ》ろは痛まない。藩でもこういう交際費は思い切り出した。

というのは、留守居役の役目には幕府からお手伝いと称する普請《ふしん》その他の夫役《ぶやく》を回避する仕事が課せられていたからだ。一たび普請手伝いなどさせられると、藩の財政が傾くくらいにひどい目に遭う。それを何とか避けようとする外交折衝だから、留守居役の交際費にはどこの藩も会計をゆるめた。自然と留守居役は藩費を湯水のように使い、贅沢《ぜいたく》のしほうだいということになる。土地の一流の芸者を集めよという三人の留守居役の注文も、こんなわけで別にふしぎではなかった。

酒につれて料理がつぎつぎと出される。三人の留守居役は、ちょっと箸《はし》をつけては舌を動かし、すぐ次の皿をつつく。それがいかにも料理の吟味をしているようだった。まだうまいともうまくないとも批評はしない。大事な客と見ておかみも座敷に出たが、始終心配そうに三人の客の口もとを眺めていた。

そのうち売れっ妓という芸者が続々と座敷に入ってきた。

「いや、美形が参ったな」

とほろ酔いになりかけた三人の客は上機嫌である。

「おまえは何という名だ?」

と、型のように芸者の名前を訊いたりしている。その中で長吉《ちようきち》という芸者がよその座敷から回ってきて、これも少し酔っていた。

「まあ、旦那《だんな》さまのお召物は、ほんとうに渋好みで粋《いき》でございますこと」

と、傍《そば》に寄って衿《えり》などをいじっていた。ほかに順々と名前を答えた芸者は、蔦吉《つたきち》、半兵衛《はんべえ》、長丸《ちょうまる》、染吉《そめきち》、源太《げんた》などだった。

この連中は、柳橋、日本橋薬研堀《やげんぼり》、人形町などから集ってきていた。

おかみは、その中のやはり売れっ妓の長丸に、

「おまえさん、ほうぼうのお座敷に出るようだが、あのお三人方とお目にかかったことがあるかえ？」

と、陰でこっそりと訊いた。

「さあ、まだ初めての顔なんですけど」

と、長丸も知らないようである。これはほかの芸者も同じことだった。

「それでは、旦那方の遊びは今まで河岸《かし》が違っていたんだろうね」

と、おかみも呟いた。

留守居役があまり寄合をするので、当時寄合茶屋という名の料理屋がほうぼうに出来たほどである。そのために料理屋の普請も贅沢を極めた。江戸市中でもそのころ四十数軒をかぞえたくらいで、これがのちの会席料理のはじまりとなったと云われているくらいだ。

だから、両国の料理屋が初めての客だと思っても、ほかに遊び場があったと考えるのはふしぎではなかった。

そのうち芸者を入れて酒がはずむ。三十二、三の黙りこくっていた一人が芸者に芸事を所望した。

「まあ、旦那方の前で恥しいわ。みなさんからどうぞ」

と、芸者が客に注文する。実際お世辞ではなく、留守居役と聞いてはどんな玄人芸を持っているのか分らないので、芸者のほうが気味悪く思うのも当然だ。が、客は芸者に花を持たせるとみえ、何としても口を開かないし、三味線も抱えない。仕方がないので、源太と半兵衛とがそのころ流行《はや》り出した端唄を二つ三つ唄った。こんなものなら別に芸の真価を問われることはない。

その場ではいつの間にか二刻近く経った。年嵩の客がようやく昏《く》れなずむ大川を眺めて、

「どうじゃ、ここで酒ばかり飲んでいてもつまらないから、これから堺町《さかいちょう》に行こうか」

と云い出した。これは芸者たちを大喜びさせた。芝居は何よりも好物の女たちである。

「それなら市村座がようござんす」

と、長吉が云った。それにつれて役者衆の評判が出る。いま市村座では「皐需《さつきまつ》曾我橘《そがのたちばな》」が上演され、松本幸四郎の工藤祐経《すけつね》、市川八百蔵の時致《ときむね》、嵐和歌野のとらが評判で、殊《こと》に祐成《すけなり》が文の紙の上を渡る軽業《かるわざ》の所作事《しょさごと》が大出来で大評判だと女たちも口々に云い、ぜひ見せてくれとせがんだ。

三人の留守居役はゆったりとこれにうなずいて、

「それでは、ここの払いをせねばなるまい。いずれあとで芝居から帰って飲み直すこととして、一応仕切りをつけよう」

と、懐ろから紙入を取出した。

おかみが呼び出され、その年嵩の留守居役から初めて藩の名前を告げられた。

「自分は小笠原大膳大夫《だいぜんのだいぶ》家来秋山彦左衛門《あきやまひこざえもん》という者である。またここに居る両人は、一人は阿部伊予守《いよのかみ》家来吉田助三郎《よしだすけさぶろう》、一人は稲葉美濃守《みののかみ》家来小沢元右衛門《おざわげんえもん》と申す者である。これからもちょいちょい来るかも分らぬから、よろしく頼む」

と挨拶《あいさつ》した。

小笠原といい、阿部といい、稲葉といい、いずれも十万石以上の大名であるから、おかみも恐れ入り、畳に頭をこすりつけた。

「あとでまたこちらにお越し下さるならば、お代のほどはそのときに頂戴《ちょうだい》いたします」

と、おかみは云った。

「そうか。しかし、われらはこの家は初めてであるゆえ、それでは何となく心が済まぬ」

年配の男は考えていたが、

「それでは、この財布は芸者どもに預けておく」

と、傍らに居た長丸に渡した。長丸は掌《てのひら》にずしりとした重みを受取り、大事そうに懐ろの奥に仕舞った。

三人の客は座蒲団《ざぶとん》から起《た》つ。このとき年嵩の秋山彦左衛門の袴《はかま》の紐《ひも》が緩んで腰から下にずり下っているのがわかった。

「旦那さま、お袴が緩んでおります」

長丸が云うと、

「おう、そうか」

と彼は自分の袴の紐を締め直そうとした。

「お手伝いさせていただきます」

長丸が秋山のうしろに回る。袴の紐の締め直しを手伝っているとき、長丸は袴の腰板のあたりに奇妙な札が付いているのを眼に止めた。一寸ほどの長さで、紙縒《こより》の先が括《くく》りつけられ、その端のひろがったところに「㊋」という文字が記入されてあった。よく出入りの洗い張り屋に衣類を出すときに付けられる符牒《ふちよう》で、秋山はうっかりとこれを取り除くのを忘れて来たらしい。長丸はそう云ってよいかどうか躊《ため》ったが、このまま見過しておくと秋山自体がどこで恥を掻かぬとも限らぬので、笑いながら、

「旦那さま、こんなものが」

と、冗談交りにその紙を引張った。秋山がそれに気づいてやや赤面し、

「これはうかつなことだった」

と、自分でそれを千切り、指先で裂き、まるめて袂《たもと》の中に抛《ほう》り込んだ。そのとき秋山の顔に狼狽の色が見えたので、長丸は気の毒に思った。

二

芝居に行けるというので女たちは浮き立っている。

すると、小笠原家の留守居役秋山彦左衛門がこんなことを云い出した。

「どうも、このままで芝居小屋に押出しては観客の手前いかがかと思われる。何せ、当節は倹約のお布令《ふれ》もたびたび出ていることではあるし、人前もあるので、おまえたち、その髪飾りぐらいは取って行ったほうがよいのではないか」

と注意した。

芸者は着物もそうだが、櫛《くし》、笄《こうがい》、簪《かんざし》などに特別な数寄《すき》を凝《こ》らしている。それには鼈甲《べっこう》の笄や櫛、南蛮渡りの珊瑚《さんご》の根締《ねじめ》、金銀細工の簪といったものが金をかけて造らせてある。これらは出来合のものではなく、いちいち注文して作らせたものだから、それだけに高価な費用がかかっている。いわば髪飾りで芸者たちの心意気を誇示したものだった。

「それに第一、当節は不用心だからのう」

稲葉家の家来小沢元右衛門が注意した。

「ほんにそうでございますな。近ごろは掏摸《すり》や巾着切《きんちゃくき》りが多うございますから、髪飾りの道具もいつ抜かれるか分りませぬ」

長丸が云うと、ほかの芸者たちも、やれ、誰々さんは町を歩いていて簪を抜かれたとか、櫛を掏《す》られたとか、実例を引合に出した。

秋山彦左衛門はいちいちそれにうなずいて、

「それではおまえらのものは、持参した挟箱《はさみばこ》の中に入れるがよい。また、そのきらびやかな風采では人目に立つから、おまえたちの座敷着もここで粗末なものに着更え、それらは挟箱に仕舞っておくがよい」

と云った。どこまでも親切で行届いた心遣いなのである。

女たちも急のことではあったが、早速、茶屋の女中たちのものを借着して、贅沢な座敷着は、客持参の挟箱の中に入れた。

「それでよい」

と、秋山彦左衛門はすっかり地味になった芸者たちを見回して満足げに云った。

「これで芝居小屋で頭のものを抜かれる心配もなし、また見物人の眼をそばだてることもあるまい。では参ろうか」

と、先に起《た》った。

このとき蒼白い顔の阿部家の留守居役吉田助三郎の供だけが挟箱を持参し、他の挟箱持ちは帰した。

三人の留守居役が乗りつけた駕籠もすでに帰らせている。そこで、近くから町駕籠を呼び、芸者もそれに加わって、一同は賑やかに連なって堺町に繰出した。

ところが、芝居はすでに終演《はね》ていて、恰度《ちょうど》打出しの最中だった。その頃の芝居は夜までかかるということはなかった。せっかく楽しみにして来た芸者たちもこれを見て落胆した。

「やむを得ぬ」

と、年嵩の小笠原家の留守居役秋山彦左衛門が芸者たちに云った。

「それでは、これから別の座敷に行って飲み直すとしよう」

あまり芸者たちがっかりしたのを気の毒に思ってか、彼はそう云ってくれた。こういうふうに女たちを遊ばせることも留守居役は心得ている。不粋な侍ほど女たちに威張り散らすものだが、さすがにこの三人は遊びに馴れていた。

「元の甲子屋に戻りますか？」

と、長丸が訊くと、

「いやいや、このまますぐ戻ったのではあまりに曲がなさすぎる。甲子屋はあと回しにして、その前にどこかの座敷に上ることにしよう」

と、これには蒼い顔をしている阿部家の留守居役吉田助三郎が口を出した。芝居を見てからならともかく、すぐに甲子屋に引返したのではなるほど時刻的にも早すぎるし、面白くもない。芸者たちもその趣向には賛成した。

「どうだ、おまえたちで知った茶屋があれば、そこに案内してくれぬか」

と秋山が云った。

「それなら、駒形《こまがた》の松野屋が出入先で、ぜひあそこにいらして下さい」

と云う妓もいれば、

「柳橋の稲村屋が親切で、料理もおいしゅうございます」

と云う妓もいる。いずれも贔屓《ひいき》筋の茶屋にさせようとしているのだ。

三人の留守居役は当惑げに顔を見合せていたが、やはり年嵩の秋山が口を切った。

「おまえたちにはそれぞれの料理屋があるだろうが、ここで口々に違った名前を並べられてもちと困る。また、そのどこに行っても依怙《えこ》贔屓になるから、いっそ違った料理屋に参るとしよう。それもこの際一興ではないか」

と提案した。

芸者たちもそれも一理だと考え、再び駕籠を大川の方角に戻した。例の挟箱は吉田が連れてきた中間《ちゅうげん》が担《かつ》いでうしろから従った。

結局、落着いたのが駒形河岸《がし》の桔梗屋《ききょうや》という家である。それほど大きくはないが、まず、この辺でも名の知れた料理屋だ。

この桔梗屋でも三人の留守居役は初めてだが、ほかの芸者の顔は見知っている。

いずれもいま売れっ妓の芸妓ばかりなので、客の素性もたいてい想像がつく。下へも置かない体《てい》で二階の八畳間に通した。

折から堺町の芝居が終演《はね》た直後のことで、戻りの食事の客で中は混雑している。女中たちも顔に汗を浮べてお膳を抱えながら右往左往していた。

「ひどく混んでいるな」

と、秋山が座敷に落着いて云った。

「恰度、芝居の終演《はね》とぶつかりましたので間が悪うございました。でも、ほどなく静かになりましょう」

蔦吉がとりなし顔に云った。

芸者たちも大事な客だからといって自分で階下《した》に降り、おかみに掛合って料理の催促《さいそく》などする。また女中の手が足りないので自分でお膳運びをする妓もいた。どの部屋もいっぱいで、廊下などは客の笑いと話声で雑踏の中を歩くようだ。

酒が出る。料理が出る。だが、相変らず混雑は収まらない。芝居を見たあとの客はとかく長尻《ながっちり》になるものだ。料理の出方がつい遅くなるので芸者たちもそわそわし落着かなかった。

そのうち稲葉家の家来小沢元右衛門が用事があると云って先に帰った。あとは年配の秋山彦左衛門と蒼白い顔の吉田助三郎と二人になったが、いつの間にか、その二人の姿も消えていた。

はじめは手水《ちょうず》にでも行ったのだろうと思っていた芸者たちも、あまりに戻りが遅いので料理屋中を探してみたが、狭い家のことで両人の姿の無いことはすぐに分った。

「あれ、どうしたのでしょう？」

芸者たちも心配になったが、そのうち長吉があっと大きな声をあげた。

「挟箱が無いよ」

その挟箱には芸者たちにとって命より大事な頭の道具と座敷着とが入っている。たしかにここに着くまで挟箱は供の中間が持っていたのは分っているが、その中間も挟箱も見当らない。肝腎《かんじん》の三人の姿と共にこれも消えてしまっているのだった。

騙《だま》されたことは分ったが、まだ実感としてぴんとこない。あの身装《みなり》といい、態度といい、どう考えても大名の留守居役としか思われないのだ。

そのうち蔦吉が長丸に、

「おまえさん、あのお武家から紙入を預っているだろう？」

と云った。

「あ、そうそう」

芝居に行くときに、たしかに長丸は小笠原家の留守居役秋山彦左衛門という年嵩《としかさ》の男から紙入を預っている。今もそれは彼女の帯の間にずしりとひそんでいた。

早速、長丸がそれを取出して中をあけると、のぞいた女たちの口から一斉に叫びがあがった。紙入の中には鍛冶屋《かじや》からでも拾ってきたらしい鉄の屑がいっぱい詰っていた。

三

長丸、半兵衛、蔦吉、長吉、染吉、源太の六人の芸者は、その晩から寝込んでしまった。無理もない。命より大事な髪飾り、座敷着をニセの留守居役にまんまと巻上げられたのである。

しかも、出入先の両国の甲子屋《かねや》も、駒形の桔梗屋でも大迷惑を蒙《こうむ》っている。桔梗屋ではともかくとして、甲子屋でも自分のほうから芸者を呼んだので大そう気の毒がったが、芸者自体はこんな恥は一生にないことだから、ほかの料理屋にも同輩にも顔向けができないと、病人になってしまった。

はたの者で、いっそお上に訴えたらと忠告する者があったが、女たちは口を揃えて、こんな恥《はずか》しいことを世間に知られては困ります、恥はわたくしたちだけで結構です、それだけは勘弁してくれと断わった。

だが、納まらないのはみんなの気持だ。どう考えてもくやしくてならない。客を見る眼がなかったといえばそれまでだが、もっと残念なのはまんまと髪飾りや衣類を巻上げられたことである。それを考えるだけでも身体が痩せ細るようだ。

なかでも長丸は芯《しん》の強い男勝りの女として知られていた。このまま災難だと思って諦める気持もないし、引込んでいる気もしない。知った者で、懇意《こんい》な岡っ引がいるから、そこにこっそりと探索を頼んだらと云う者がいたが、

「いいえ、ようござんす。あたしたちが災難を受けたのだから、自分で探します」

と云い切った。

長丸がそう強く云った裏には彼女には一つの自信がひそんでいたからである。

それは、留守居役と称する三人の男のうち年嵩《としかさ》なのが坐りつづけていたせいか袴《はかま》が腰から緩んだ。それを締め直すときに長丸が手伝ったが、袴の腰板のところに紙縒《こより》が付いていたのを見ている。それはたしかに㊉と付いていた。出入りの洗い張り屋にでも出したとき先方が付けたのがそのままになっていると思い、それとな

く注意したが、その男は俄《にわ》かに赤面した。

今から考えると、あれはその不調法にうろたえたのではなく、思わぬところにそんな不用意なものが残っていたのに狼狽したのだ。

長丸は蔦吉と仲がよい。彼女は胸に秘めたことを蔦吉のところに行ってこっそりと打明けた。

蔦吉はまだ打撃で床の中に寝ていたが、それを聞くと、

「姐《ねえ》さんはいいところに眼をつけました。それなら、早速、御用を聞いている親分にでも内密に探索を頼んだらどうですか」

と云った。

「何を云うのだえ」

と、長丸は叱った。

「そんなことをするのだったら、あたしは初めから黙ってはいないよ。芸者衆一同の名折れになるから誰にも打明けなかったんだがね」

「そんなら、どうするつもりですかえ？」

「あたしが独りで、それを手がかりに質屋を回ってみます」

長丸は、その符牒《ふちよう》を質屋の貼札《はりふだ》と見当をつけたのだ。

なるほど、質屋なら考えられそうなことだ。悪者が質流れの品を買ってきて俄留守居役を装ったが、不注意にも質屋の貼札だけは一枚残っていたというところかもしれない。そう考えてみると、連中が渋い着物ばかり選《よ》って着込んでいたことも初めから計画的だったといえる。

芸者六人の髪飾りを集めると、あんな男の着物など何十枚も買えそうだ。悪者は元手をかけても十分に儲けているのである。

今ごろは留守居役に化けた三人と、あの挟箱を持った中間たちが手を叩いて大笑いしているかと思うと、あたしはくやしくて仕方がないと、長丸は唇を嚙みしめるのだった。

「おまえさんが江戸中の質屋をたずねるのかえ？」

と、蔦吉はいささか長丸の強気におどろいた。

「ええ、どうしても、あたしは盗《と》られた品を取返してみせるからね。蔦ちゃん、おまえのぶんも立派に持ってきて上げるよ」

「姐さんは相変らず気性が強い」

と、蔦吉はまじまじと長丸の顔を見た。ほかの被害者が落胆やらくやしさやらで寝込んでいるのに、長丸だけは復讐《ふくしゅう》の念に燃えているのだ。

「女の一念岩をも通すというからね。あたしはきっと、あの悪人に仕返しをしてやるよ」

と、彼女は眦《まなじり》を吊り上げた。

それから長丸の単独探索がはじまった。商売も休み、毎日質屋回りをしている。

蔦吉は、姐さんは江戸中の質屋を探し回るのかと心配したが、質屋には各地域ごとに組合のようなものがあり、一、二店を回れば案外と仲間内の様子は知れる。殊に長丸の瞳に焼付いているのは㊣の印だった。

「はてね、㊣なんて頭の付く質屋は、この近くにはありませんぜ」

と、日本橋あたりの質屋では云う。

それが浅草、下谷《したや》、神田と歩き回っても同じような返事だった。

「畜生、あいつらはよっぽど用心深く企《たくら》んでいるようだね。きっと遠い質屋から品物を出して着てきたに違いないよ」

長丸は蔦吉のもとにときどき来ては報告した。

「もういい加減に止めなさいよ」

と蔦吉は少し心配になって止めた。

「いいえ、きっとそのうちに探し出してみせるよ。せっかくここまで脚を棒にして尋《たず》ね回ったんだもの。もう一息だからね」

と、長丸の強気は変らなかった。

長丸の素人探索がはじまってから十日ばかり経ってのことだった。蔦吉のもとに彼女が久しぶりに晴々とした顔を見せてきた。

「蔦ちゃん、とうとう突き止めたよ」

と、彼女は意気揚々としている。

「え、分ったのかえ？」

と、蔦吉もおどろいた。

「質屋をいくら探しても無かったわけだよ。わたしもずいぶんうかつだったわね」

「じゃ、どこだったの？」

「着物に符牒が付いているのはなにも質屋に限らない。貸衣裳屋だってあらアね」

「あ、なるほど。……それでおまえさん、その貸衣裳屋を探しに行ったのかえ？」

「ちゃんと芝のほうに㊓という貸衣裳屋があると聞いたので、早速行ってみたよ」

「で、どうだった？」

蔦吉も息を詰めた。

「それは芝の増上寺の近くに井筒屋という貸衣裳屋があってね、そこで訊くと難なく分ったよ」

「悪者の正体も分ったのかえ？」

と、蔦吉も思わず膝《ひざ》を乗り出した。

「それもどうやらぼんやりとだがね」

長丸は、そこははっきりと云わなかった。分っていてもまだ口に出すのは早いと思ったのか、それとも実際にそこまでは言明できないのか、蔦吉には判じかねた。

「でも、明日もう一度出かけるとはっきりするからね。そのときにおまえさんにも何もかも悪者の正体が打明けられると思うよ」

「姐さん」

と、蔦吉は心配になって止めた。

「あんまり深入りはしないでおくんなさい。万一ということがあるからね」

「心配しなくてもいいよ。これでもあたしは負けぬ気だといっても用心はしているからね。みんなのくやしさを思うと、是が非でもあたしの細腕で相手の化《ば》けの皮をひんめくってやりたいんだよ」

「ねえ、姐さん、そこまで分っていれば、いっそ御用聞きの手に渡したほうがいいんじゃないかね」

「そりゃ決着のところはそうなるだろうけれど、ぎりぎりまでは自分の手でやってみたいからね。まあ、蔦ちゃん、そう心配しなくても大丈夫だよ。……やれやれ、これでやっとあたしも胸の閊《つか》えも下りそうだよ」

「ほんとに姐さんの一念が届いたというわけだね」

「人間、一生懸命になれば、何とか通じるものさ」

長丸自身も執念が成就《じょうじゅ》したのを意外に思っているらしかった。実際、江戸中に何万人の男がいるかもしれないが、その中から相手を突き止めたというのはたいへんなことである。

その翌《あく》る日、蔦吉は夕方になるのが楽しみだった。今日は長丸から下手人《げしゅにん》の正体を突き止めたという報告があるはずだ。彼女はそれを考えると、朝から蒲団の中にばかりもぐる気もしなかった。

だが、どういうわけか長丸は、その日暗くなっても姿を見せなかった。

万一のことがなければよいがと不安になった蔦吉が使いの者を長丸の家に走らせると、彼女の家でも、長丸が未だに戻ってこないので心配しているということだった。

四

芸者の長丸がその晩おそくなっても帰らないと使から聞いて、朋輩《ほうばい》の蔦吉は心配した。

長丸は、この前の災難以来、ひとりで下手人《げしゅにん》を突き止めてみせると勇んでいた。このまま泣き寝入りになるのは口惜しいというのだ。口惜しさは、ほかの朋輩の蔦吉、半兵衛、染吉、源太なども同じこと。金のかかった頭の飾りものをまんまと騙し取られたのだから、その衝撃で蔦吉や半兵衛、源太などは床に就いているくらいだ。

長丸は気性が男まさりなので、ひとりで探索にかかっていた。この一件はなにも長丸の責任ではない。危ないからおよしよ、と蔦吉が止めたくらいだが、長丸は、その探索の甲斐《かい》があってか、どうやら、おぼろげながら下手人に見当がついたと、昨日も報告に寄った。

手がかりは、三人の留守居役の一人、小笠原大膳大夫家来秋山彦左衛門と称する年配の男のつけていた、袴の腰板に下がっていた㊥の符牒だという。芝のほうの貸衣裳屋に井筒屋というのがあって、そこに目星をつけてはじまったのが長丸の行動である。

どんなに気性が強くとも、悪人を追及しようというのだから危険を伴う。殊に相手は留守居役に化けただけでも三人いる。ほかに同類かどうか分らないが、挟箱を持っていた中間《ちゅうげん》が三人、駕籠《かご》かきまで入れると、大そうな人数である。長丸が相手を突き止めて乗りこんだとしても、逆に何をされるか分らない。その長丸の帰りが遅いと聞いたので、蔦吉はいよいよ心配した。

彼女はとうとう思い余って自分で支度《したく》をし、かねて知っている神田松枝町の御用聞、惣兵衛《そうべえ》のところに相談に行った。

「今から寝ようとしたところだ。今ごろやって来るんじゃ、だいぶん気のせいた話を聞かされそうだな」

と、惣兵衛は長火鉢の前に蔦吉を据えて云った。

「親分さん、たいへんなことが起りました。人ひとりの命に関りそうです」

蔦吉は蒼い顔で愬《うった》えた。

「人の命に関るというのは聞き捨てにできねえ。だが、いきなりそう云われても、こっちはトチメン棒を振るばかりだ。おめえもすこし落ちついて初めからゆっくりと話してくんな」

惣兵衛は女房を呼び、蔦吉に熱い茶を出させた。

「親分さん、実はこうなんでございます」

と云い出したのが、留守居役と称する三人男に騙された顚末《てんまつ》だった。

「そいつはえらいご難だったな」

と、惣兵衛は笑った。

「おめえたちはいつも男を騙しているから、ときには騙されてもあんまり苦情は云えめえ」

「ご冗談を。それだけなら、まあ、わたくしたちが髪飾りの災難だけで済むのですが、今も云った通り、長丸姐さんがどうしても騙した男を突き止めると云って、心当りのところに出かけたのでございます。それが今朝早く出かけたまま、まだ戻ってきません。わたしは虫の報《し》らせか、動悸が昂《たか》ぶって仕方がないんです。親分さん、長丸姐さんにもしものことがあっては取返しのつかないことになります。なんとか助けておくんなさい」

「そんな大事を芸者ひとりでやろうというのが間違っている。どうして、おれたちのところに、もっと早く相談にこなかったのかえ？」

「それはずいぶんと止めたんですが、長丸姐さんがどうしても諾《き》かないんです。親分衆に頼んだら、自分たち芸者の恥が外に洩れてしまう、自分には心当りがあるから、きっと相手をつかまえてやると、激しい剣幕でしたから、もう抑えようがなかったんです」

「見当がついていたと？　で、その長丸の見当というのはどういうことだえ？」

蔦吉はそれも話した。留守居役の一人の腰板についていた㊉の符牒が、芝のほうに井筒屋という貸衣裳屋のあることが分って、その店のものではないかということ。事実、彼女はその店に行ったらしいが、だいぶん確信できるものを摑んでいったんだ戻ったことなどを述べた。

「質屋を探して、次に貸衣裳屋に眼をつけたところは、長丸もばかじゃねえな」

と、惣兵衛は云った。

「だが、それで気負ってひとりで行ったのは、あんまり相手をみくびりすぎている。おめえたちは日ごろから男のばか遊びばかり眼にしているので、甘く見てかかっていたんだな」

「親分さん、今夜でもすぐに芝の井筒屋に人をやって、長丸姐さんが来たかどうか調べていただけませんか」

「今夜か」

惣兵衛は渋った。夜もすでに五ツ半（九時）を過ぎている。

「おめえの心配も分るが、案外、長丸は、おめえがここに来ている間に、ひょっこり戻っているかもしれねえぜ。まあ、明日の朝まで様子を見たらどうだえ？」

「でも、親分さん、もし長丸姐さんが戻っていなかったら、わたしは今夜は睡れませんよ」

「おめえの気持は分るが、物事はえてして、案外、取越苦労に終ることもある。その代り明日の朝になっても長丸が戻って来てねえと分れば、すぐに報らしてくれ」

惣兵衛が断わったので、逸《はや》っている蔦吉もそれ以上には強く押せなかった。彼女はしぶしぶそれを承諾した。

「ねえ、親分さん、三人の留守居役は、やっぱりニセもんなんでしょうね？」

「うむ。近ごろの留守居役は、当り前のことに飽いてあくどい遊びをすると聞いているが、もし、これがどこかの藩の留守居役の悪戯《いたずら》だったら、度がすぎている。だが、今の話を聞いても、おれにはニセもんのように思えるな。第一長丸が袴の腰板についた符牒に眼をつけたのは手柄だ。こいつをニセもんの決め手にしていいだろうな」

「そうすると、どこの奴でございましょうね？」

「さあ、そいつはおれにも今は判じかねる。まあ、明日の朝、長丸が戻っていれば、いっしょにおれのところに来てくれ。長丸の口から詳しい話を聞けば、こっちも見当がつくかもしれねえ」

「盗られた髪飾りは戻ってこなくてもようござんすが」

と蔦吉は溜息をついた。

「長丸姐さんに万一のことがなければと、それが心配でなりません」

その蔦吉が若い衆に護《まも》られて駕籠で帰ったあと、惣兵衛の女房が門口の見送りから引返して長火鉢の傍に坐った。

「ねえ、おまえさん、蔦吉さんの話をわたしも小耳に挿んだけれど、どうしてすぐに芝の井筒屋という貸衣裳屋に誰かをやらなかったのかえ？　今夜行けば、長丸さんの危難が助かるかも分りませんよ」

「女はとかく気が早え」

と、惣兵衛は煙管《きせる》に莨《たばこ》を詰めた。

「長丸は、案外、今夜あたりケロリとして戻っているかも分らねえ。蔦吉の一方口を聞いて泡を食って、こんな真夜中に芝の井筒屋の戸を叩いてみろ。こっちが引っこみのつかねえことになるかもしれねえ。まあまあ、万事は明日の朝だ」

「おまえさんも若いときは気が早いようだったが、だんだんと気長になってきたね」

と、女房は惣兵衛の落ちつきを不満そうに見ていた。

「年を取っただけに分別がついたのかもしれねえ。いくら女同士だからといって、おめえまで蔦吉といっしょになってあわてることはねえ」

「でも、長丸さんの身に万一のことがあったら、どうする気かえ？」

「静かにしろ、御用のことに横合いから口を出すんじゃねえ」

と、惣兵衛は煙管を叩いた。

——その惣兵衛の占いは当った。

翌る日の朝四ツ（十時）ごろ、蔦吉が慌《あわただ》しく駕籠に乗って惣兵衛のところに駆けつけてきた。

「親分さん、昨夜はお騒がせしました」

「どうした？　おめえの顔色からみると、長丸は無事に戻ったようだな」

「ほんとに面目次第もございません。親分さんの云われた通り、ここから家に戻ってみると、長丸姐さんがわたしの家に来て待っていました。すぐにそれをお報らせしようとしたのですが、親分さんの言葉もあり、今朝まで待ってもらうことにしました」

蔦吉は具合悪そうな顔をしたが、昨夜の表情とはうって変って明るさを取戻していた。

「当人が無事に戻って来たというなら何よりだ。なるべくおいらのような者が出ねえほうがいいからのう」

「ほんとに申し訳ありません」

と、蔦吉は手土産《てみやげ》に菓子函《ばこ》など差出した。それが彼女の詫びのしるしらしかった。

「おれは何も動いたわけじゃねえから、あんまり心配するな」

惣兵衛は女房の運んできた桜湯を飲んで云った。

「ところで、その長丸の話はどうだった？　やっぱり芝の井筒屋という貸衣裳屋から、何か手がかりが摑めたのかえ？」

「わたしもてっきりそう思ったんですが、長丸姐さんの話では、その井筒屋では誰にもそんな衣裳を貸したおぼえはないと云ったそうなんです」

「じゃ、袴の腰板についていた㊀の符牒は違っていたのかえ？」

「どうも、そうらしゅうございます。長丸姐さんは井筒屋でいろいろ訊いて見込違いが分ると、今度は㊉の符牒のつきそうな質屋や貸衣裳屋を探して、ほかのところを歩き回ったそうです。それで昨夜は遅くなり、すっかり心配をかけたと云っていました」

「ほかを回って新しい手がかりでも摑めたのかえ？」

「いいえ、何もなかったそうです」

「やれやれ、とんだくたびれ儲けだ。……だが、おめえの昨夜の話では、長丸は何やら相手に見当がついたような口ぶりだったそうじゃないか」

「わたしもそう聞きましたが」

と蔦吉は眼を伏せた。

「でも、やっぱり違ったんでございましょうね」

「素人の探索は、それだから心細い」

と、惣兵衛も笑った。

「このぶんじゃ、おめえたちも髪飾りを諦めなければならねえようだな。それとも、そんな悪い奴をどうしても探し出さんと気が済まねえというなら、おいらがほじくってやってもいいぜ」

「親分さん、もう髪飾りのことは諦めていますから、探索のほうはやめていただきとうございます。昨夜はわたしが早まって親分さんのところに駆けこんだので、長丸姐さんからひどく叱られました。あれほど親分がたには云わないでくれと云っていたのに、よけいなことをすると云われました。芸者の恥さらしになるから、誰にも知られたくないというのが長丸姐さんの一心です」

「やれやれ、おめえも長丸の身を案じたばかりに、間尺《ましやく》に合わねえ怒られかたをしたものだな」

「ほんとにそうでございます」

「おれも忙しい御用を抱えている身だ。おめえさんたちのほうで盗られたものを諦めるというなら、新口に手を出すこともねえ」

惣兵衛はそう云ったあと、ふと思いついたように訊いた。

「こんなことを訊くのは野暮《やぼ》の骨頂だが、長丸には旦那《だんな》がついているんだろうな？」

「うすうすは、そういう人がいるとは思っていますが、どこの誰とも分りません」

「おめえたちはお互い同士のことになると口が固え」

と惣兵衛は湯呑を猫板の上に置いた。

「別に長丸の旦那の名前を訊こうとは思わねえ。どういう商売の人か、おめえ、うすうす心当りはあるだろう？」

「こういう商売ですし、長丸姐さんもきれいですから、ひとりでいるとは思いません。でも、ほんとにどこの方だか知らないんです」

「そうか。まあ、いい。本人も無事に戻ったことだし、旦那の詮議《せんぎ》は、それくらいで勘弁してやろう」

と、惣兵衛は笑った。

五

それから二日ばかりは何ごともなかった。その間、惣兵衛は念のために子分の幸八を芝の貸衣裳屋井筒屋というのにやらせた。

「やっぱり長丸は井筒屋を訊ねて来ていました」

と、幸八は報告した。

「そこでは、そんな一件ものを貸出したおぼえはないと番頭が云いました。女の衣裳ならよく借手があるが士《さむらい》のものはあんまり注文がないようですね。田舎芝居の衣裳なら別ですが」

「そうだろう。近ごろはお武家も不景気だ。わざわざ、あんな野暮《やぼ》ったいものを借りる者はあるめえ」

「貸衣裳屋でも、そんなことを云っていました。御家人《ごけにん》あたりが困って、貸衣裳屋に買ってくれと持ちこむそうですが、借手がないから、みんな断わってるそうです。……親分、長丸などの芸者が騙されたのは、その悪御家人かもしれませんね」

「うむ、近ごろは御家人も金に困っているから、何をするかしれねえ」

「少し当ってみますかえ？」

「まあ、待て。髪飾りを盗られたのは気の毒だが、もう少し様子を見てみよう。それで、芝の井筒屋というのは同商売に同じ名前はないと云ったのか？」

「へえ、貸衣裳屋にはないが、質屋にそういう家があるかもしれないから、もう少し広く探してみろと長丸に教えたそうです。長丸は勢いこんで出て行ったといいます」

「女の執念は怖ろしいものだ。命より大事な髪飾りや着物を盗る盗人《ぬすっと》は、よっぽど罪が深え」

と、惣兵衛も云った。

蔦吉がこっそり頼みに来てから三日目の晩、惣兵衛は寝ているところを起された。

戸を開けた女房が惣兵衛のところに戻った。

「おまえさん、いま、蔦吉さんところの男衆が駆けこんで来ましたよ」

「どうしたのだ？」

「蔦吉さんが怪我《けが》をしたそうです」

「なに、怪我だと？　怪我ならおれのところじゃねえ。医者のところに担ぎこめと云ってくれ」

「そうじゃないんです。お茶屋さんの帰りに、道端に待伏せていた男からいきなり肩を短刀で刺されたんだそうです」

「なに」

と、惣兵衛は起き上った。彼の脳裏には、この前の髪飾りの一件がすぐに泛《うか》んだ。

「肩なら命には別条ねえな」

「擦《かす》り傷だそうです。でも、ことがことだけに、すぐここに報らせてくれと蔦吉さんが云ったそうです」

水商売は、とかく表向きになるのを嫌う。蔦吉が自身番にも訴えなかったのは、知り合いの惣兵衛に内密に処置してもらうためらしかった。

惣兵衛が支度をして表へ出ると、蔦吉のところにいる四十ぐらいの男衆が腰かけもせず、格子戸《こうしど》のところにぼんやり立っていた。

「親分、夜分にすみません」

「蔦吉の傷は軽いのかえ？」

「はい、大したことはないようですが、悪い奴に刺されたので、とにかく親分さんのところに報らせてくれと蔦さんが申しますので」

「座敷の帰りだそうだが、蔦吉はひとりで歩いていたのかえ？」

「あいにくとわっちの迎えが遅かったので、あんなことになりました。なんでも、蔦さんが路地を歩いていると、いきなりうしろから尾《つ》けて来たらしい男に刺され、男はそのまま闇の中に逃げて行ったそうです」

惣兵衛はもっと訊きたかったが、男衆では話にならない。とにかく彼が待たせてある町駕籠に乗って、三味線堀の蔦吉の家に急いだ。

その蔦吉は蒲団の中に右の肩を下にして寝ていた。

「まあ、親分さん、すみません」

「えらい災難だったそうだな。おっと、そのまま寝ているがいい」

「いいえ、ほかには別条ありませんから」

蔦吉は蒲団の上に起き上った。それでも、左の肩を痛そうにいたわっていた。着物がそこだけふくれているのは、繃帯《ほうたい》を巻いているらしい。近所の医者を呼んで応急手当をしてもらったが、傷は意外と浅く、五、六日もしたらきれいになるだろうと彼女も話した。

「そいつは何よりだ。おめえも髪飾りを盗られたり、わけの分らねえ男に短刀でやられたりして運が悪いな。この次は、その埋合わせに、きっといい色男が現われるかもしれねえぜ」

「ご冗談を……わたしは、刺されたときは焼け火箸を当てられたような気がして、ほんとに自分が短刀で刺されたかどうか分らなかったんです」

「相手の男は、どんな面《つら》だった？」

「顔なんざ見られやしません。なにしろ、頭からすっぽり半纏《はんてん》のようなものをかぶっておりましたから」

「なに、半纏だと？　なるほど、それじゃ、達磨《だるま》みてえな恰好《かっこう》だったな。達磨なら下がまるいが、その男の脚はどうだったえ？」

「尻をからげていたように思います」

着物の尻をからげ、頭から半纏をすっぽりかぶっている男——惣兵衛は、その姿を想像した。それは蔦吉に顔を見られては具合の悪い男かもしれない。すると、顔見知りの人間だということになる。

「そのほか気づいたことはないかえ？」

「はい、親分さんにそう訊《たず》ねられて思い出しましたが、あたりは真暗でしたが、やっぱり脚は見えました」

「暗がりの中に脚が見えたんだな」

惣兵衛は何ごとか思い当ってうなずいた。

「おめえを刺すときに相手の男は何か声をかけなかったかえ？」

「いいえ、何にも云いません。いきなりですから、当座はわけが分りませんでした。親分さん、わたしは誰からも恨まれることはありません。でも、人をうしろから尾けてきて刺したのですから人違いではありません。きっとわたしを初めから目指してやったことです。どうか下手人を探して下さい」

「こんなことを訊くと笑われるかもしれねえが、仕事の手前だ。おめえ、いい男を両手で操っていたんじゃねえか？」

「そんな浮いたことはありません。これでも堅いんですから」

「怒っちゃいけねえ。それならそれでいいんだ。髪飾りのことで来たかと思うと、今度は刃傷沙汰《にんじょうざた》だ。おれもおめえのために、どうやらきりきり舞いしそうだな」

「ほんとにすみません」

「よしよし、今夜はこの通り、もう遅いから何もすることはできねえ。明日になって探索にかかるとする」

「でも、親分さん、どうぞ、こんなことはご内聞に願います。もし、世間に知れたら、みんなが迷惑しますから、ただこっそりと相手の男を突き止めて下さればいいんです」

「人気稼業も、こうなると辛《つれ》えな」

六

惣兵衛が午《ひる》すぎ家にいると、幸八が戻ってきた。

「親分、蔦吉が襲われたという現場を見て来ましたよ」

幸八は上りこんだ。

「朝からご苦労だったたな。一応はそこも見届けておかねばならなかったのだ。で、どうだった？」

「蔦吉の狂言でも何でもありません。やっぱりそこのところに血が落ちていました。

ただ、少のうござんすから、人通りも少ないところだし、誰も気づいていないようです。犬みてえですが、わっちは、その上に土をかけて来ましたよ」

「そこには誰が案内したのだ？」

「蔦吉です。肩が痛いのに、よっぽど口惜しかったんですね、ちゃんとついて来ましたよ」

「そうか。やっぱり女の執念は怕《こわ》いな」

「ところで親分」

と、幸八は懐ろから折りたたんだ鼻紙を出した。そのひろげたのを惣兵衛がのぞきこむと、三分ばかりの長さの藁屑《わらくず》が載っていた。

「現場に落ちていたのを拾って来たんです」

幸八は説明した。

「こいつが昨夜の一件に関りがあるかどうか分りませんが、とにかく、これだけが落ちていたので拾って来ました」

「うむ」

惣兵衛もしげしげと、その短い藁屑に見入った。

「ほかには屑は落ちてなかったかえ」

「へえ、これだけでした。親分、何でしょうね？」

「ただそれだけでは判じものだな」

「やっぱり昨夜蔦吉を刺した男についていたものでしょうか？」

「男か」

と、惣兵衛が擽《くすぐ》ったそうな顔をした。

「何ですかえ？」

「幸八、おれはおめえに蔦吉が云った通りを教えてやったはずだ。蔦吉が襲われたところは暗い路地だ。おれが腰の下はどうだったかと訊いたとき、蔦吉は二本の脚を見たという。どうだ、暗え中で二本の脚が見えたら、こいつは色の白い人間に違えねえ」

幸八は考えていたがあっと云うように、

「親分、おめえさんは、そいつを女だと考えているんですね？」

「女かどうかは分らねえが、男にすれば、女のような優男《やさおとこ》……役者みてえな野郎かもしれねえな」

「はてね、女だとすると、蔦吉によっぽど恨みを持った者でしょうね」

「幸八、実はおめえの話を聞いて、いま、それに思い当ったのだ。おめえ、これから長丸のところに行って、あの女がどうしているか、ちょっと見て来てくれ」

「長丸ですって？」

と、幸八は眼をまるくした。

「あの女が下手人だというのですかえ？」

「下手人だかどうだか、まだ分らねえ。とにかく、一応長丸の様子を見てみるのだ」

「ですが、親分、長丸だとすると、どうして蔦吉を傷つけるわけがあるんでしょうね？　長丸は蔦吉やそのほかの朋輩《ほうばい》といっしょに髪飾りを盗られ、その詮索に必死になっていましたよ」

「物事は、初めのうちは辻褄《つじつま》が合わねえものだ。そのうちだんだんと、どこかで合うように出来ている。ここで考えてもはじまらねえ。とにかく行ってこい」

幸八も惣兵衛の言葉で何か合点するものがあったらしかった。彼はすぐに出て行った。

惣兵衛が昼飯を食べ、八丁堀の旦那衆のところに顔を出そうか出すまいかと思案しているとき、幸八が戻ってきた。

「親分やっぱり眼が高え」

と、幸八は報告した。

「長丸の奴は昨夜から家に居ないそうです。置屋でもどうしたのかと心配して、みんな蒼《あお》くなっています。なにしろ、商売のほうを休み、七ツ（午後四時）ごろから家を出て行ったそうですからね。そのとき、髪飾りの一件で、どうしても目鼻をつけてくると云って、えらい勢いだったそうです」

「長丸がそんなことを云ったのか」

惣兵衛は少し考えこんだ。なぜ、彼女はそう言明したのだろう。

「わっちもだんだん親分の考えが分ってきました。なるほど、長丸は臭え。ほかの者はみんな寝こんだり、ぼんやりとしているのに、長丸だけがひとりで相手を突き止めると力んでいました。はたから見ればえらく気が強そうに見えますが、あんまり力みすぎているのが気に喰わねえ」

「おれは、長丸が髪飾りの一件に関り合いがあると睨んでいる」

「その長丸が蔦吉を刺そうとしたのはどういうわけでしょうね」

「それは長丸をつかまえてみないと分らねえ。おれにも考えがねえでもねえが、まあ、おめえのほうでも思案してみろ」

「へえ」

「それよりも、その長丸を早くつかまえることだ。昨夜出たまま今まで帰らねえというのはただごとじゃねえ。幸八、早くしねえと長丸はどうなるか分らねえぞ」

「長丸が？」

と、幸八は惣兵衛の顔を見た。

「探すところといって、今のところ見当がつかねえ。親分、昨夜落ちていた藁屑も、あれは長丸の落したものですかね？」

「長丸は半纏を頭からすっぽりかぶっていた。顔を見られねえためもあるが、蔦吉の眼に男と映るようにしたかったのだろう。藁屑は、その着ているものから落ちたともいえるし、別なものとも思える。こいつはまだ分らねえ。だが、関り合いがあるとすれば、手づるにはなるかもしれねえな」

「……藁をも摑むというのは、これからはじまったのですかね」

「駄洒落《だじゃれ》を云うときじゃねえ。早えところ長丸の在所《ありか》を見つけるのだ。……そうだ、この前蔦吉に訊《き》き損《そこな》ったことがある。こうなれば、ぜひ、そいつを訊かなくちゃなるめえ」

惣兵衛がそう云ったとき、表から子分の権太《ごんた》が飛びこんで来た。

「おう、鮨屋《すしや》か」

幸八が声をかけた。権太は、その名前に因《ちな》んで鮨屋という渾名《あだな》があった。いうまでもなく、芝居の「義経千本桜」いがみの権太から来ている。

「幸八も来ているなら恰度いい。親分、長丸は殺されましたぜ」

この報らせは惣兵衛と幸八とを愕《おどろ》かせた。

「なに、長丸が殺された？」

と、幸八は急《せ》きこんで訊いた。

「一体、それはどこだ？」

「谷中《やなか》の空き寺でね。午すぎに近所の者がのぞきこんで見つけたのだ」

「検視の旦那がたは見えているのか？」

と、惣兵衛が訊いた。

「へえ。下谷《したや》は仁助《にすけ》親分の縄張《なわばり》ですから、旦那がたに従《つ》いて出張っておりました」

「うむ、仁助か」

と、惣兵衛は呟いたが、

「殺されたのが長丸なら、こっちのほうが因縁が深えかも分らねえ。仁助に話して、こっちに探索のほうを譲ってもらうこともできる。権太、長丸はどんな殺され方をしたかえ？」

「胸を抉《えぐ》られて、そのまま即死です。ただ、妙なことが一つありました」

「妙なことだと？」

「へえ。長丸は、どういうわけか、風呂敷《ふろしき》をしっかりと手に摑んでこと切れておりました」

「風呂敷だけかえ？」

「そうです。それも何の目印もなく、どこにもあるような、紺に唐草模様《からくさもよう》の染出しです」

「新しい風呂敷かえ？」

「いいえ、相当使い古しているようで……あっしの考えでは、その風呂敷で何かを包むようなつもりがあったんじゃないでしょうかね」

「殺されてから、どのくらい経っていそうかえ？」

「死骸をみた仁助親分の目利きでは、昨夜殺《や》られたのじゃないかと云っています」

「下手人の手がかりは？」

「それが皆目まだ見つからないようで。どうします、親分？」

「おめえの話を聞いて、ここに落ちついてもいられめえ。よし、死骸は取片付けてるだろうが、その跡など見に行く。幸八、おめえもいっしょにこい。権太は案内役だ」

寺は谷中の藪《やぶ》の奥にあった。この辺は寺が多いので知られているが、長いこと無住とみえて荒れ放題になっている。夜は怕いようなところに違いなかった。

もちろん、検視の役人も、土地の岡っ引も引揚げたあとで、あたりはしんと静まり返っていた。寺の多い通りの午下《ひるさが》りは足音も珍しいくらいだった。権太が雨戸をはずした。これはわけなく動く。

三人は畳とは云えないような畳の敷いてある本堂の中に入った。仏壇も仏具もなく、寺だと聞かされないと、とんと少し大きい物置小屋同様だった。

「ひどい所に長丸は連れこまれたものだ」

雨戸が開け放してあるので、そっちのほうからの光線が流れていた。

「親分、ここです」

権太に注意されるまでもなく、まだ血が黒く不気味についていた。

「親分、蔦吉を刺したのは長丸だと思ったのに、その長丸がこんなことになったとすると、一体、下手人はどんな奴でござんしょうね。今度はほかの芸者ですかえ？」

「まさか芸者ばかりの立回りでもあるめえ。幸八、下谷の仁助が如才なくほじくったあとだが、まあ、その辺に何か落ちてないか探してみろ」

幸八と権太が眼を皿のようにしてその辺を匍い回った。惣兵衛もその通りにしたが、このとき彼の目にはささくれ立っている荒れ畳の上にちかりと白く光るものが入った。惣兵衛は指先で拾い上げて掌に載せた。

「幸八、ちょいと見てみろ」

幸八と権太が寄ってきた。

「親分、こりゃ米粒ですね」

「そうだ。まだ籾殻《もみがら》に包まれたままだ」

「一件に関係があるんでしょうか？」

「何とも云えねえが、ここは見る通りの荒れ寺だ。時折り乞食も入ってくるだろう。そいつらが飯を炊いたときに落したのかもしれねえ」

「米粒ではしようがありませんね。もし、一件に関りがあるとしたら、百姓かもしれませんね」

「うむ、百姓か」

惣兵衛はニヤリと笑った。

「もう、ここはこのくらいでいい」

惣兵衛は米粒を鼻紙に包んで袂《たもと》に入れた。

「これから下谷の仁助のところに行って様子を聞いた上、その風呂敷を持っていたら、ちっとばかり拝ましてもらおうじゃねえか」

惣兵衛は荒れ寺を出て下谷の静かな町を歩いていたが、急に立停った。

「おい、幸八」

「へえ」

「おめえ、これから蔵前《くらまえ》に行ってくれ」

「親分、蔵前ですかえ」

「うむ、向うの札差《ふださし》の傭人《やといにん》に一人、逃げている奴がいるかもしれねえ。聞きこみに回ってくれ。そうだ、仁助のところはおれがひとりで行くから、鮨屋も幸八に加勢してくれ」

七

「お話はこれまでです」

と、惣兵衛は向い合っている客に云った。

客というのは、四十七、八くらいの、色の黒い、顴骨《かんこつ》の尖《とが》った、貧弱な男である。名前は柴亭魚仙《さいていぎよせん》といって、まあ、戯作者《げさくしや》のはしくれだ。惣兵衛の近所に居るので、たびたび、ここに遊びに来ていた。面白い話だと、彼は丹念に手控えをする。むろん、次の戯作のタネにするつもりである。が、書くものは一向に売れない。

「いつもの悪い癖ですな」

と、魚仙は惣兵衛の顔を見た。

「そこで話の腰を折られては、せっかく身を乗り出したのに恰好がつかない。あとはどうなりましたかえ？」

「あなたは戯作者だから、たいてい想像はつくでしょう」

惣兵衛は長火鉢の前で焦《じ》らすように莨を吸った。

「それで、蔵前の札差を洗って、逃げた男がいましたかえ？」

「いました。村雨屋太吉《むらさめやたきち》という札差の傭人で久助《きゆうすけ》という奴でした。こいつは甲州の生れで、はじめから村雨屋に奉公したのではなく、いわば流れ者で、米俵の運搬をしていた人夫です。生来、口がうまいので、だんだん主人の太吉に取入って可愛がられたのですね」

「藁屑と米粒一つで蔵前と見当をおつけなさった、あなたの眼力はさすがだ。藁は、米俵の屑が半纏の中に入っていて、こぼれたのですな」

「そう賞められては面映《おもはゆ》いが、米粒が見つからなかったら、あっしも米俵までは及びがつかなかったでしょう。ところが、藁屑のほうは一件ものでしたが、米粒は全く違っていました。あれは、あの空き寺に乞食が入りこんだとき落して行ったのです。それが残っていてあっしのカンの助けになったのは、悪人にとって運の尽きだったわけですね」

「どうもまだよく分らねえが、芸者の長丸は何で、空き寺で風呂敷を摑んで殺されたのですかえ？」

「風呂敷はものを包むものです。あっしは女たちの盗まれた髪飾りが、その風呂敷の中に入っていたと推察をつけました」

「どうも分らねえ。長丸がおかしいということは親分の話でだんだん分りかけてきたが、その札差の人夫とはどういう組合せですかえ？」

「組合わせも何もない、ただ、久助という奴が悪心を起したから起ったことです」

「ははあ、分った。その村雨屋太吉という札差は長丸の旦那だったわけですね？」

「ところが、大違い。太吉は蔦吉の旦那だったのです。それも大びらではなく内緒に隠していたので、あまり知られていませんでした。だが、ほかの芸者といっしょにちょくちょく蔦吉と座敷で逢ってはいました」

「待ってもらいてえ」

と、魚仙は首をかしげたが、

「ははあ、分った。じゃ、留守居役三人に化けたのは、その札差仲間ですね？」

「あなたは察しがいい」

と、惣兵衛は云った。

「その通りです。ですが、蔦吉の旦那の村雨屋太吉はほかの芸者にも顔馴染《かおなじみ》がある。だから、太吉が留守居役に化けたのではないのです」

惣兵衛は話し出した。

「あなたもご承知のように、近ごろの札差は金ばかり儲かって、もう遊びには飽いています。何か面白いことはないかと、寄り寄り集っては相談していましたが、そのうち同じ札差仲間の和泉屋次郎兵衛《いずみやじろべえ》というのがぽんと手を拍《う》って、いい考えがあると云い出したんですね。それは、近ごろの士《さむらい》はもう抵当に入れる扶持米《ふちまい》も無くなっていたので、衣類を取ってくれと持ちかける者が出て来たのですな。まあ、士といえば、鎧櫃《よろいびつ》や槍、刀が金目になりますが、さすがにこれだけは最後に手放すとみえ、当座はまず不用の衣類からららしいのです」

「その和泉屋が抵当として受けた士の衣裳を仲間の連中が着込んで、俄か留守居役に化けたわけですな？」

「つまり、留守居役が大そう威張っている。札差仲間といえば、柳橋あたりで舟遊びや茶屋遊びをしますが、いくら金を持っていても、そこは身分の違う各藩の留守居役の威勢には及びません。そいつをかねがね羨《うらや》しくも嫉《ねた》ましくも思っていたものですから、この思いつきになったのです」

「それにしても、芸者の頭のものや衣裳を盗ってゆくのは、ちと悪ふざけがひどすぎましたね」

「そうです、そうです。そこが遊びに飽いた連中の行きすぎでしょう。ところが、はじめはおどかすつもりでやったのですが、五日ぐらい経って、そいつをこっそり芸者衆に戻すつもりだったんです」

「じゃ、その相談にあずかったのが長丸なんですね？」

「長丸も蔦吉といっしょに村雨屋太吉の座敷に出ていましたから、太吉は長丸も知っていたわけです。普通なら、自分の女の蔦吉に打明けるところですが、何ぶん、蔦吉は根がおとなしいから、そんな悪戯《いたずら》の片棒を担ぐはずはありません。そこで、少し芝居気の多い長丸に眼をつけたわけですね。長丸も面白がって、留守居役に化けた三人の札差仲間と芝居を打ちました。だが、ほかの同輩の手前、やっぱり心が咎《とが》めるので、自分ひとりで下手人を探し出してみせると、あんなふうに力んだわけです」

「なるほど。そこがちっとばかり親分にはおかしく映ったわけですね？」

「そうです。長丸はそれだけでは安心ができず、前もって例の㊅の符牒を袴の腰板につけて、あとの絵解きの糸口にしたわけですね。井筒屋を探して歩いたのも念入りな芝居です」

「その長丸がなぜ蔦吉を刺したのですか？」

「今も云う通り、芸者の衣裳や髪飾りは、四、五日してこっそり持主のもとに返すつもりだったんです。ところが、蔦吉があっしのところに駈けこんで来たものですから、もうあとの芝居がしにくくなったわけですな」

「けど、蔦吉は長丸の身を心配して親分のところへ相談に行ったのでしょう」

「そうなんですが、長丸としてはそうは思いません。蔦吉があっしのところに訴えて来たというのを長丸の口から聞いた蔵前の旦那衆三人も俄かに顔色を変えました。こいつが表沙汰になれば縄つきになる。店の信用がガタ落ちになる。札差の鑑札《かんさつ》も取上げられるかも分りません。長丸も自分の責任だけにひどく悩みました。こうなったのも蔦吉がよけいなことをしたからだと、そこは根が単純な長丸ですから、蔦吉憎さに、村雨屋から借りた半纏を頭にかぶり、男のようななりで肩を刺したのです。そのとき、俵の藁屑がこぼれ落ちたのですね。長丸は蔦吉を殺すつもりはなかったので、それとなしに懲《こら》しめの意味だったのですな」

「それからどうなりました?」

「長丸からその報らせを受けた村雨屋太吉も愕きました。もう一刻も芸者から盗ったものを手もとに置いておくわけには参りません。といって、土に埋めたり焼いたりする度胸もなかったのです。そこで、長丸に一件のものを全部渡して、できるだけ穏便《おんびん》にしようと計ったわけですな。ところが、留守居役に化けた札差は三人ですから、いちいち、それを回収して回らねばなりません。その役が留守居役の供をして中間《ちゆうげん》に化けた久助です。こいつは挟箱《はさみばこ》を持っていたわけです」

「なるほど」

「久助は太吉から任せられたが、さあ、今度は芸者の髪飾りとはいえ、みんな金目のものばかりですから、欲が出てきたわけです。久助はどう云って長丸を騙《だま》したか分りませんが、一部の品は別のところに隠してある。それは自分が預っているから、一緒にこいと、あの谷中の空き寺まで長丸を誘ったわけですね。長丸も気が動顚《どうてん》していますから、うっかり、その口車に乗ったのです」

「で、その久助はどうなりました？」

「こいつは長丸を殺して髪飾りを奪ったのですが、そのとき長丸が死んだまま風呂敷をどうしても放さないので怕くなり、衣類は荒れ寺の床下に抛《ほう》り投げ、髪飾りだけ懐ろに入れて逃げました。ところが、悪いことはできねえもので、内藤新宿の大木戸のところで、その一つが懐ろからのぞいていたのですな。そいつを見咎《みとが》められて御用になりました。……まあ、あっしの手で縛れなかったのは残念ですが、どちらにしても久助が召捕られたのは仕合せでした」

「近ごろの札差の遊び方は眼に余るからね」

と、戯作者は首を振った。

「一方では貧乏人が食べられなくて苦しんでいる。一方ではあらゆる遊びをし尽して、もう、することもなく退屈している人間がいる。どうも、この一件は、世の中のでこぼこを映していますな」

「どうです、先生、これを種に何か書きますかえ？」

と、惣兵衛は笑った。

「うむ」

戯作者は腕組みしたが、彼の胸には、筋の組立てよりも「都鳥啼墨田髪飾《みやこどりなくすみだのかみかざり》」という題名が先に泛んだ。題名だけが先に出るのがこの戯作者の悪い癖で、いつも筋はおろそかになっている。

蔵の中

一

十一月も半ばを過ぎると、冷え込みがひどくなる。雪もちらついてくる。「報恩講」が来たから寒いはずだと江戸の者は云った。十一月二十一日から二十八日まで行なわれる行事である。

「報恩講」は「お講」とか「お七昼夜《しちや》」などともいって、親鸞聖人《しんらんしようにん》の忌日《きにち》を中心にして真宗各寺では法要を行なう。信徒は寺にも参詣《さんけい》するが、家でも仏壇《ぶつだん》を飾る。

十二月近くともなれば、指の先がかじかんでくる。奈良の「お水取り」は春の兆《きざし》とされているが、「報恩講」は冬に入ったことを告げるのである。

嘉永《かえい》二年の十一月二十二日のことだった。日本橋本銀町《ほんしろがねちよう》二丁目に畳表《たたみおもて》や花《はな》莚《むしろ》の問屋で備前屋《びぜんや》庄兵衛《しょうべえ》という店があったが、その夜一大椿事《ちんじ》が突発した。

庄兵衛は今年五十四になる。元来が一向宗の信徒だから、この日は午前《ひるまえ》から浅草の竜玄寺に詣《まい》って、遅くまで法要の席に列していた。彼はこのとき亥助《いすけ》という二十五になる手代と、勘吉《かんきち》という十六の丁稚《でっち》とを供《とも》に連れていた。そのことは事件には関係はない。庄兵衛が家に戻ったのは七ツ（午後四時）近くで、もう外はうす暗くなりかかっていた。

「仏壇の支度《したく》は出来ているか？」

と、庄兵衛は帰るなり女房のお咲《さき》に訊《き》いた。

「はい、すっかり支度は出来ております」

庄兵衛はうなずいて、点検するように仏間に通った。

「亥助はどうかしましたかえ？」

と、お咲は、供をして帰ったのが丁稚だけだったので庄兵衛に訊いている。

「ああ、あれは浅草橋の山城屋さんに掛取りに回った」

庄兵衛は云い捨てて仏壇の前に坐った。熱心な信徒だけに、この十畳の間《ま》には立派な仏壇がしつらえてある。彼は金色に光る厨子《ずし》の前に供物《くもつ》や花がきれいに飾られてあるのを見て満足したのか、べつに叱言《こごと》も云わなかった。

「お露《つゆ》はどうした？」

と、庄兵衛は訊いた。

「はい、あれは春衣《はるぎ》の着物を縫っております」

「そうか、もうぼつぼつ支度にかかっているのか」

庄兵衛が微笑を泛《うか》べたのは、一人娘のお露が来年の春には婿《むこ》を取るからだ。祝言《しゅうげん》は二月の吉日を択《えら》んで、日取りも決っていた。

「それでは、今夜の報恩講がお露にとって娘の最後だな」

と、庄兵衛は云った。

「みなに出す斎《とき》の用意は出来ているか？」

「はい、みんな揃っております」

「そうか。それでは、早速、お灯明とお線香を上げて、みなをここに集めるがよい」

と云った。

備前屋では毎年十一月二十二日の報恩講にこういう行事をすることになっている。やがて仏壇の両脇に蠟燭《ろうそく》の灯が輝き、その前に庄兵衛夫婦に、今年十九になるお露、その背後に半蔵《はんぞう》、清七《せいしち》、岩吉《いわきち》といった番頭や手代、掛取りから遅れて帰った亥助も加わって、水入らずの法事がはじまった。熱心な庄兵衛は、自分で経《きょう》を上げた。

それが終ると、座敷に女中たちの手で精進《しょうじん》料理の膳が配られた。仏壇を背にして庄兵衛夫婦、その横に娘のお露、次には番頭の半蔵、手代の亥助、同じく清七、岩吉、小僧三人という賑やかな人数で斎《とき》の膳についた。女中たちは燗《かん》びんを運んだあと、同じように末座についた。

「やれやれ、よい報恩講じゃ」

と猪口《ちょこ》を上げて庄兵衛は雇人《やといにん》一同を見回した。

「ご先祖さまもさぞかしお喜びであろう。わしは今日竜玄寺に詣《まい》って、ご宗祖さまに厚くお礼を申してきた。備前屋の繁昌は、みんなの働きはもとよりだが、ひとえにご宗祖さまのご恩によるもの。かたじけない次第じゃ。それに、みなも知ってるように、来春の二月にはお露が祝言を挙げる」

こう云ったときに庄兵衛の眼は、女房から三番目にならんでいる亥助の顔に移った。

今年二十五になる亥助は、一同の視線を集められて赧《あか》くなってさし俯向《うつむ》いた。

お露も眼を伏せた。

「亥助がうちに来たのは今から十年前。さる人の世話で雇入れ、小僧から仕込んだが、まあ、わしの後継ぎとしては申分はないと思う。半蔵と清七は亥助よりも古いが……」

と、庄兵衛は、女房の次にならんでいる二十七になる番頭の半蔵と、亥助の隣にいる清七に眼を移した。

「わしの心持を話したところ、幸い半蔵も清七も、亥助ならと云って同意してくれた。半蔵は、亥助の祝言が済むと、すぐにのれんを分けて別に店を持たしてやることになっている。それから、清七は長い間手代でご苦労だったが、半蔵のあとを継いで番頭に直ってもらおう」

庄兵衛は、そう云ったあと、小僧のすぐ隣にいる二十三になる手代の岩吉に最後の眼をくれた。

「岩吉はまだ年期も浅いし、年も若い。これからは一番の手代として今まで通りよろしく頼む」

色の白い岩吉は、分りました、というように微《かす》かに頭を下げた。

「わしが改めてここでこう云うのも、ご宗祖さまやご先祖さまをうしろにしてご披《ひ》露《ろう》申したい気持があるからだ。分ったな？」

「へえ」

と、雇人一同は揃って頭を下げた。

「いや、めでたい。わしはいい店の者に恵まれた仕合せ者じゃ。なあ、お咲」

「ほんとにそうでございますね。あなたは今日が一生で一番仕合せそうな顔をしていらっしゃいます」

「わしはうれしいのだ。うれし泪《なみだ》が出そうなくらいだ。お露も、来年は……」

と、母親の傍《かたわ》らにいる一人娘の細い顔を見た。結綿《ゆいわた》に結った髪が重たげである。一人娘として大事に育てられたせいか、華奢《きやしや》な身体つきだった。

「いよいよ、この家内を取締ってゆくのだ。今までのような子供の気持でいてはならぬぞ」

口では叱言《こごと》めいているが、顔も言葉も娘が可愛くてならぬようだった。

「さあさ、今日はこのように精進料理ですが、みんなゆっくりとお酒でもご馳走《ちそう》でもあがっておくれ」

と、お咲が夫の言葉を締括《しめくく》るように云った。

外に雨戸を揺すって寒そうな風が渡っていた。

お斎の宴が終ったのが六ツ（六時）を回ってからだった。一同は箸《はし》を置き、

「ご馳走になりました」

と、主人夫婦に礼を述べ、次々に別間に引揚げた。雇人は全部住み込みである。

庄兵衛は、もう一度仏壇に向って恭《うやうや》しく数珠《じゅず》を繰った。

変事はその夜のうちに起ったのである。

二

神田駿河台《するがだい》下に住む岡っ引の碇屋平造《いかりやへいぞう》の家に子分の弥作《やさく》が飛び込んだのは、朝の五ツ(八時)ごろだった。

「親分、えらいことが起りました」

「朝っぱらから何だ?」

と、平造は井戸端から顔を拭《ふ》きながら戻ってきた。平造は、この辺を縄張にしている腕利きだった。先代の碇屋の養子になっているが、先代の子分として叩き上げ、腕は八丁堀の同心仲間に買われている。彼は今年三十四だった。

「そいじゃ、親分の耳にはまだ備前屋の一件が入っていませんね」

「備前屋だと?」

「へえ、本銀町《ほんしろがねちょう》の畳表の問屋です」

「うむ、中ノ橋の濠沿《ほりぞ》いに大きな蔵が見えている、あの家か？」

「その家で、今朝、二人ほど雇人が殺され、一人は行方知れずになっております。もう一人、家の一人娘のお露というのが半死半生です」

「そう一ぺんにべらべらとしゃべられても、わけが分らねえ。要領よく序段から語ってみろ」

長火鉢の前に坐った平造に子分の弥作はもどかしそうに云った。

「わっちの家は、親分もご承知のように下白壁町ですから備前屋の蔵の見える中ノ橋とは目と鼻の先です。今朝、備前屋で何か騒動があったという近所の話を聞いたもんですから、すぐに目脂《めやに》のついた顔で素っ飛んで行きました。案《あん》の定《じよう》、表は大戸が下りていて中に入れません。横の木戸を押してもぐり込むと、丁稚《でつち》の勘吉というのに出遇いました。この小僧はよく使いの途中わっちの家の前を通りますので顔は知っています。丁稚も慄《ふる》えていましたが、とりあえず訊いてみると、岩吉という手代が蔵の中で絞め殺され、蔵の前の庭では半蔵が穴を掘って死んでいるというのです」

「穴を掘っていたと？」

「へえ。だんだんと話します。その小僧の話では、その穴の中に一人娘のお露が気を失って倒れていたそうですが、今朝、その勘吉が見つけて、早速、旦那の庄兵衛に報《し》らしたそうです。庄兵衛も愕《おどろ》いて、夫婦で娘を穴から助け上げ、いま、座敷で医者を呼んで介抱《かいほう》しているそうです」

「てめえは現場を見たのか？」

「へえ。小僧の云う通り、半蔵という番頭は鍬《くわ》を横に放り出し、穴の中に首を突込むようにして、死んでいました。顔が半分、柔らかい土の中に逆さまにめり込んでいましたから、息が詰ったのだと思います」

「待ってくれ。てめえの話で判断すると、その半蔵という番頭は、蔵の横の空地に穴を掘ってから死んだというのだな」

「へえ。それもただの穴じゃございません。人が坐って入れそうなくらい深く掘っていました」

「蔵の中で殺されたという岩吉のほうはどうだ？」

「わっちはちょいと蔵の中をのぞいただけで、とても手に負えねえと分ったものですから、度を失っている庄兵衛に、八丁堀の旦那方のご検視が済むまでは手をつけちゃならねえと云って、こっちへ飛んで来ました。庄兵衛はいま届けようとしたところだと、おろおろしています」

「よし。それじゃ、すぐに出かけてみよう。近所でそんな変事が起って八丁堀の旦那に先を越されちゃ面目が立たねえ……。おい、羽織を出してくれ」

平造は丹前を脱ぎながら起ち上った。

「弥作」

平造は支度をしながら、

「てめえはこれから河村《かわむら》の旦那のところにお報らせするのだ。そこが済んだら、すぐに備前屋に戻ってこい」

「合点です」

弥作は駈け出した。

「おまえさん、備前屋というのは、わたしも濠に映っている白壁の蔵を知ってるけれど、あの蔵の中で人が殺されたんですかねえ」

と、女房は玄関に平造を送りながら云った。

「どうも、そうらしい。おれの眼で見ねえと、まだたしかなことは云えねえが」

「おう、いやだねえ。これからあの蔵を見るたびに妙な気持にならなければいいけれど」

女房は亭主の背中に切火を鳴らした。

備前屋の前ではもう近所の者が集っていた。ここから八丁堀は近い。平造は役人がまだ来ていなければいいがと思って、子分の弥作が云った横の木戸を押した。通路は一方が母屋《おもや》の壁で、一方が忍返《しのびがえ》しの付いている黒塀の間について細長い。奥に進むと、一棟の蔵の前に出た。すると、平造が恐れていたように、すでに同心河村治郎兵衛《じろべえ》がもう一人の同心と莚《むしろ》をかけた死骸《しがい》の前に立っていた。

「河村の旦那、どうも遅くなりました」

「おう、平造か。おめえの足もとでとんだことが起ったな」

河村は振向いて云った。平造は、この河村の下についていて、その屋敷に出入りしていた。

「へえ。たった今、旦那のところに子分の弥作をやりましたが、旦那に先を越されて申し訳ございません」

「おれもたった今来たところだ」

と、河村は上手に云った。

「弥作がここに早く来て、仏をいじらないように云いつけたのは何よりだった。ま、見てやってくれ」

「へえ、ご免下さい」

と、平造は河村の前にしゃがんで莚のはじをめくった。

半蔵の死骸は仰向《あおむ》けに寝かされていた。その顔は泥だらけになっている。殊に頭は髪が見えないくらいに土をかぶり、口のあたりまで土で汚れている。彼のあぐらをかいた二つの鼻の孔《あな》には土が詰っていた。

平造は横に掘られた大きな穴に眼を移した。それは弥作が報告した通り、人が坐れそうなくらいの深さを持っていた。だが、その穴はまだ掘りかけとみえて、その底には掘った土が溜ってさらい出してなかった。

そこは場所からいって蔵の横手に当った。庭からはずれた空地で、枯れた草が穴のまわりを黄色く蔽《おお》っていた。掘り出した土にも同じ草がついていた。鍬《くわ》が傍らに放り出してあった。

「おまえがくるまで待っていられなかったのだ」

と、河村は平造に云った。

「この死骸は穴の縁から俯伏《うつぶ》せになって、底のほうに落ちこむように倒れていたのだ。だから腰から下は穴の外にあった。恰度《ちょうど》、掘ったばかりの柔らかい土の中に顔を突っ込むようにしてのめっていたのだ。こうして引揚げてみると、鼻の孔に土が詰っているだろう。……尋常《じんじょう》な倒れ方じゃねえ。誰かがうしろから無理に倒して穴の土に首を押込んだのかもしれねえな」

「左様でございますね」

死骸は元のままでなかったから、平造は河村の説明でその様子を想像するほかなかった。こんなことなら、もう少し早くくればよかったと、平造は悔んだ。役人が検視を先にしたのだから、彼の身分としては抗議のしようもなかった。

「で、この穴の中にこちらの娘さんが気を失って倒れていたのでございますか？」

「そうらしい」

河村がそうらしいと云ったのは、娘の身体はもう父親たちの手で家の中に運び入れられてここに無いからである。

「娘のほうはあとで訊いてみろ。その前に、この死んでいる半蔵が自分でこの穴を掘ったか、それとも行方《ゆくえ》知れずになっている亥助が掘ったか、それが知りたいな」

「亥助という男が見えませんか？」

「うむ。二十五になる手代だそうだが、今朝から姿が見えねえ。土まみれの半蔵の手にも鍬を握った痕《あと》があるが、半蔵だけが穴を掘ったのか、亥助も一緒にやったのか、その辺のところがまだ判断がつかねえ」

半蔵の死骸を調べたとき、その両手の掌《たなごころ》に鍬の柄を握った痕があったのは平造にも分っていた。土が付いているだけに、それが歴然と知れるのである。何のためにこんな穴を掘ったのか。誰かが半蔵の顔を土の中に突っ込んで殺すだけの目的だったら、こんなに大きく掘ることもない。もっと小さくて浅い穴でもよいのだ。穴の中に娘が倒れていたというから、下手人は娘も殺して半蔵の死骸といっしょに埋めるつもりだったのかもしれぬ。

だが、それにしては穴の大きさが狭いのだ。二人の人間を埋めるにはとても無理である。もっとも、掘っているのは途中までで、完成したものではない。

「蔵の中を見てもらおうか」

と、次に河村が云った。

この二棟つづきの蔵はその裏側を濠の水に影を映しているので、橋や道を通るとき、平造もよく知っていた。正面から近く見るのは初めてだ。

うしろから、この家の主人の庄兵衛が蒼い顔をして現われた。

「ご主人、とんだことが出来ましたね」

と平造が声をかけた。

「へえ、もう、まるで夢のようでございます」

「何ともお気の毒なことで、云いようもありません。ですが、わたしたちは一刻も早く下手人を捕まえて、いやな噂の立たねえようにしたいと思いますから、何でも匿《かく》さないで云って下さい」

「へえ、そりゃもう……」

庄兵衛は頭を下げた。

「平造、この中を見てくれ」

と、河村が促《うなが》した。

白壁には朝の冬陽が冷たく吸われている。入口の戸は厚い樫《かし》の二枚戸で、継ぎ目には頑丈な金具がはまり、鋲《びょう》が打ってある。しかし、大きな錠《じょう》ははずれていた。

「はじめは錠がきちんと外からかかっていたが、今朝になって岩吉を探しに入るとき、主人が合鍵で開けたのだ」

と、河村は云った。

「では、殺した人間をこの中に入れ、外から戸を閉めて鍵をかけたわけでございますね？」

と平造は訊き直した。

「そうだ」

説明によると、今朝の大騒動のさなかに岩吉と亥助の姿が見えないことが分った。

主人の庄兵衛は、自身番に届けることも忘れてすぐに二人の行方を探した。穴が蔵の前に掘られているので、もしやと思い、主人は蔵の錠前を合鍵で開けた。この錠の鍵は岩吉が一つと庄兵衛が一つ持っている。岩吉が鍵を持っているのは、彼が蔵の品物の出し入れを主にしていたからだという。

真暗な蔵の内に提灯《ちょうちん》をともして入ると、岩吉は夥《おびただ》しい花莚《はなむしろ》や畳表《たたみおもて》を巻いた中に俯伏せに倒れていた。

庄兵衛は仰天したが、岩吉がこんな姿になっているので、亥助も同じ運命になっているのではないかと暗い中をなおも探したが、亥助の死骸は出てこなかった。

平造は蔵を検《あらた》めるように見上げた。上のほうに通風孔の役目をしている窓が付いているが、どこの蔵もそうであるように、これは厚い金の板でぴたりと内側から閉められている。その上、金棒が二本も挟まっていて、人間の身体をすべりこませる隙間はなかった。

蔵の中に入る場所といえば、この入口しかないのだが、それは厚い戸が閉められて、外から鍵がかかっていた。

してみると、岩吉は下手人と一緒に自分の鍵で錠を開け、蔵の中に入り、そこで絞め殺され、下手人だけが外に出たのであろう。

その入口の戸は下手人が閉め、錠前をかけて去る。——こういう推量しかないのだ。

いま、その錠前の鍵がはずれたままになっているのは、岩吉を探すために主人の庄兵衛が合鍵で開けたからだ。

提灯がともされ、平造は蔵の中を改めた。

三

岩吉は、その蔵の中で俯伏せに横たわっていた。備前屋は畳表、花莚、莫蓙《ござ》などの問屋だから、そういう商品が蔵いっぱいに詰めてある。死体の位置は、入口から商品を積んだ間を行って、やや奥まったところだ。死骸の上には、厚く巻いた畳表が一つ、倒れていた。

提灯の灯を死体の首に近づけると、俯伏せになった首には一本の麻縄が巻きついていた。

「この縄はこちらのものですかえ？」

と、平造はうしろに慄《ふる》えている主人の庄兵衛に訊いた。

「うちのものだかどうか分りませんが、わたしのほうで使っている荷造用の縄と同じでございます」

おそらく、この家のものであろうと平造は判断した。

「雇人では、この岩吉さんが蔵の鍵を持っているわけですね？」

「へえ、そうです」

平造が死人の袂《たもと》にふれると、音がした。取出してみると、まるい環に差した鍵だった。錠前が太いだけに鍵も大きい。

「これでございますね？」

と、庄兵衛に見せると、彼はうなずいた。

平造はもう一度死体を検《あらた》め、今度は俯伏せになった顔を起して提灯の光に照らした。二十三の岩吉は眼を剥いたまま息が絶えていたが、死人のせいだけでなく、生きているときから色白の顔のようだった。鼻も細くて隆《たか》い。平造は、その顔を元の通りに置いた。

「平造、大体、それくらいでいいか？」

と、河村治郎兵衛は立ったまま訊いた。

「へえ、わっちは納得いたしました」

「そうか。では、あとから死骸を取片付けにこさせる。平造、おれはこれで帰るから、あとから屋敷に来てくれ」

河村は同僚といっしょに先に帰った。奉行所の同心として無責任のようだが、下に腕利きの岡っ引がいると、なまじっか口をだすより、その男に全部任せたほうが効果があるのだ。あとは、同心がその岡っ引の報告を聞いて判断し、適当な指図をする。

「えらい災難でしたな」

と、平造は庄兵衛といっしょに蔵を出た。庄兵衛は怖ろしそうに、穴の横に死んでいる半蔵の死骸から眼を背《そむ》けた。

「ご主人、そこにある鍬はお宅のものでしょうな？」

平造に訊かれた庄兵衛は、仕方なしに死骸の脇に置いてある鍬に眼をやった。

「へえ、たしかにわたしのほうのものでございます」

「この穴をおまえさんは昨日見ていませんね？」

「昨日までは無かったものでございます」

「分りました。それじゃ、向うに行ってゆっくりと話を聞くことにします」

平造は庄兵衛を促し、座敷に案内してもらった。手を洗わせてもらうために裏口に回ると、女中三人が竦《すく》んだように立っていた。

「おめえさんたちもびっくりしなすったろう？」

と、平造は愛想よく云った。三人の女中はみんな蒼い顔をしていた。

「おめえさんたち、死んだ半蔵さんと岩吉さんの仲がよかったかどうか知らねえかえ？」

三人の女は顔を見合せたが、怖ろしいのか返事はしなかった。

「この中でいっとう古いのは誰かえ？」

「あたしです」

と、やはり一番年取った女が仕方なさそうに名乗り出た。

「おめえさんの名は何という？」

「お秋《あき》といいます」

「お秋さんか。いい名だ。ここにはどのくらい奉公なすってるかえ？」

「はい、もう、そろそろ五年になります」

「一口に五年と云っても、同じ家に奉公したのだから辛抱強い。さぞかしご主人夫婦はいい人にちげえねえ。そうだろうな、お秋さん？」

「はい、仏さまのようなお方でございます」

「そうだろう。その仏さまのような庄兵衛さんにくらべて、使われている番頭や手代たちはちっとばかり性質《たち》がよくねえようだったな」

平造が云うと、お秋もほかの女中も黙っていた。手をきれいにしてきました。彼はそのまま座敷に戻った。

「お待たせしました。仏をいじったので、手をきれいにしてきましたよ。いや、われわれは因果な商売で……」

平造は腰の筒を抜いたが、庄兵衛は怯《おび》えたように、彼が煙管《きせる》の先に火をつける間も黙然としていた。

「そこで、ご主人。さっき旦那方のお話で、亥助さんという手代が今朝から姿が見えねえそうですが、どこに行ったか心当りはありませんかえ？」

庄兵衛は、ようやく首を振った。

「それはお役人にも訊かれましたが、亥助はわたしが備中高梁《びっちゅうたかはし》のほうから連れてきました男で、江戸には親戚も知り合いもございません」

「ここにはどのくらい勤めておりました？」

「もう、かれこれ十年近くなります」

「今が二十五だから、十五の年に丁稚奉公《でっちぼうこう》に来たわけですな。それじゃ子飼いだ。ついでに、殺された半蔵と岩吉、残っている清七の人別改めをいたしますかね」

「半蔵は、これも十五のときに参りまして、今年で十二年勤めております。やはり備中庭瀬の在でございます。岩吉は備中足守《あもり》というところから来ておりまして、これはまだ六年にしかなりませぬ。手代の清七は十三年で、亥助と同じように高梁の在です」

「みんな郷里から呼んだわけですね。してみると、殺された二人も江戸には知辺《しるべ》がなかったわけですな？」

「はい、そうです」

「半蔵、岩吉、いま行方の知れねえ亥助、残っている清七、この四人の日ごろの仲はどうでしたかえ？」

「四人とも仲よくやってくれました。みんな同国の者ばかりなので、気が合っておりました」

主人としてはそう答えないわけにはゆくまいと、平造はひそかに思った。

「その中で亥助が一人、居なくなっている。今のところ、逐電《ちくでん》しているからには亥助が岩吉と半蔵を殺《あや》めたことになりそうですが、おまえさんの見込みはどうですか？」

平造は吐月峰《はいふき》に煙管を叩いた。黙っていた庄兵衛は、その音におどろいたように顔をあげた。

「親分に申しあげます。亥助は決して左様なことをする男ではございません。四人の中で、実はわたしはあれに一番見込みをかけておりましたので。行末《ゆくすえ》は……」

と云いかけて庄兵衛は口を閉じた。平造はその最後の言葉を聞き咎《とが》めた。

「行末はおめえさんところの一人娘お露さんと一緒にするつもりだったんですね？」

「はい、左様でございます」

と、庄兵衛は力なくうなだれた。

「ご承知のように、昨日は報恩講で、昨夜も仏壇の前にみなを集めて、亥助とお露とが来年の春に一緒になると云い渡したところでございます」

「なるほど、一昨日から報恩講でしたな。どうも寒いと思っていたら、報恩講が来ましたかね。信心のねえわっちらは、どうも精進《しょうじん》が悪くていけねえ。それで、なんですかえ、亥助とお露さんとが来年の春夫婦になることは、半蔵、岩吉も、清七も前から知ってのことですかえ？」

「はい。何といっても半蔵は番頭、岩吉は新参ですが、清七は亥助よりも古い手代です」

「おや、その辺で足音がしているようだが、あれがその清七さんではありませんかえ」

平造がわざと大きな声を出したので、おどろいたように隣の間から足音が遠のいた。庄兵衛はびっくりして眼をあげた。その顔に平造はせせら笑った。

「どうも岡っ引が来て一家のご主人と話し込んでいると、雇人は何かと気を遣うものですね。それで、清七の年はいくつですかえ？」

「三十になります」

「三十。まだ世帯は持ってないわけですね？」

「はい、独身《ひとりみ》でおります。今度亥助を後継ぎにすれば、番頭の半蔵にのれんを分けてやり、清七を番頭にするつもりでおりました」

「なるほど、聞いてみれば、来年の祝言を境に結構ずくめのことが考えられていたんですね。その鼻先にこの騒ぎが起った。どうも、ご主人、世の中は結構ずくめでうまく運ばねえようですね」

「わたくしども夫婦は長い間一向宗の信者でして、こういうように商売繁昌《はんじよう》するのもご仏縁だと、いつも朝晩念仏を欠かしませんでしたが、どういう前世の因縁《いんねん》か、とんだことになりました」

　庄兵衛は首うなだれた。

「いやいや、それだけ信心が篤《あつ》ければ、またご仏縁に恵まれるということもありましょう。ところで、お露さんがあの穴の中に倒れていなすったということだが、それを見つけたのは誰ですかえ」

「はい、今朝、小僧の勘吉、これは十六になりますが、いつものように早起きして裏庭に出たところ、今度の有様を見たのでございます。わたしはてっきりお露が自分の居間に寝ているものと思っていましたので、いや、もう、胆を潰しました」

「そのお露さんは、いま、どうしていなさいますかえ？」

「医者の手当てを受けて、別の間に寝かせてあります。おかげで命だけは助かったようで、これだけはほっとしております」

　自分の娘が助かった庄兵衛は、正直なところを云った。

「お露さんは、何で真夜中に家を抜けて、その穴の中に落ちこんだか分りませんかえ？」

「はい、まだ何にも申しません。なにぶん、気が昂《たか》ぶっておりますから」

「いや、わたしが訊くのは、お露さんを誰かが連れ出して穴の中に投げこんだんじゃねえかということですよ」

「さあ」

と、庄兵衛は落ちつかない眼になった。

「もし、お露さんをそういう目に遭わせるとしたら、雇人の中に誰か心当りがありますかえ?」

「いいえ、それは一向に」

庄兵衛は不安そうに首を振った。

四

番頭の半蔵は土蔵の横の空地に掘られた穴の中に首を逆さまに突っ込んで窒息死をしている。その穴の中にはお露が半死半生の体《てい》で落ちこんでいた。さらに、その蔵の中には手代で一番若い岩吉が縊《くび》り殺されている。その上、お露と来春夫婦になるはずだった亥助は、行方を晦《くら》ましている。――

こういうふうにまとめると、当然、逃亡している亥助が一番怪しいことになる。同心の河村も亥助を探索するようにと平造に命じている。だが、才能を見込まれて一挙に主人の後継ぎになるはずの亥助が、なぜ、半蔵と岩吉を殺さねばならなかったのか。お露を穴の中に突き落したのが亥助とすれば、出世の唯一の手づるのお露を、なぜ、そんな目に遭わせたのだろうか。

さらに、裏庭に穴を掘ったのは半蔵だろうか、亥助だろうか。それとも両人が一緒に掘ったのか。亥助とすれば、その掘った穴に半蔵の首を突っ込ませるためだったのか。同心河村治郎兵衛の説明でも、半蔵の死骸は穴の縁から中に向って突っ込んだような姿勢で倒れていたという。力の強い者が有無を云わさず半蔵の首根っこを抑えて押しつければ、出来ないことはない。

一方土蔵の中の岩吉は、見たところ色白の弱そうな男だった。これは力の強い男に遇えばひとたまりもなく絞殺されそうである。

「亥助さんは頑丈な身体つきでしたかえ？」

と、平造は庄兵衛に訊いてみた。

「はい、田舎の生れでございますが、亥助と半蔵は特に体格がすぐれておりました。力の強さからいえば、半蔵のほうが亥助よりも上だったようでございます。なにしろ、あの男は、重い畳表の巻いたやつを一どきに三つも担ぎ上げるような男です」

そうすると、平造の推測は少し狂っている。亥助が半蔵よりも強かったら、半蔵が彼に抑えられて穴の中に顔を突っ込んだと分るが、力の弱い亥助に半蔵が負けることはない。

半蔵は酔っていたのだろうか。

「半蔵さんは酒は好きでしたかえ？」

「はい、まず好きなほうでした」

「うむ。そうすると、昨夜も飲みましたかえ」

「いいえ、昨夜は、先ほど申しましたように報恩講のため、みんなにお斎《とき》の膳を出し、そこで同じように、みんな一本か二本ずつ飲ましたように思います。岩吉と亥助、清七の三人はあまり飲めませんので、二つの銚子《ちょうし》を空けたのは半蔵だけでございます。でも、なかなか、それくらいで酔う男ではございません」

「そうですか。ちょいと半蔵さんのいつも寝ている部屋を見せてもらいましょうか」

庄兵衛は承知して起ち上った。大きな家だけに四人の番頭、手代には四畳半ぐらいの部屋を一つずつ与えている。小僧の三人は、一部屋に一緒だった。

平造は番頭と手代の四人の部屋を見たが、昨夜から敷いた蒲団《ふとん》に寝た形跡のないのは半蔵と岩吉と亥助だった。清七だけは今朝まで寝て蒲団は押入れの中に入れたと云っている。半蔵、岩吉、亥助の三人はまだ寝巻に着更えていなかった。事実、半蔵と岩吉の死体は普段着であった。

問題は、この凶行の時刻である。主人の説明によると、報恩講の宴がお開きになったのが、大体、六ツ(六時)を回っていたという。蒲団の具合からみて、半蔵、亥助、岩吉の三人はそのあともずっと起きていたのであろう。これは早く床に入ったという清七に訊けば、分るに違いない。部屋が違うといっても清七は岩吉の隣室だった。

平造は何を思ったか、半蔵の部屋で四つん這いになり、舐《な》めるように畳に顔をつけた。

「やっぱり半蔵は昨夜酒を飲んでいますね」

と彼は起き上って庄兵衛に云った。

「ここに酒の匂いが残っています。魚は何か鍋《なべ》もののようですね」

「それはわたしは存じません。なにしろ、四人が自分の部屋に戻れば、もう、わたしの目は届きません。その辺はあんまりうるさく云わないことにしています」

庄兵衛は答えた。

「なるほど、それでなくては奉公人も窮屈で仕方がないでしょうな」

彼は岩吉の部屋にも行って畳を嗅いだが、そこには何の臭いもなかった。清七の

部屋にもなかった。しかし、亥助の部屋の畳を嗅いだとき、

「おや、ここにも魚の匂いがしますね。意地汚ねえような話ですが、酒の匂いはしねえようですよ」

平造は云った。

「そうですか」

庄兵衛は返事に詰っていた。

「ご主人、昨夜は精進料理だ。こう云っちゃ信心深えあなたに悪いが、およそ精進料理というのはうまくねえものだ。亥助も半蔵もこっそり、ここで魚を煮て口直しをしたようですね」

庄兵衛は困った顔をしていた。

「その魚もどうやら鯛のようだ。その煮つけの汁がこぼれて、畳に沁みこんだようですね」

平造は笑った。

「ちょいとここに、台所のお秋さんに来てもらいましょうか」

そのお秋はおどおどしながら下から上ってきた。襷《たすき》をはずして、着物を整えながら平造の前にかしこまった。

「お秋さん。おめえさん、今朝、半蔵さんの部屋から鍋を片付けなかったかえ？」

お秋はちらりと庄兵衛の顔を見て、

「はい、半蔵さんの部屋の畳の上に、鍋と、小皿と、それに銚子が二本ありましたから、台所に片付けておきました」

「うむ、銚子が二本か。で、その魚は何だったかえ？」

「鯛でございました。鯛の煮つけです」

「やっぱりそうか。では、奴さん、鯛の煮つけで一杯やったというわけだな。しかし、お秋さん、昨日は報恩講で精進日だぜ。ははあ、おめえ、旦那の云いつけに背いて、こっそり魚屋から鯛を取寄せたな」

「いいえ、滅相もございません。わたしどもはそんなことはいたしません。きっと半蔵さんがよそから買ってきたのだと思います。台所でそんなものを煮たことさえ知りませんから、わたしどもが寝たあとでございましょう」

お秋は顔をしかめて答えた。

「その魚を半蔵はいつ持って帰ったのだろうな？」

「それは知りません」

「そいじゃ、半蔵がこっそりとどこかの魚屋から買ってきて、晩まで忍ばせておいたにちがいねえ」

　平造はそう云って、またお秋に訊いた。

「その鍋の残りは、もう台所で始末をしたのかえ?」

「はい。ゴミ溜《ため》に投げこんで、汁を溝に棄《す》て、鍋も皿もきれいに洗いました」

「ちょいと、そのゴミ溜を見せてもらおうか」

　平造がお秋の案内で台所の裏口に回ると、ゴミ溜の中には、食い荒された鯛の残りが棄てられてあった。

　半蔵はこの鯛を肴《さかな》に二本の銚子を飲んだのだろう。仏前でも二本の銚子を空けている。全部でも四合足らずだ。酒の強い半蔵がそれくらいで酔って亥助にたやすくあの穴の中に抛り込まれたとは思えない。

　しかも、その穴の中に一人娘のお露が悶絶していたのだから、話はいよいよ分らなくなってきた。

　平造は庄兵衛の許しをもらってお露の寝ている座敷に行った。

　お露は虚《うつ》ろな眼で平造が枕元に坐るのを見ていた。

「お嬢さんだね。わっちは神田の平造という者だが、こんだはまたとんだことになったね」

岡っ引と聞いてお露は急に怯《おび》えた顔になった。

「おっと、無理をして起きることはねえ。そのままでわっちの云うことに答えておくんなさい。……庄兵衛さん、おまえさんがそこにいてはちっとばかり娘さんに訊きにくくなる。若い娘は親の前で話したくねえこともあらアな」

庄兵衛を向うに追いやった平造はお露の顔を見て低く云った。

「お露さん、おめえ、いつから岩吉といい仲になったのだえ？」

お露は、はっとなって目を慄わせた。

「なにも隠すことはねえ。おめえのような年ごろには誰しもあることだ。おめえは岩吉が好きになったと親に打明けねえうちに、亥助の養子をきめられたのだね？」

お露は顔を伏せた。

「おめえは気が弱くて、親には云えなかった。岩吉も云えなかった。おめえたち二人は、前から蔵の中で逢っていたな？」

平造はおだやかに云った。

「岡っ引がこんなことを訊いていると思っちゃいけねえ。物分りのいい叔父《おじ》さんが事情をたずねていると思ってくれ。殺された岩吉は色白のいい男前だ。番頭、手代のなかで一番若えし、やさしそうだ。同じ屋根の下にいい男といい娘が一緒に暮していれば、お染、久松の芝居は知らねえでも、たいてい察しはつく。おめえ、昨夜も岩吉と蔵の中で会う約束だったな？」

お露が伏せたまま、かすかに首を動かした。

「うむ、そうだろう。報恩講の仏前で親父さんがみんなに亥助の婿入りを披露した。おめえと岩吉とは悲しくなり、どうでもそのあと逢わずにはいられなかった。いつものように、鍵を持った岩吉が先に蔵の中に入っておめえのくるのを待っていた。だから、入口の戸は少し開けてあった。……ところが、そこへ入ったのはおめえでなく、別な男だった。その男が岩吉を絞め殺したのだ……」

お露は泣き出した。

「おめえが蔵の中に行くのが昨夜だけは遅れたのだ。遅れたから、その男が岩吉を殺すことができたのだ。……可愛い男が待っている蔵に行くのが遅れたのは、おめえにはよっぽど抜きさしならねえ用事が出来たからだろう。さあ、その用事というのを話してくんな。いや、だれがその用事をつくったのか云ってくれ。えい、泣いていちゃ分らねえ。おれはおめえの敵《かたき》をとってやるのだぜ。しっかりするのだ」

平造は、お露の声をじっと待った。

五

岡っ引の平造は、泣き伏しているお露を問詰めた。

お露は手代の亥助という親がきめた婿の候補がありながら、手代の岩吉と出来ている。媾曳《あいびき》の場所が蔵の中だった。その蔵の中で岩吉が絞め殺されているのだから、もし、そのとき、蔵にお露が来合せていれば、この犯行は成立たない。

男女が媾曳する場所、およその時刻は打合せている。だから岩吉を殺した下手人は、お露が岩吉と示し合せた時刻を遅らせるためにも、そこに何か突発的な用事を作り、お露を家の中に留め置いた、と考えられる。この時刻のズレが犯行の時間だと、平造は読んでいるのだ。

では、お露を媾曳に遅らせた用事というのは何か。

平造は、お露が口を開くのを待っていた。

「黙っていちゃ分らねえ」

と、平造は、まだ俯伏しているお露に云った。

「何度も云う通り、おれはおめえの可愛い男を殺した仇を取ってやるのだ。何もかもありのままに云ってくんな」

お露が泣声をやめた。彼女は、それから頭を少し上げて、

「わたしに用事があると云ってきたのは清七でございます」

と、まだしゃくり上げながら云った。

「うむ、やっぱり清七か」

平造はうなずいた。

半蔵、清七、亥助、岩吉と、この家には番頭、手代の四人がいる。そのうち無事に残っているのは清七だ。お露の婿になるはずの亥助は逃走したままである。

「おれも大体、その辺の見当だと思っていた。で、その用事ってえのを聞く前に尋ねるが、亥助と清七とは日ごろから仲がよかったかえ？」

「はい、特別によかったとは思いませんが、清七は誰ともよくつき合っていました」

お露はいくらか正気になって答えた。

「そうか。清七は気の弱い男のようだな」

「根がお人よしなんです。それで、古くから居るのに、あとからきた人間に先を越されたのです」

「そうだろう。はっきりいえば、少しばかり知恵の廻りが遅いというわけだな。だから、自分より下の者が番頭になっても、それほど腹を立てねえでいるのだな」

「そういうところはあります。ですから、特別に亥助とよいというわけでもなく、半蔵とも、岩吉とも仲よくしておりました」

「よし、それだけ聞けばいい。次はいよいよ肝腎なところだが、その清七はおめえに何と云ってきたのだえ？」

「はい、岩吉が用事があるから、表のほうにそっと出てくるように、と云ったのです」

「ちょいと待ってくれ。おめえは、岩吉と約束して蔵の中で会うことになっていた。その岩吉が、清七を使いにしておめえと別な場所で会いたいというのは、ちっとばかり妙だな」

「はい、わたくしも初めそう思いました。でも、岩吉になにか差支えが出来て、急に蔵の中に行けないような事情にでもなったのかと思ったのです。それに使いが清七ですから、つい疑いませんでした」

「それで、おめえは清七の云いなりになって岩吉を探したのか？」

「そうです。てっきり岩吉が表のほうに待っていると思って、そっと出て行きました。でも、いくら探しても居ませんから、また家の中に戻りました」

「そのとき清七は家に居たのか？」

「はい、おりました。それで、わたくしも清七に岩吉は外に居ないよと云うと、変な顔をして、じゃ、ほかのところに居るのかも分りませんから、今度は自分が探してきます、と云って出て行きました」

「その間、おめえは家の中にじっとして居たのか」

「はい、清七が云うことですから、まさか嘘ではあるまいと思い、岩吉を見つけて帰るまでじっとしていたのです」

「清七はすぐ帰ったかえ？」

「しばらくして戻りました。そして、どうしても分らない、不思議だと、自分でも首をひねっていました」

「そこで、おめえは蔵の中に行ったわけだな？」

「やっぱり蔵の中だと思ったからです」

「おめえがそうして清七に引留められたのは、どのくらいの間だったかえ？」

「わたしが外に出て探したり、入れ違いに清七が出て行ったり、その帰るのを待ったりしたのを入れて、かれこれ四半刻《しはんとき》（三十分）くらいだったと思います」

それくらいの時間があれば、蔵の中で凶行はできると平造は思った。

「その間、亥助と半蔵はどうしていた？」

「二人とも、自分の部屋に入っていたと思います。姿は見えませんでした」

「おめえは亥助と一緒になるように、親から云い渡されたばかりだ。おめえと岩吉の気持はわかるが、どうしておめえたちの仲を早く親に打明けなかったのだ？」

平造がきくと、お露はすすり泣いた。

「わたくしと岩吉の仲はその前からです。つい親には云いそびれたのです。それにお父さんは頑固者ですから」

「おめえたちは出来合っているので、不義淫奔《ふぎいんぽん》のようにとられると恐れて、亥助との婚話があっても云いそびれていたのだな。そして、そのまま媾曳《あいびき》をつづけていたのだな」

平造にはお露の気持が分らなくはなかった。岩吉は手代だからなおさら云えなかったのであろう。

「おめえが、あの穴に落ちたのは、岩吉を探して蔵へ行く途中かえ？」

「はい、あんなところに穴があるとは知らないで足をすべらして落込んだのです。それきり分らなくなりました」

「ちょいと待ってくれ。じゃ訊くが、そのとき、その穴の中に半蔵が頭を突っ込んで死んでいたのは知らなかったのだな？」

「はい……」

「はいだけじゃ分らねえ。おめえはその姿を見たのか？」

「なにぶん、昨夜は月がなくて真暗な晩でしたから」

「じゃ、見なかったというよりも、死体はあったかもしれねえが、暗闇で分らなかったというわけだな」

「はい」

「そうか。そして、おめえがその前に裏庭を見たのは昨日の何刻だ？」

「夕方、お斎《とき》に行くときに見ました」

「そのときは庭に穴はあいてなかったな？」

「はい。何も変ったことはありませんでした」

平造は腕を組んで考えていた。

「それじゃ訊くが、おめえほどの器量だ、さぞかし惚れたのは岩吉だけじゃあるめえ。婿に選ばれた亥助もむろんのことだが、穴の中に首を突っ込んでいた半蔵も、おめえに心を寄せていたのだろう？」

お露は返事をしないで枕に突伏した。

「そうだろう。それで、おめえの婿に決った亥助はおめえが岩吉と出来合っているのを知っていたかえ？」

お露はそれに返事をしなかった。だが、それは平造の質問を肯定《こうてい》していた。

「よし。それなら訊くが、亥助はおめえに岩吉とのことで苦情は云わなかったかえ？」

「いいえ……」

彼はそれでひとまずお露の傍らから起《た》った。それから裏側に回って土蔵のある庭に出た。半蔵の死骸は取片付けられているが、穴はそのままになっている。岩吉の絞殺死体のあった蔵も不気味な感じで白い壁を陽に曝《さら》していた。奇妙に静まり返った午《ひる》近くである。

平造が腕を組んで佇《たたず》んでいると、子分の弥作が傍《そば》に寄ってきた。

「親分」

「なんだ？」

「ここの娘のお露を調べて、ちっとは見当がつきましたかえ？」

「まだ何にも分らねえ」

平造はじろりと弥作を見て、

「おめえ、おれがお露にいろいろ訊いているのを聞いていたな？」

「済まねえ、済まねえ」

と、弥作が頭を掻いた。

「あんまり気になるので、実は七段目の大野九郎兵衛をきめこんでおりやした……。それで分ったのですが、やっぱりわっちの考え通りでした。どいつもこいつもみんなお露を狙《ねら》っていた。お露はこの家の一人娘で、番頭も手代も色と欲とで眼を光らしていたわけですね」

「うむ」

「そこへ岩吉が抜け駈けでお露を掻攫《かっさら》ってしまった。半蔵と亥助が岩吉を憎むのは人情だ。ことに主人から婿のめがねに叶《かな》った亥助は、岩吉を憎んだに違いありません。亥助は、お露と岩吉とが蔵の中で媾曳《あいびき》しているのを知っていたでしょうね？」

「うむ。お露は云わなかったが、同じ屋根の下だ。亥助が知らねえわけはねえ。その亥助は逃げている」

「親分、亥助は何で逃げたんでしょうね？　あいつは岩吉という手代にお露を奪《と》られているが、やがて、この家の婿におさまるはずだ。してみれば、この備前屋の財産は自分のものになる。お露も祝言してしまえば歴《れつき》とした自分の女房。今のところは、岩吉とお露の仲を眼をつぶって我慢していればいいわけですがね」

「それはそうだが、婿になる亥助としてみれば、女房になるはずのお露が岩吉と土蔵の中で媾曳をしているのが我慢ならねえに違いねえ」

「すると、親分、やっぱり亥助が岩吉を殺したんですかねえ？」

「さあ、そこだ。本来ならそう持って行きてえところだが、おめえの云う通り、亥助はこの家の婿になる男だ。現に昨夜もお露の両親がみなを前に披露《ひろう》したくらいだ。あいつは、目先の嫉妬《しっと》に狂って岩吉を殺して逃げてしまえば、むざむざと宝の山を取逃すようなものだ。おれにも何で亥助がそんな気になったか分らねえ。……しかし、岩吉を殺したのは亥助とは限らねえとも思っている」

「そうですね」

「ところで、弥作。逃げた亥助の手配は出来てるだろうな？」

「八丁堀の旦那がたが江戸中の目明しに下知《げち》をなさっています」

「おれの足もとから起ったことだ。ほかの縄張で亥助が挙げられるようなみっともねえことのねえように、しっかりやってくれ」

「それは大丈夫です。わっちからほかの者にも親分の気持を云って、抜け目なく手配りしております。……ですが、岩吉の頸《くび》を絞めたのが亥助とすれば、半蔵の野郎が穴の中に首を突っ込まれているのは、どうも合点がいかねえ。もし、亥助がやったとすれば、半蔵を味方にいれて岩吉を二人がかりで殺し、半蔵の口を封じるためにこいつも殺したと思われますが、肝腎の亥助は半蔵より力が弱いときている。これがどうもこっちの手順を狂わせますね」

誰の考えも同じとみえて、実はそのことで平造も弱っているのだった。

六

「親分、お露は蔵の中で待っているはずの岩吉を探しに行く途中、中庭に掘られている穴の中に落ちて気を失ったと云っていましたが、その穴には半蔵が死んでいる。わっちの分らねえのは、その穴がいつ掘られたかということです。お露が庭を最後に見たのが夕方で、そのときは何も掘ってなかった。ところが、清七に云われてうろうろしている間にその穴が出来たとすれば、おそろしく短い間に掘られたものですね」

「うむ、お露がうろついたのは四半刻だったそうだ」

「あの穴は、そんな短い間に掘れますかね？」

「そうだ。おれもよっぽど力の強え奴が掘ったと思っている。やっぱり穴を掘ったのは半蔵かな」

「半蔵ですって？　半蔵はてめえの掘った穴の中に首を突っ込んで殺されていたんですぜ」

「亥助の力だけじゃ、どうもあの穴は出来ねえようだな」

「じゃ、亥助と半蔵とが力を合わせて穴を掘り、そのあとで亥助が油断を見澄まして半蔵をうしろから穴に突っ込んだのですかね。……いけねえ、それじゃ力の強い半蔵が亥助にむざむざ殺《や》られることはねえ。また振り出しに戻りましたね」

「じゃ、何のためにあの穴は掘ったのだ？」

「そう訊かれると一言もねえ。そいつはさっぱりわっちにも分りません」

弥作は参ったが、何かを思いついて別なことを云った。

「親分、穴の掘られた訳は別としても、その穴の中にお露がひっかかって落ちて気絶したというのは、どうも眉唾《まゆつば》のようですね」

「うむ、おめえもそう思うか」

「どうも時刻からいって寸足らずのようですね。お露が助けられたのは夜が明けてからだ。だが、蔵の中に忍んで行ったのは報恩講のお斎の膳が済んでしばらくしてからです。もっとも、その間に清七に云われて岩吉をうろうろ探していますがね。それにしても、えらく長い間穴の中に気を失って倒れていたものですね」

「うむ」

べつに意見は云わなかったが、平造も弥作と同じ疑問を持っていた。たしかにお露が倒れている時間が長すぎる。

「どうもこれにはもっと裏がありそうですね。第一、清七が岩吉から頼まれてお露をうろうろさせたというのは作りごとだ。あれは誰かに頼まれたのです。清七をしょっ引いて泥を吐かせれば、だんだん分りますね」

「弥作、どうせ順序だ。ひとまず、そうしてみるか」

「合点です。どうもわっちは、あの清七といううすのろを装《よそお》った野郎が気に食わねえ。わざとあんなふうに見せかけて、存外悪党かもしれませんぜ」

「待て。おめえがやるよりも、おれが直々《じきじき》に訊いてみよう。こっちに呼んでくれ」

「親分直々の調べにこしたことはねえ。すぐ引張ってきます」

清七は、やがて弥作に伴われて平造の前におどおどしながら現われた。平造は、ほかの傭人《やといにん》の眼につかないように、彼をそっと蔵の陰に引入れた。

清七は、初めから目玉をきょろきょろと動かし不安そうに平造の前にうずくまった。

「清七さん、おめえ、昨夜、お露さんに岩吉さんが表に待っていると云ったそうだな？」

いきなり核心にふれられて清七は蒼い顔をさらに蒼くした。

「へえ……」

「へえじゃ分らねえ。こっちはお露さんから聞いているのだ。匿《かく》さずに云ってくれ」

清七は小皺《こじわ》の寄った目尻に泪《なみだ》を溜めた。

「親分さん、まさかわたしが疑われてるんじゃございますまいね？」

「何を云うんだ。いきなり人を疑やしねえ。一応事情を聴くのがおいらの商売だ。それとも、おめえは疑われても仕様のないことをしたのかえ？」

「いいえ、そういうわけじゃございません。お露さんが云ったなら仕方がありませんが、たしかにわたしは岩吉さんに頼まれて、表で待っているから、そっちに出てくるようにとお露さんに云いました」

「それで、岩吉が居ねえのでお露さんがさんざん探し、そのあとおめえも探しに出たわけだな？」

「へえ」

「それを頼んだのは岩吉じゃあるめえ。ほかの者がお露さんにそう云ってくれとおめえに云ったはずだ。死人に口無しと思って、岩吉が云ったことにするのは拙《まず》かろうぜ」

「へえ……」

清七は身体を慄わしていた。

「やい、見え透いた嘘をつくと承知しねえぞ」

と、横から弥作が気合を入れた。

「親分がおとなしくお尋ねになってるのをいい気に取っていると、とんでもねえぜ。おめえのような野郎は、ちっとばかり痛え目に遭わせねえと咽喉《のど》の穴があかねえようだな」

清七は弥作におどかされて縮《ちぢ》み上った。

「まあ、そうがみがみ云うな。なあ、清七さん、本当は誰がおめえにそう云わせたのだ？　亥助かえ、それとも半蔵かえ？」

「………」

「うむ、おめえ、黙ってるところをみりゃ、ただの義理だけじゃねえようだな。おめえ、いくらか貰《もら》ったな？」

清七がはっとしたように肩をぶるんと慄わせた。

「金を貰っていりゃ下手人と同罪だぜ。つまらねえ義理立てをしねえで、正直に吐いたらどうだ。自分の身が可愛ければ、そのほうがためだろうぜ」

清七は首をうなだれた。

「親分さん、嘘を云って済みませんでした。ご推察の通り、わっちは亥助さんから、そのことを頼まれました」

「やっぱり亥助か。それに間違いねえだろうな？」

「はい、もう決して間違いはありません」

「それで、亥助からいくら貰った？」

「へえ……」

清七はためらっていたが、

「二分《ぶ》です」

「たった二分か。おめえ、その二分で危なく首が飛ぶところだったぜ」

「親分さん、わっちはただそう頼まれただけです。何にも訳は分りません。どうぞ、ご慈悲を願います」

「それが正直なら、おれにも考えはある」

「どうぞ、助けておくんなさい」

「そいじゃ訊くが、お露さんには婿になる亥助も半蔵も惚れていたな？　おめえ、今度のことだけでなくて、亥助からときどき金を貰ってはお露さんを亥助に会わせるように細工をしたこともあるだろう？」

「はい。こうなっては一切を申します。ときどき、亥助さんが一人でいるところにお露さんを呼んでくるように頼まれたことがあります。けど、肝腎《かんじん》のお露さんのほうで婿になるはずの亥助さんの云うことを聞かないので、いつもしくじりでした」

「おめえ、岩吉とお露さんがいい仲になっていたのを知っていたかえ？」

「うすうすは知っていました」

「うすうすか。土蔵の中で両人《ふたり》が逢っていたのは気づいていたか？」

「いいえ。それは知りません」

平造はじっと清七の顔を見ていたが、

「おめえもお露さんに惚れていたな？」

と笑いかけた。

「えっ」

清七の顔は見る間に赧くなった。

「どうも清七も臭いようですね」

と、清七を去らせてから弥作は平造に云った。

「うむ、ちっとばかりおかしなところもあるが、まあ、いま云ったことに嘘はねえようだな」

「それに亥助に頼まれたというのもどうだか分りませんぜ。親分が図星を指したように、清七も負けずにお露に惚れていた。ああいう野郎はほかの三人と太刀打ちできねえから、お人よしのように見せかけて、案外陰でこそこそと策略をめぐらしていたかも分りません」

「まあ、清七もすっかり白くなったわけじゃねえ。野郎が逃げねえように十分に見張ってくれ」

「合点です」

このとき別な子分の亀吉が走りこんできた。亀吉はほかの子分といっしょに、逃げた亥助の探索にかかっていた。

「親分、えらいことになりましたぜ」

亀吉は駆けてきたのか、荒い息を吐いて云った。

「亀吉か。どうした？」

平造は訊いた。

「やっと亥助が分りました」

「なに、分った？　どこで捕まえた？」

「捕まえたんじゃありません。亥助の野郎は土左衛門となって乞食橋の下から浮いてきました」

七

平造が乞食橋へ走って行くと、もう亥助の死骸は堀から揚げられていた。この狭い堀は備前屋の裏を流れてお城の濠《ほり》につながっている。

立っているヤジ馬を押し分けて入ると、子分の一人が平造を迎えた。

「親分、たった今、仏を揚げたばかりです」

「うむ」

平造がかけた莚《むしろ》のはしをめくると、若い男が蒼ぶくれになってこと切れていた。

頭から顔にかけて泥水が真黒に付いている。

そこに、急を聞いて駆けつけてきた備前屋の女中が怖ろしそうに立竦《たちすく》んでいた。

「これは亥助に違いないかえ？」

と平造は女中に云った。

「はい……亥助さんに間違いありません」

と女中は慄えながらうなずいた。

平造は、今度は莚を全部めくって仔細《しさい》に死骸の身体を調べた。別に創傷《きず》はない。手足の皮が剝けているが、血は滲《にじ》んでいなかった。多分、この堀に落ちたとき何か当って傷がついたものであろう。が、刃物の疵《きず》もなければ棍棒《こんぼう》で叩いたような痕もない。頸を絞めた様子もなかった。

平造は、子分の一人を八丁堀に走らせ同心の河村に来てもらうように伝え、現場の警戒は町内の者に頼んで、また備前屋に引返した。

備前屋の主人庄兵衛はおろおろして平造の顔を眺め、

「亥助が死骸になって川に浮いていたそうでございますね」

と、真蒼になっていた。

「お気の毒だが、旦那、おめえの決めたお婿さんも、何だか知らねえが川にはまったようですね」

「いま報らせを受けて仰天《ぎょうてん》しているところです。亥助は誰に川へ突落されたのでしょうか？」

「突落されたか、自分で身投げしたか、まだ分りません」

「親分さん、わたしは訳が分らなくなりました。いっぺんに番頭や手代三人がこんな情ない有様になって、誰か備前屋を恨《うら》む者の仕業《しわざ》でしょうか？」

と、さすがの老主人も取乱していた。

「お露が可哀想です。昨夜、みんなの前で婿の披露をしたばっかりなのに……」

と、お露の母親も嘆いている。この両親は、お露と岩吉とが出来合っていたことは全く知っていなかった。平造も気の毒になって、今はそれ以上のことが云えなかった。

平造は、備前屋の夫婦を相手にしても仕方がないので、

「旦那、どこか静かな部屋を貸しておくんなさい。どうも、こう糸がこんぐらかってはひとりで考えてみてえのでね」

と云うと、

「へえ、それなら、茶室でもどこでもお使い下さいまし」

「茶室なんざこっちの性に合わねえ。かえって落着かなくて考えがまとまる段じゃねえ。もっと粗末な部屋はありませんかえ？」

「それなら、親分がお差支えなかったら、二階の半蔵や岩吉が寝ていた部屋がございます」

「そうだな。じゃ、ちょいとそこを借りますよ」

と、平造は夫婦の傍らから離れた。

二階に上ろうとしているところで、子分の弥作とまたばったり顔を合わした。

「親分、こいつはいよいよ訳が分らなくなりましたね。まさか亥助が堀にはまって死んでいようとは思いませんでした」

「うむ、おれも同じことだ」

「亥助の野郎は逃げたとばかり思っていましたのに、親分、亥助は誰に堀へ突落されたんでしょうか？」

「おめえの云うようなことを、いま、この家の主人に訊かれたばかりだ。亥助を突落すとすると、誰がいる？」

「へえ、そうですね、岩吉は蔵の中で絞め殺されているし、半蔵は穴の中に首を突込まれて殺されているし、どうも面妖です。まさか清七じゃねえでしょうね？」

「清七にはそんな知恵はねえ。それに、仮りに企んだとしても、清七ひとりで三人も殺せるわけはねえ」

「じゃ、どうなんでしょう？　まさか、この家以外の人間が入って三人をばたばた殺したというわけじゃねえでしょうな？」

「天狗でも舞い込んできたのかもしれねえな」

「え？」

「弥作、そう横から煩《うるさ》く云わねえで、ちっとばかりおれにもひとりで考えさしてくれ」

「へえ」

平造は二階に上った。前に半蔵、亥助、岩吉、清七といった番頭、手代の寝ていた部屋を見ているので勝手は分っている。平造は、つい足を亥助の部屋に入れた。

彼は裏の障子《しょうじ》を閉めて、つくねんとそこに坐った。部屋の中は何の飾りもない。独り者の男が寝起きしているにふさわしい殺風景さだった。階下では人の騒ぐ声がしている。亥助の死骸が運び込まれたのかもしれなかった。

だが、平造はそれを見に行こうともせず、腕組みをした。

もし、亥助が誰かに堀へ突落されたとしたら、下手人は誰だろうか。その下手人が岩吉や半蔵殺しの下手人とも云えなくはない。

今までは、お露と岩吉との間を嫉妬した亥助が岩吉を土蔵に襲撃して頸を絞めたものと思っていた。だからこそ亥助が清七を使ってお露が蔵にくるのを遅れさせたのだ。

ここまでは筋道が通っている。分らないのは半蔵が掘った穴に首を突込まれていることだった。なぜ、亥助は半蔵まで殺す必要があったのだろうか。岩吉殺しを見られてその口を塞《ふさ》ぐために半蔵を殺したとしても穴を掘るというような手間のかかるやり方がおかしい。いやおかしいといえば半蔵は力が強い。亥助のほうが弱いのだ。その弱い亥助が半蔵をあんな目に遭わすことはできない。

さらに、仮りに亥助が土蔵で岩吉を絞め殺すのを半蔵に見られたとしても、彼まで殺《あや》める必要はなさそうだ。金でもやって口を塞げば済むだろう。

いやいや、亥助はあとの祟《たた》りを怖れたのかもしれぬ。半蔵もお露に気があった。もし、亥助が岩吉を絞め殺したのを半蔵に知られていれば、半蔵からあとあとどんな難題を吹っかけられるか分らない。その後難を怖れて亥助は半蔵を殺したのかもしれぬ。

だが、そうだとすると、力の弱い亥助がなぜ半蔵を殺し得たのか。考えはまた元に戻って、思案は堂々めぐりするばかりだった。

（やっぱり弥作の云うように清七がおかしいかな）

そこまで迷ってみたが、どうも、それではぴんとこない。清七にそれほどの芸当はできないと思われる。彼が亥助に頼まれてお露を蔵の中に行かせないようにしたのも、清七の嘘や細工とは思われないのである。

蔵の中で岩吉を絞めたと思われる亥助は、誰かの手で堀に突落された。だが、彼を堀に突落せそうな者はほかに居ない。力の強い半蔵は掘った穴にのめって窒息死しているのだ。これも誰の仕業《しわざ》か分らぬ。

こうなると、弥作に冗談で云ったように天狗の仕業ということにもなりかねなかった。

考えあぐねた平造は、ごろりと畳の上に横たわった。肘枕《ひじまくら》をして天井《てんじよう》を眺めると、その天井には最近、煤《すす》が掃かれたあとがあった。独り身の男の部屋だから、ろくに掃除もしていないのに、天井の煤だけは除《の》けられている。それも極く近い日である。部屋の中は何となく黴臭《かびくさ》かった。平造は、閉めた障子をあけて少し風を入れようかと思った。その途端に匂いは黴臭いだけではなく、魚の匂いが混っているのに気づいた。生魚ではなく、煮つけの匂いだ。

平造は、その魚の匂いで女中が云ったことを思い出した。魚を煮た汁が亥助の部屋にも半蔵の部屋にもこぼれていて、それをきれいに拭いたという言葉だ。

昨夜は報恩講で、番頭や手代一同には精進料理が出た。亥助と半蔵は、口直しにこっそり魚を買ってきて食べたのかもしれぬ。それは内密だから台所の女中にも云いつけていなかったのは、女中たちがそれを煮なかったことでも分る。ただ、今朝になって魚を煮た鍋を取片付け、その鍋を洗っただけである。

平造は腹匍《はらば》いになって、畳を舐めるように匂いを嗅いだ。たしかに魚の匂いだ。今朝もそれは嗅いでいる。

彼は亥助の部屋を出て半蔵の部屋に行った。やはり今朝たしかめた通り、畳にはその同じ匂いが残っている。

昨夜、半蔵と亥助が魚をこっそり食べたことは分るが、一体、誰がその魚を買ってきたのか。女中は知っていない。

すると、平造の記憶には主人庄兵衛の述べた言葉が蘇った。

(わたくしは午前《ひるまえ》に浅草の竜玄寺に詣って、遅くまで法要の席に連なっておりました。そのとき、亥助と、勘吉という十六になる丁稚とを供に連れていたのですが、亥助は途中から浅草橋の山城屋さんに掛取りに回りました)

寺詣りから戻る途中、亥助だけは庄兵衛と離れて掛取りに回っている。魚は亥助が買ってきたのである。——

八

「お話はこれまでです」

岡っ引の平造は、冷えた茶を飲んだ。

「さあ、分らねえ」

と首をひねったのが小男の戯作者《げさくしゃ》柴亭魚仙《さいていぎょせん》である。魚仙は、神田松枝町に住む惣兵衛という御用聞から捕物の話を聞いたのが病みつきとなり、惣兵衛の紹介で平造のところにも来たのである。

「親分がたは、いつも話のいいところで中休みをして気を持たせますねえ。惣兵衛親分にもそういう癖がありましたよ。どうも、よくねえ癖だ」

柴亭魚仙は、膝《ひざ》の扇をぱちぱちさせて口を尖らせた。

「べつに、気をもたせるわけじゃありませんが、下手な長談義をいつまでもつづけていても仕方がありません。このへんで、さっと片づけたいと思います」

平造は笑った。

「片づけるのは構わねえが、どうもちっとばかり面妖なんでね。亥助が水死したのは、まさか自分で身を投げたんじゃねえでしょうね？」

魚仙は訊いた。

「投身ではありません。これは濠に投げこまれたんですよ。亥助は泳ぎのできねえ金槌《かなづち》でした。場所は、備前屋の裏です。あすこは下がすぐ濠になっていて、夜中の退《ひ》き潮のときに、溺れ死んだ亥助の死体が乞食橋の下まで持ってゆかれたのです」

平造は話した。

「じゃ、いったい、誰が亥助を濠に投げこんだのです？」

「それは、半蔵です」

「やっぱり半蔵ですか。半蔵は力が強いという話でしたな。すると、蔵の中にお露を待っていた手代の岩吉を絞めたのも半蔵ですかえ？」

「そうです。それも半蔵のしわざです」

「やっぱりね。半蔵はお露に惚れていた。それで、岩吉がお露と媾曳《あいびき》するのが面白くねえ。それと、この男も、岩吉さえ殺してしまえばお露は自分のほうに靡《なび》くかもしれねえと思ったのでしょうなあ？」

「では、半蔵が亥助を殺したのはどういうことだと思います？」

「これは、親分、やっぱり亥助を亡き者にすれば、備前屋の財産が転がりこんでくると思ったからでしょう。つまり、色と欲というやつでげす」

「なるほど。すると、その半蔵は誰の手で穴の中に首を突っ込まれ、鼻の穴に土を詰められて殺されたんでしょうね？」

「さあ、そこからが分らねえ。その半蔵を殺したのは誰ですかえ？」

「あなたはどう思います？」

「そうですな、臭いといえば清七でげしょう。清七は、ちょっと見てぼんやりした手代だが、えてしてそういう奴に腹黒い人間がおりやすからな。どうも、お露さんを蔵の中に行かせないように止めたり、小細工をやっているところは臭いです。あれだって本当に亥助から頼まれてしたのかどうか分ったものじゃないでしょう？」

「わたしも初めはそう思いました。清七が臭いというのは、子分の弥作もさかんに云っておりましたからね。それに、お露さんが穴の中に倒れている具合がどうも合点がいかねえ。もしかすると、この一件にはお露も一枚嚙んでいるんじゃねえかと疑ったくらいです。……ですが、清七も、お露さんも一切関係のないことが分りましたよ」

「さあ、分らねえ」

戯作者の魚仙は頭をかしげた。

「じゃ、よそから忍びこんだ人間はねえんですね？」

「ありません。岩吉と亥助を半蔵が殺したのだから、この二人が半蔵殺しの下手人ということもありません」

「まさか天狗のしわざじゃねえでしょうな？」

「天狗じゃありませんよ。天狗は空を翔《か》け回りますが、下手人は海の中を泳いでいる奴です」

「おっと、……魚？」

魚仙が眼をむいた。

「そうです、そうです」

平造は話した。

「わたしもうかつでした。地に穴が掘ってあったので、てっきり、下手人は半蔵を土の中に首を突っ込ませて殺したあとで死骸を埋めるつもりだったと解釈していたのです。そればかりが頭にあったものだから、地面に穴を掘る効用のことにさっぱり気がつかなかったのです。それというのが、亥助の部屋に入って寝転がっているとき、天井の煤《すす》が掃除されてあるのを見ました。独り暮しの部屋は乱雑でしたが、頓馬《とんま》そこだけはきれいになっている。……そこではっと気がつけばいいんですが、だからまだ分らなかったんですね。そのうち畳に沁みこんだ魚の匂いを嗅いでから、やっと天井の煤の謎が解けましたよ」

と、魚仙が手を拍《う》った。

「そいつは河豚《ふぐ》だ！」

「そうです。河豚です。しかも、その河豚は、昼間主人と浅草の寺詣りに行った亥助が、これから掛取りに行くと云って買ってきている。つまり、亥助が河豚をこっそりと煮て、そいつを半蔵に食わしたわけです」

「では、穴を掘ったのは亥助ですかえ？」

「亥助は自分ではあまり食ってねえから、そんなことをする必要はありません。ただ、彼は用心深く、自分の部屋で河豚をついた。そのとき、天井の煤が河豚に落ちては中毒《あた》るということを聞いているので、まず煤掃きをしたわけですね」

「なるほど、亥助はどうして自分で食わなければならなかったのですかえ？」

「まず敵を安心させるためには自分が毒試《どくみ》をするという手ですな。むろん、それが河豚とは云っていません。ほかの魚と混ぜて、その煮鍋を半蔵の部屋に持って行ったのです。半蔵は何も知らねえから、精進料理のあとではあるし、うまそうに酒の肴《さかな》に全部食べてしまいました」

「おっと、親分、どうも話が飛んでいるようだ。その前に岩吉の一件がありますぜ」

「そうでしたね。亥助は知恵の回る奴で、自分がお露を女房にしたあと、岩吉をそのままにしておいては具合が悪いと思ったのでしょうね。こいつはなにも嫉妬からだけじゃありません。亥助にしてみれば、自分は養子になるのですから立場が弱い。無理にお露と一緒になっても、岩吉が同じ屋根の下にいる限り安心ができないわけです。そこで、半蔵と語らって岩吉を蔵の中で殺すようにしたのです」

「それは、やっぱり、岩吉が蔵の中で待っているときですか？」

「蔵の鍵は岩吉が持っていましたが、岩吉はお露がくるものと思って戸を開けたままにしておいて待っていたのです。そこに半蔵が忍び込んで、いきなり岩吉の頸を絞めたというわけです」

「その半蔵が蔵に入っている間、亥助はお露が蔵にこないように、清七を使って岩吉が表で待っているように云わせたのですね？」

「そうです。お露はそれを本気にして、つい蔵の中に行くのが遅れたばっかりに岩吉が絞め殺されることになったのです」

「その半蔵が亥助を濠の中に投げ込んだのは、そのあとの仲間割れですかえ？」

「さあ、そこが面白いのです。仲間割れといえば仲間割れですが、決して喧嘩をしたわけではありません」

「はてね？」

「つまり、こうです。半蔵は岩吉を殺したが、今度は婿になる亥助をついでに片付けようと思い立ったわけですな。そうすれば、備前屋の財産は自分のものになる。お露も靡くかもしれぬ。あなたの云うように、色と欲とをいっぺんに狙《ねら》ったわけです」

「その河豚を半蔵が食ったのは、岩吉を殺したすぐ後ですか？」

「そうです。半蔵が岩吉を殺して部屋に戻ってくる。そこに河豚を煮て待っていた亥助が鍋を運び、ご馳走《ちそう》したというわけです。すると、頃合を見計らい、かねて亥助を殺すつもりの半蔵が、岩吉の様子を見ようとか何とか云って、裏に亥助を誘い出したのでしょう。そして、頃合を見計らい、泳ぎのできない亥助を裏から濠に向けて投げこんだわけです。なにしろ、半蔵は力が強いものだから、亥助もかなわなかったわけです」

「それから？」

「それから、半蔵はまた自分の部屋に戻って酒を飲んでいるうちに指の先に痺《しび》れが来たのですな。奴は、初めて食ってる魚が河豚だと気がついたのでしょう。彼は河豚に中毒《あて》られたときの手当を知っていました。それは穴を掘って自分が中に入り、首だけを地面から出していることです。そうすると、奇妙に河豚の中毒が解け、痺れが癒るそうです……」

「それはわたしも聞いておりやす」

「半蔵はその方法を取った。ところが、穴を完全に掘り終らないうちに全身に毒が回り、動けなくなって、そのままてめえの掘った穴の中にどさりと倒れたのです。その倒れ方が首からさかさまに突っ込んだものだから、恰度、知らねえ者には、ほかの人間にうしろから掘ったばかりの柔らかい土の中に顔を突っ込まされたように見えたのです。いや、わたしも、大失敗《おおしくじり》でしたよ」

「するてえと、この一件は、下手人は死んで、生きた人間の縄つきは出なかったというのですね」

「そうです。いや、生きた人間を縛るのは、商売といっても、いつもいやなものです。この一件で一番悪党は、知恵の回る亥助でしょうね」

「お露さんの倒れ方が夜明までというように長かったのは、どういうことです?」

「あれですか。お露さんは、蔵の前に行ったのですが、今も云う通り、亥助を殺した半蔵が外から錠をかけたものだから中に入ることができない。それで、お露さんは何度も心配して、様子を見に蔵の前に行ったのです。穴の中に半蔵が倒れているのを見ているものだから、てっきり岩吉が殺《や》ったものと早合点してよけいに心配したのですね。そこで、岩吉を庇《かば》うあまり、自分も夜中に起きてその穴の中に落ち、岩吉の証跡をごまかそうとしたのです。……いや、女の一念からの邪魔には、われわれも、ときどき迷わされますよ」

女義太夫

一

「ああ疲れた」

と、女は舞台から楽屋に戻るなり紫ぼかしの肩衣《かたぎぬ》を脱ぎかけた。

客席のざわめきがまだつづいていた。この寄席《よせ》は女義太夫がトリだったので、竹本巴之助《たけもともえのすけ》への喝采《かっさい》と、木戸口に出る客の足音とが、狭い小屋の中にひびいていた。

巴之助は、付人《つきびと》お梅に肩衣をはずさせ、袴《はかま》の紐《ひも》を解かせた。高座を引立たせるため厚化粧した白い顔の中の、その結上《ゆいあ》げた髪と同じような黒い眼は半閉じになっていた。飾りの付いた簪《かんざし》もお梅がはずした。

「太夫」

と、この寄席の番頭をしている藤吉が云った。

「今夜の出来は、また一段と冴《さ》えていたぜ。何度聞いても、太夫の声と節回しは惚れ惚れしますよ」

「そりゃそうですよ、藤吉さん。出しものが十八番《おはこ》のおさん茂兵衛《もへえ》ですからね」

「客席もしんとなっていました。あれじゃ、さすがの竹本秀勇も顔色なしというところでさア」

「ふん、秀勇さんかね。あの人に芸ってものがあるのかね？　ただ年が若くて子供みたいな顔をしているというだけじゃないか。太夫の磨きこんだ芸にかなうものですか」

肩衣をたたんでいるお秋が口を尖らして云った。

「そりゃ、まあ、そうだが」

藤吉は逆らわずにうなずいた。

天保《てんぽう》十二年、水野越前守《えちぜんのかみ》の改革で、女義太夫も手鎖《てぐさり》の者を三十六人も出して席亭の灯も消えたが、代が替って阿部伊勢守《いせのかみ》が政権の座に坐ると、政令を緩めたので芸事の世界はまた復活した。三座の芝居の太鼓も景気よく鳴った。深川や柳橋などのお茶屋も灯が明るさをとり戻した。向両国《むこうりょうごく》の掛小屋も、並茶屋《ならびぢゃや》の呼びこみの声も高くなった。女義太夫も生気を蘇《よみがえ》らせ、弘化《こうか》二年になると改革以前の二百人近い数にふえていた。

その中でいま人気があるのは、竹本巴之助と竹本秀勇だった。二人はとかく人から較べられがちだった。巴之助は二十四になるが、秀勇はまだ二十歳《はたち》前だった。お秋が云う通り、秀勇は年が若いだけに肩衣をつけて見台《けんだい》の前に坐った姿はとんと人形のようだと、客の人気を集めていた。芸も年のわりに決して悪くはなかった。

しかし、多少年上だが、巴之助も悪い器量ではなかった。芸の点では巴之助のほうがずっと上だったが、女義太夫の世界では芸よりもとかく器量が人気の要素となった。巴之助は、あとからその若さで自分を追ってきている秀勇を、表面では問題にしていない風にみえたが、内心では競争相手と考えていた。それは秀勇の噂が出ると、巴之助の二重瞼《ふたえまぶた》の縁《ふち》に仄《ほの》かな血が上ることでも分った。

いま藤吉が秀勇の話を持出したので、せっかくの出来に陶酔している巴之助の機嫌を悪くするのではないかと、お梅はそっと彼女の顔を窺《うかが》ったが、その声が聞えなかったように、巴之助の唇の端に微笑が漂っていた。お梅は太夫の今夜の気持が分っていた。

そこに表方に連れられて三十二、三くらいの男が入ってきた。

「今晩は、太夫さん」

それは米問屋の伊勢屋の番頭だった。

「おや、番頭さん」

と、みなはあわてて、とり散らかしたその辺を片付けた。

「どうぞお構いなく。太夫、今夜も評判がよくておめでとうございます」

巴之助は、お秋に手伝わせて化粧を落させていたが、

「伊助さん、いつもお世話になります」

と、坐ったまま頭を下げた。

「ところで、主人の重兵衛が、今夜はぜひ太夫に酒をつき合っていただきたいと、いま柳橋で待っております。あんまりお手間は取らせませんから、ほんのちょっとだけ顔を出していただけませんか」

番頭の伊助は頼みこんだ。番頭の主人伊勢屋重兵衛は巴之助の贔屓客《ひいききやく》で、これまで何度も酒の席に彼女を誘っていた。祝儀《しゆうぎ》もたびたび寄席に届けてきている。巴之助の贔屓客の中では一番熱心で、金も切れた。

お梅が巴之助の顔色を窺うと、果して伊助の申し出に彼女の表情は曇った。

「番頭さん、すみませんが、今夜は少し疲れているので失礼させていただきます。

伊勢屋の旦那によろしく云って下さいな」

「そうですか。でも、太夫、しつこいようだが、旦那も今夜は太夫に来てもらえると思って、仲間の者も二、三人呼び、愉《たの》しみにして待っております。お疲れは重々分っているが、そこを何とか聞き入れてもらえませんか」

お梅がその間に入った。

「もし、伊勢屋の番頭さん、ほんとに旦那には申し訳ありませんが、太夫の云う通り、この二、三日、身体が思うようではないのです。ここで夜更かしなどして酒を飲むと、咽喉《のど》に障《さわ》るかも分りません。出すぎたことを云うようですが、旦那には、もう二、三日、待っていただくようお願いして頂けませんかね」

「困りましたね」

と、使いに立った番頭は弱っていた。

伊勢屋重兵衛は前から巳之助に気があって、なんとか自分に靡《なび》かせようとしているのは、巳之助本人だけでなく、その下に付いている女たちにも分っていた。重兵衛は今年四十二の男盛りで、米問屋として羽振りもよい。柳橋にも深川にも女がいるが、重兵衛は前に巳之助の肩衣姿を寄席で見て以来、熱心に口説《くど》きはじめていた。祝儀のほかにも楽屋へ弁当や菓子の差入れをするなど、万端の心遣いに手ぬかりはなかった。

巴之助も重兵衛の席には五度誘われると二度は出ていた。女義太夫は人気商売だから、贔屓客にはむげに断われなかった。同じ義太夫仲間には芸よりその色香で売る女もいた。なかには売女と同じ行為をする者もいた。天保の水野の改革で検挙されたのは、そういう仲間だった。

だから、女義太夫を座敷に呼ぶ客のほとんどは、彼女らを芸者と同じにみていた。重兵衛もその一人で、彼は露骨に、巴之助が云うことを聞けば、大きな家を持たせて、月々の手当もうんとはずむと云っていた。

「ほんとに伊勢屋の旦那も太夫には熱を上げているようですね」

と、番頭が帰ったあと、お梅も、お秋も、小女のお雪も口を揃えて云った。

「太夫、いまの番頭さんが帰っても、また旦那が二度目の使いを寄越《よこ》すかもしれませんよ。早くここを出ましょう」

巴之助の胸を知っているお梅は云った。その声に促《うなが》されたように巴之助も急いで起ち上った。

「伊勢屋さんからお鮓《すし》が届いていますよ」

と、お雪が巴之助を見上げて云った。

「おまえたちで食べておくれ」

「ご馳走さま」

その声を待っていたように、女たちは体裁《ていさい》かまわず鮓鉢に手を出した。

「太夫は？」

「わたしはいいよ。帰ってお茶漬でも食べるからね」

巴之助の様子がそわそわしているのは、伊勢屋の二度目の使いをおそれているだけでなく、ほかに意味がありそうだったので、女たち三人は眼を交した。

「太夫、お帰りですか？」

と、寄席の裏口に三、四人の男が立っていた。

「お送りしましょう」

男たちの手には「竹本巴之助連中」という文字の入った提灯《ちょうちん》が握られていた。

贔屓客のなかには、寄席から自宅に帰る女義太夫をこうして送ってゆく奇特な者が多かった。

「みなさん、今晩は」

と、竹本巴之助は愛想よく云った。

「いつもすみませんね」

外に出ると、冷たい夜気が頬にふれた。空にはきれいな月が出ていた。

「もう亥《い》の子がくるぜ。寒いはずだ」

と、一人が衿首《えりもと》を直した。

月で白くなった路を、赤い提灯に守られて竹本巴之助は歩いた。お梅もそのあとに従った。傍《かたわ》らの家並の路地では、

「おいとこそうだよ。紺ののれんに伊勢屋と書いてだんよ。お梅は十六、十代伝わる……」と、この頃はやっている唄が聞えた。

伊勢屋という文句を聞いて、同じ名前のお梅が巴之助の傍らに擦り寄って小声で云った。

「太夫、このまま家に帰りますかえ?」

「そうね、こうして送っていただいているのだから、一応戸口までは戻らなくちゃ義理がすまないだろうね」

竹本巴之助は、少し迷惑そうに自分を取巻いている提灯の灯に眼を走らせた。

二

家の前まで送ってきてくれた連中を帰した巴之助が格子戸《こうしど》に手をかけると、中から小女のお粂《くめ》の顔が先に出てきた。

「お師匠さん」

と、彼女は巴之助に小声で云った。

「番町の旦那様が見えています」

巴之助は、あっといったように立竦《たちすく》んだ。

「いつから？」

「お師匠さんが寄席に出かけられてすぐ……」

それを聞いて巴之助の顔色は見る間に曇った。彼女は、いっそこのまま知らぬ顔をして駆け出したそうであった。

「わたしも、今夜はあちらのことがあるので、旦那にはよっぽど師匠の帰りが遅くなると云ったのですけれど、旦那は今夜泊るとおっしゃるんです」

巴之助の肩から一どきに力が抜けたようにみえた。

傍らのお梅が気を利かして、

「じゃ、太夫、わたしがひと走り向うに行って、三崎町には都合が悪くなったと云ってきましょうか？」

巴之助は、黙ってうなずいた。

もとより、狭い家のことである。奥ではこちらの物音を聞きつけたとみえ、年寄りの咳《しわぶき》が二、三度聞えた。

その咳に促されたように巴之助はのろのろと玄関を入って座敷に上った。今までの元気はどこにもなかった。師匠、お帰んなさい、と、お粂がわざとらしく大きな声を出した。

奥の六畳には、五十四、五の武士がやせた肩を竦めて長火鉢にしがみつくように坐っていた。

「お帰んなさい」

と、巴之助は膝をついた。

「うむ」

武士は微かに皺《しわ》の顔をうなずかせた。

この老人は、番町の七百石の旗本日下《くさか》数馬《かずま》の用人で小浪《こなみ》六右衛門《ろくえもん》といった。公《おおやけ》には内緒になっているが、六右衛門が巴之助の旦那のようになったのは三年前からだった。

両国の花火が済んで間もなく、巴之助は柳橋の或《あ》る武士ばかりの席に呼ばれた。彼らは歴々の旗本の用人ばかりで、当夜は主家同士の近い関係から懇談《こんだん》を兼ねての宴であった。その中に小浪六右衛門がいた。小浪は初めから巴之助に興味をみせ、一段短いものを語り終えた彼女に好意のある批評をし、祝儀も彼の提案で過分にくれた。

以来、巴之助は小浪六右衛門から一ヵ月に二度ぐらい呼び出された。六右衛門の忍び姿は巴之助の寄席にも現われ、遠慮そうに客の間に交ったりしていた。その頃の巴之助は今ほど人気が出なかったので、内証《ないしょ》も苦しかった。彼女は一年前に或る男と別れてなんとなく心に空隙《すきま》ができていたので、年寄りだが六右衛門の好意を素直に受入れることができたし、月々の手当も助かった。

六右衛門は巴之助とそういうことになってから、ずっと旦那のような存在になったが、それは屋敷に知られては困るという理由で、あくまで秘密にしていた。六右衛門の主人の日下数馬は焼火の間詰で、年もまだ若いので、自然と先代から仕えている六右衛門が後見役みたいなことになり、また家中一統を監督する立場になっていた。そんな六右衛門が女義太夫を囲っていると主家に分ると、なるほど、これは彼にとって一大事に違いなかった。

六右衛門は、月に二度ぐらい主家から暇を取って巴之助の家にきた。それも彼のほうから決めることで、絶対に屋敷には巴之助の使いの者も来てはいけない、と云い渡していた。だから、巴之助は何が起っても六右衛門に連絡することができず、たとえ病気になっても彼に報らせることはできなかった。

月に二度もここにくるのだから心配することはないと、六右衛門は常々巴之助に云った。だが、女のほうから考えると、これはいかにも寂《さび》しいことだ。もとより、愛情で結ばれてないにしても、いったん六右衛門を旦那に持ってからは、何かと彼を頼りにするようになる。それが自分のほうから何も連絡できないとなると、巴之助はつくづく日陰の身を思い知らされるのだった。むろん、それは初めから分りきったことだった。たとえ寄席で喝采《かっさい》を博しても、女義太夫は女義太夫である。とうてい普通の結婚は望むべくもなかった。六右衛門とそうなったのも割切った考えからなのだが、彼が自分の身分ばかり考えて巴之助との線を一方的に断ち切っているのは、やはり物足りなかった。

それでも、巴之助の胸に与吉《よきち》という男が忍びこまなかった前は、それもまだ我慢ができた。いや、むしろ月に二度この家にきてくれる六右衛門を待ち遠しく思っていた。だが、半年前からの巴之助は、六右衛門がくることをだんだんうとましく思うようになった。

今夜も与吉とよそで逢う約束になって胸をはずませていたのに、突然、六右衛門が家に来ていたのである。いつも予告がないので、六右衛門がくるのは不意だった。ただ、月の初めと終り頃にくる率が多かったので、与吉との約束も大丈夫と思って取交し、現にいま媾曳《あいびき》する宿に彼を待たしているのだが、これは思いがけないことになった。

与吉と逢えると思って寄席の舞台を降りたときから胸をはずませていたのに、六右衛門の姿をみて巴之助は一どきに元気を失った。万事を承知しているお梅が気を利かして、いま与吉の待っているところに断わりに行ったが、与吉が自分をなんと思うだろうかと考えると、巴之助はいよいよ憂鬱《ゆううつ》になってきた。

「いつお越しになりました？」

と、巴之助は年寄りの顔を見た。

「昏《く》れてからすぐに屋敷を出かけたのだ。お暇を二日ほど頂戴《ちょうだい》したでな。今夜はゆっくりいたすとする」

六右衛門は唇を突き出して豆煙管《まめぎせる》を火鉢の炭につけた。

六右衛門には妻子があった。だから、ここにくるのも何かと理由をつけて家をあけるのである。こちらから誰も訪ねてくるなという六右衛門の理由の一つには、妻子への手前もあった。

「寒くなったな」

と、六右衛門は肩を竦《すく》ませた。

「もうすぐ亥の子というからのう。わしも間もなく温石《おんじゃく》がいりそうじゃ」

六右衛門は皺《しわ》を寄せて笑ったが、巴之助の顔を見て、

「元気がないようだが、どうしたのか？」

と訊いた。

「いいえ、少し疲れておりますから」

「それはいかぬ。近ごろ、そちも何かと疲れがくるようじゃな。わしがくるたびにそちが疲れを口にするのは、この半年以来じゃな」

それを聞いて巴之助の胸ははっとなった。半年前から彼女が疲労を云い立てるのは、六右衛門と一緒にいるのが煩《わずら》わしくなってきたからだ。疲れを口実に、彼を寄せつけないのは、与吉への義理を守ろうとする気持からだった。だが、半年前か

らそうなったと六右衛門から明確に聞かされると、彼も様子の変なのに気づいていたかと、巴之助は自分の胸の中を見すかされたような気がした。

「用心に越したことはない」

と、六右衛門は黙っている女の顔をじろりと見て云った。

「旦那さまはお元気なようで……」

巴之助は、少しあわてて云った。

「うむ、おかげでわしは達者《たつしや》じゃ。なにしろ、お上がお年が若いのと、家中の者どもを引締めてゆかなければならないので気が張っている。人間、気持次第じゃ。……気持といえば、どうやら、そちも前とは少し異《ちが》ったようじゃ」

「疲れているからでございます」

「何かといえば疲れるという。気持がどこぞほかに散っているのではないか？」

巴之助はうろたえ、俯向いたまま首を振った。

「そんなことはございませぬ。ただ、芸事は一寸《ちつと》も怠《なま》けることができませぬゆえ、くたびれたのかもしれませぬ」

「身体に障るようなら、芸のほうもほどほどにするがよい」

六右衛門は云った。恰《あたか》も、義太夫のほうはやめて、その生活の全面を自分が見るような口吻《くちぶり》だった。だが、六右衛門はそれほど多額の金を彼女に呉れているわけではなかった。もともと、旗本の用人だから収入の高も知れていた。その中から工面して月々の手当を運んでくるのだから、それ以上を期待するほうが無理である。しかし、六右衛門は、そのような額で万事が済むくらいに思っている。芸人の入費がどのくらいかかるものか、この年寄りの用人に分るはずはなかった。巴之助も金のことを云うのが嫌なので、ついぞ、それを口に出したことはない。――

巴之助は、銅壺《どうこ》の湯を急須に移した。茶を淹《い》れて出すと、六右衛門はうまそうに一口すった。その音は、いかにも年寄りらしく耳に響いた。巴之助は、いまほかで自分を待っている与吉の若々しい横顔を思わず泛《うか》べた。そして、目の前に坐っている、この六右衛門と較べずにはいられなかった。

三

与吉は三崎町の畳問屋の息子だった。これも同業の集りの席に、巴之助が呼ばれて行ったとき知り合ったものである。

そのとき巴之助は、一段語り終ってから急に気分が悪くなった。彼女は別間に行って少し身体を休めた。そのとき容体《ようだい》を気遣《きづか》って入ってきたのが与吉だった。部屋は客部屋のあいたもので、巴之助は座蒲団を枕に横たわっていた。傍らでお梅が茶屋から借りた金盥《かなだらい》の水で太夫の頭を冷やしていた。

「気分は少しはよくなったかえ？」

と、与吉は心配そうに訊いた。その夜の世話役が与吉で、巴之助を呼んだのも彼の発案からだった。それだけに与吉は巴之助に責任を感じていた。

巴之助は、そこで小半刻《こはんとき》ばかり休んで起き上ったが、与吉は親切に駕籠を呼び、余分な祝儀を見舞の意味を含めてはずんでくれた。

その場はそれきりになったが、また別の席で、今度は客に招かれている与吉と出遇った。巴之助は語り終ると、客の前を回って盃を受けた。彼女は与吉のところに来て、先夜の礼を厚く述べた。そのとき二人の様子を友だちが囃《はや》し立てた。

与吉は畳職の仕事も習っていたが、それは跡を継ぐためのものだった。商人の息子でいながら、彼に職人と同じような淡泊な気っぷがあったのはそのためだった。旗本の用人の世話を受けている女には、それが最初からの魅力だった。次の機会から、与吉は寄席の客の中に交って巴之助の語りものを聞くようになった。楽屋にこそこないが、彼は巴之助に届けものなどした。

今年の花の便りがちらほらと聞える頃、巴之助は与吉と二人だけで逢う仲になっていた。

与吉は巴之助に溺《おぼ》れてきた。いなせな恰好《かっこう》はしているが、彼にはそういう初心《うぶ》なところがあった。前に男の道楽で苦労した巴之助も、彼に惹《ひ》かれて打込むようになった。

「わたしには旦那がいる」

と、巴之助が明かしたのもその頃である。隠してはいられなかった。

なるべく早く旦那と別れてくれと、与吉は云った。だが、与吉も、いますぐ六右衛門と別れる巴之助を引取ることはできなかった。彼はまだ親がかりの身で、金も行動も自分の気ままにならなかった。二人は来年の秋を楽しみに待つほかはなかった。そのころだと、与吉はあとをつぐ見通しがあった。

云っても仕方のないことだが、その旦那にはなるべく肌を与えないでくれと、与吉は頼んだ。若い彼にしてみれば、自分のほかに、知らない男の愛情を受けている巴之助を考えて、たまらないようだった。巴之助もそれは誓った。だが、その約束を実行するのは大そうむずかしいことだった。年寄りの六右衛門は巴之助のところにくるだけが楽しみのようだし、若い彼女の身体を執拗《しつよう》に求めた。不足がちとはいえ金で縛《しば》られている以上、巴之助はそれを強く拒絶する理由がなかった。三年も前からつづいている関係なのだ。

巴之助は、それでも、なるべく六右衛門の挑みを断わった。いろいろな口実がそこに作られた。身体の具合が悪いと云い、彼が来てもなるべく話をするだけに持ってゆくようにした。そのぶんだけ巴之助の心は与吉のほうに傾いて行くことになった。与吉は彼女より一つ年下だった。それで、巴之助は次第に六右衛門がこなくなるように祈った。

ところが、六右衛門のほうでは巴之助の様子にうすうす気づいたか、以前よりはここに来る回数が多くなった。月に二度だったものが四度にもなっていた。そのぶん六右衛門も、主家に対して無理な都合をしなければならないことは想像できた。そといって、六右衛門が与吉の存在を知るわけはなく、これは巴之助が何となく彼から身を躱《かわ》しているのを敏感にとった結果のようだった。

次の間から小女のお条が顔を出した。

「お師匠さん、お風呂が沸《わ》いています」

巴之助は六右衛門に云った。

「旦那、お風呂を召してはいかがです？」

「そうだな」

と、六右衛門は渋った。

「いや、今夜はよそう。明日の朝早くたててもらいたい。……おまえはどうだ？」

巳之助は楽屋で拭き残った白粉《おしろい》を落さねばならなかったが、いま与吉のところに行っているお梅が戻ってくるまでは風呂を使う気にもなれなかった。風呂に入っている間にお梅が戻ると困るのだった。

「いえ、わたしはもう少しあとにします」

「どうしてだ？」

「寄席から戻ったばかりでくたびれていますから」

「くたびれているからこそ、湯に入ったら癒《いえ》るというものだ。よし、今夜はわしがそちの肩や脚を揉《も》んでやろう」

これが半年前だったら、巳之助も彼の親切がうれしかったが、今ではそのしなびた老人の手にさわられるのがうとましいだけだった。雁《かり》の啼き声が聞えた。この辺の空は不忍池《しのばずのいけ》から飛び立った雁がよく遊びに通るところだった。心なしか、たまに外を通る駒下駄《こまげた》の音が冬のように冴えて聞えた。

「ぼつぼつ、わしは横にならせてもらおうか」

と、年寄りの六右衛門は、片方の肩を動かした。

「お条、お条、旦那のお床をとってあげておくれ」

お条が梯子段《はしごだん》を上った。六右衛門がくる夜だけ巴之助も二階に寝ることになっている。その巴之助は、天井に響くお条の床をのべる音をまた鬱《ふさ》いだ気持で聞いていた。それにしても、お梅の帰りは遅かった。きっと与吉がぐずぐず云っているのであろう。長く待って、その果てに巴之助がこないとなると、与吉の焦《じ》れようが想像できて、彼女は胸が痛んだ。

「お師匠さん、お床の用意ができました」

と、お条が階下《した》に降りて云った。

「じゃ、おまえは先に寝《やす》んでおくれ。あ、風呂の下の火は、わたしが始末するからね」

「はい。それでは、お寝みなさいまし」

お条は十六になるが、その大人《おとな》びた顔を六右衛門にも向けて、

「旦那さま、お先に寝ませていただきます」

と挨拶《あいさつ》した。

「うむ、世話になる」

お条が引っ込むと、二人の間はまた話の接ぎ穂を失った。いや、六右衛門のほうは何か問いたそうだったが、そのまま言葉を呑んで、所在なさそうに空咳《からぜき》をした。

そのとき表の戸があいた。

「ごめん下さい」

お梅の声と知って、お条が出ない前に巴之助は格子戸に出た。暗い外にはお梅が身を隠すように立っていた。

「旦那は、やっぱり見えておいででしたかえ」

と、お梅は小さく訊いた。巴之助は黙ってうなずき、与吉の返事を待った。

「与吉さんがいろいろと苦情を云って……」

と、お梅はささやいた。

やっぱりそうだったかと、巴之助は息を詰めた。できるなら、このまま与吉の待っているところに飛んで行きたかった。

「与吉さんには、こう云いました。太夫は舞台を降りてから疲れて、どうしても外に出るのが無理になりました。ですから、あと二、三日して太夫と逢って下さい。その段取は、わたしがまた使いに来ます、と云ったのです。それでも与吉さんの機嫌は悪く、おいらはもうここに小半刻も待っているぜ、そうか、太夫はとうとう家を抜けられなかったのか、と云いました」

家を抜けられなかったのか、という言葉は、与吉が今夜巴之助のところに旦那が来ていると察しての云い方だった。巴之助の胸はまた潰れた。

「わたしは与吉さんをいろいろ宥《なだ》めたんです」

と、お梅は報告した。

「でも、どうしてもご機嫌が直りません。与吉さんは、太夫に旦那が来ているなら仕方がない、おいらは諦めてこれから帰る、だが、どうも今夜は真直ぐには帰れそうもないな、と云っていました」

今夜は真直ぐに帰れそうもない？　――巴之助は、その言葉に与吉の気持をずんと重く受けとり、次には、やるせない気持になった与吉が、その憂《うさ》をどこで晴らすか心配になってきた。

「おまえ、与吉さんに真直ぐ家に帰るようにすすめてくれたかえ？」

と、巴之助は思わず訊いた。

「ええ、そりゃもう……でも、太夫、与吉さんも可哀想です。ほんとうに、あの人は太夫に一生懸命なんですから。太夫も与吉さんが好きなんでしょ。あ、これはつい野暮《やぼ》なことを口にしました。けど、今夜の与吉さんがあまり可哀想で……」

と、お梅は巳之助を見た。彼女の眼まで与吉に同情して巳之助を恨むようだった。

「でも、今夜はどうしようもない。……運が悪かった」

と、巳之助は溜息をついた。事実、どうにも方法はなかった。黙って出て行けば、それでなくとも近ごろ何かに感づいて足繁く来ている六右衛門に咎《とが》められる。

「師匠、番町の旦那は、明日もここに泊るんですか？」

と、お梅は訊いた。

「いいえ、明日の朝はもう帰ると云ってるけれど」

このとき、不意にうしろで六右衛門の声がした。

「お冬、そこで何をこそこそ話している？」

巳之助はぎくりとし、お梅は跳び上りそうになった。お冬というのが巳之助の本名だった。

「早くこっちにこい。それとも、そこにいる女は誰かの使いにでも来たのか？」

「いいえ」

と、巳之助はうろたえて、お梅に早く向うに行くように合図し、わざと声を大きくした。

「どうも、ご苦労さま。じゃ、掛金のほうは明日持って行くと云って下さい」

お梅は逃げるように去った。

巴之助が戻ると、六右衛門は梯子段の下に黒い影で立っていた。

「あの女は何の使いで来たのだ？」

「はい、頼母子《たのもし》講の話が持上がって、その集まりが明日になったそうです。それを報らせにきたのです」

「頼母子講か……今までついぞおまえから、そんな話は聞かなかったな」

と、六右衛門は巴之助の顔をじっと見据えていた。

四

頼母子講か、今までついぞおまえからそんな話は聞かなかったな、と六右衛門に云われて、巴之助はさすがにどきりとした。彼女は六右衛門に与吉との仲を見抜かれたような狼狽《ろうばい》を覚えたが、六右衛門がそれに気づくはずはないと思うと、騒ぐ胸を抑えて答えた。

「旦那さまには内緒にしていて済みません。つい、友だちづき合いに講に入るよう頼まれたものですから」

「今の女はお梅だな？」

六右衛門は、巴之助の身の周りの世話をしている女を知っていた。

「はい」

「それなら、なにもこそこそと外に呼び出して話すことはない。ここに入ってくればよいのだ」

「でも、旦那さまに頼母子講のことを内緒にしてあるので、入りにくかったのでしょう」

「そんなに金が要るのか？」

心なしか六右衛門の眼が光ったように思えた。

「いいえ、わたくしだって少しは溜めておかないと。……芸人というのはいつ廃《すた》れるか分りませんから。旦那さまだってわたくしを家に入れて下さるわけではないでしょ？」

六右衛門は黙った。

旗本日下数馬の用人である小浪六右衛門は、主家にも女房にも、巴之助を自分の女としているのを絶対に匿《かく》していた。彼が月々運んでくる手当も給金の中からだから、それほど多いとはいえない。巴之助がそこに不安を感じて、少しでも金を溜めておきたいという言葉には、彼も黙るよりほかはなかった。

しかし、それからの六右衛門はあまり機嫌がよくなかった。

「巴之助、おまえにいろいろと云い寄ってくる者はいないか？」

と、彼は訊いた。

「いいえ、そんな者がいるもんですか」

と、巴之助は笑った。

「女義太夫といえば卑しい稼業ですから、チヤホヤとは云ってくれても、誰も本気で相手にしようとする物好きはいません」

「そうかな？　わしにはどうもそうは考えられない。おまえほどの器量と芸を持っていれば、さぞかしいろいろと誘いがあると思っている」

どうやら六右衛門は、巴之助に云い寄ってくるのを金持の旦那くらいに想像しているようだった。巴之助は、今夜の座敷を断わった伊勢屋重兵衛の顔を思い泛べた。しかし、六右衛門が与吉のような若い男のことを考えていないのにほっとした。

その晩の六右衛門が巴之助の身体を求めるのは異様なくらいだった。彼はお梅の内緒の使いから、巴之助にぼんやりとした疑いを持ったようだが、それが五十五歳になるこの旗本の用人を巴之助の身体に狂わせた。彼は激しい呼吸《いき》遣いの中から、

「わしはおまえがどのように可愛いか分らぬ。もし、わしの気持を裏切るようなことがあったら、ただではおかぬぞ」

と、ささやいた。

だが、巴之助は、どのように六右衛門に激しく抱かれようとも、心も身体も少しも昂《たか》ぶってはこなかった。いや、今夜与吉を待ちぼうけさしたと思うと、気が滅入ってならなかった。与吉の失望を想像すると、申し訳なさに心が疼《うず》いた。彼女は六右衛門が自分の身体に狂えば狂うほど、気持は水のように冷たくなっていった。

そんなひと時がすぎて、六右衛門は巴之助の横に軽い鼾《いびき》をかきはじめた。ひとりにされたとき、巴之助は初めて解放感と安らぎを覚えた。いま横に寝ている六右衛門が与吉だったらと思うと、口惜しさと情けなさに襲われるのだった。

六右衛門に靡《なび》いたのは、結局、手もとが不如意《ふにょい》だったためである。あの頃からみると、今は彼女の芸の評判も立ち、自然と収入《みいり》もよくなっている。だから、いま、金だけのことなら六右衛門と別れてもそれほど困ることはなかったが、もう、三年もつづいているこの関係で、急に別れてくれとは、こちらからは切り出せなかった。困ったときに面倒をみてもらった恩義もある。それに、六右衛門はいよいよ彼女に愛着を覚え、もし、おまえを失ったら、おれは生きている甲斐《かい》がないなどと云っていた。それは普通の男の口説とは違い、すでに老境に入っている六右衛門には実際の心情だった。

しかし、所詮は六右衛門の家に迎え入れられる身ではなかった。いつまでも日陰の身である。そこへゆくと与吉は、必ず巴之助を女房にすると云った。わたしはおまえが芸人であろうと少しも構わない。もし親が反対しても必ず説き伏せる、万一どうしても駄目だという場合は駈落してもいい、とまで云った。

与吉は道楽をしていなかったので、その云うことにも誠実さが溢れていた。巴之助は、六右衛門の世話になるようになった三年前にどうして与吉が現われなかったのかと、詮ないことを恨んだりした。

巴之助はいつまでも眼が冴えていた。横の六右衛門は久しぶりに女のところに泊った安心からか、相変らず寝息を立てている。すると、暗い天井をみつめている巴之助の耳が、家のぐるりを回っている草履《ぞうり》の微かな音を聞いた。

巴之助はどきんとした。草履の音はときどき熄《や》んだが、明らかにこの家の周囲を歩き回っているのだった。彼女はそれを泥棒とは思わなかった。与吉が歩いているような気がしてならなかった。

与吉は今夜上野の出合茶屋でさんざん待たされたうえ、お梅の報らせでむなしく引揚げている。だが、若い彼は、そんなことで巴之助と逢うのを諦め切れなかったに違いない。巴之助も与吉には六右衛門がいることを明かしているので、それは与吉も納得している。早く六右衛門と手を切って自分と一緒になってくれ、というのが彼の頼みだった。ただ、巴之助のほうで六右衛門の熱情があまりにも激しいので、いつも、云いそびれているのだった。

だから、巴之助は自分の優柔不断を自分で責めていた。そのうち時機があったらと思いながら、未だに口に出せないで六右衛門とここまでずるずるきている。

与吉は、おそらく、お梅から今夜は六右衛門が来ていると聞かされて、そんなら仕方がねえ、とお梅の前は笑ったのだろうが、心は納まらないに違いない。自分の好きな女が、納得ずくとはいえ、ほかの男に抱かれていると思うと、若い彼の血は騒いでいるに違いなかった。

巴之助は草履の音が気になって、そっと身体を寝床から起しかけた。

すると、途端に寝息を立てていたはずの六右衛門がふいに、

「どこに行くのだ?」

と声を出した。

巴之助は胸を衝《つ》かれて、また身体を横たえた。忍びやかな草履の音はやはりつづ

いた。

六右衛門の眼が光って、むくりと起き上った。

「どこにいらっしゃいます？」

と、今度は巴之助が息をはずませて訊いた。

「小用じゃ」

巴之助は止めるすべもなくおろおろしていると、六右衛門のわざとらしい高い足音が厠《かわや》のほうへ向った。外の草履の音はすぐに消えた。帰ってきた六右衛門は巴之助の傍らに寝ると、

「この辺は不用心のようじゃな」

と、一言云った。

「莨《たばこ》をくれ」

巴之助は枕もとの煙管《きせる》を取って、莨盆の灰の下から火をつけた。一口吸って渡すと、六右衛門はむっつりとしたままでしばらく煙を吐いていた。巴之助の動悸はやまなかった。彼女は六右衛門に外の男のことが気取《けど》られたかどうかが心配でならなかった。

六右衛門は急に煙管を枕の向うに投げ出すと、何を思ったか、巴之助の手を固く

握り締めた。指の骨が潰れるくらい強い力だった。

五

巴之助が、与吉と不忍池の近くの出合茶屋で逢ったとき、

「この前は旦那が来たのだって？」

と、微笑して訊いた。だが、その笑いには歪みがあった。

「すみませんでした」

と、巴之助は与吉の膝に手をかけて謝った。

「あいにくとあちらが来たので、どうしても抜けられなかったんです」

「そうだろうな、仕方がねえ」

と、与吉は巴之助がかけた手を膝から放した。

「おれのほうはあとから出て来たのだ。これは、旦那がくれば、引き退るほかはない」

巴之助は与吉の皮肉にどう答えていいか分らなかった。与吉がいつになく手を邪《じゃ》慳《けん》にはずしたのも切なかった。

「だが、お梅からそのことを聞いたとき、おれの気落ちはどうしようもなかったぜ。おめえが今くるか今くるかと、やきもきしながら楽しんで待っていた矢先だ。気持のやり場がなかった」

与吉は、そのときの悲憤《ひふん》を思い出したように激しい口調で云った。

「すみません。どんなにでも謝ります。堪忍《かんにん》しておくんなさい」

巴之助は畳の上につっ伏した。しかし、与吉はいつまで経ってもその肩に手を当てようとはしなかった。

「おれはな、一旦はここから帰りかけた。だが、どうしても諦めることができねえ。考えてみてくれ。せっかく逢おうとした女が、その晩旦那に抱かれているのだ。こいつは素直に帰れと云うほうが無理というものだ」

では、あの晩、家の周りに聞えていた草履の音はやはり与吉だったのかと巴之助は思い当った。

その与吉も六右衛門の高い足音に脅《おびやか》されて立去るほかはなかったのだ。

女の家のぐるりを回っている男の気持を考えて巴之助は泪《なみだ》がこみ上ってきた。

「まあ、いいやな」

と、鳴咽《おえつ》している女の肩をみて与吉が云った。

「おめえに旦那がいるのを承知で、好きになったのがいけなかったのだ。文句を云う段じゃねえ。おれのほうが悪いことをしているのだ」

「与吉さん、そんなことは云わないでおくんなさい」

巴之助は情けなさそうに云った。

「だがな、人間、理屈で分っていても、気持はそいつに従ってくれねえ。おれはあの晩、どうしてもてめえの家に帰る気はしなかった。それで……」

「それで？」

巴之助は、はっとなって顔を上げた。

「それで、おまえはあれから、きれいな人のいるところへでも行ったのかえ？」

「そんな女がいるものか。いれば、おめえの家の周りを歩き回るような真似はしねえ。あっさりとほかで憂《うさ》を晴らさアな」

「よかった……」

と、巴之助は思わず云った。

「おまえがどんなに酒を呑もうと、わたしはちっとも構わないが、どうかほかの女のところにだけは行かないでおくれ」

巴之助は泪を流した顔で頼んだ。

「おめえが今の旦那と別れると云いつづけてから、もう大ぶんになるぜ」

与吉は云った。

「…………」

「おれもおめえの言葉を信用してここまで待ってきたのだ。この先まだどれくらい待たされるかと思うと、おれも、ちっとは気持を変えてみたくなる」

「おまえ、まさか……」

巴之助は、おびえたように顔をあげた。

「うむ、おれだって苦しいのだ。いい若え者が犬かなんぞのように女の家の周りを夜中にうろついている。その家の中では、好きな女がほかの男に抱かれている……見られた図じゃねえな」

「与吉さん」

「太夫、おれは当分おめえには逢いたくねえ。それを云いにここへ来たのだ」

「いやです」

と、巴之助は与吉の身体に武者ぶりついた。

「そんな、おまえ、今さら……そいじゃあんまりだ」

「いいや、おれにもこの気持を何とか落ちつかせる間《ま》をつくらせてくれ。このままでつづけておめえと逢うのが、やりきれなくなったのだ」

「じゃ、おまえはわたしと切れるというのかえ？」

巴之助は泪を溜めた眼で、男の顔をみつめた。

「そうまでは云ってねえ。ただ太夫が今の旦那と手を切るまでは、おまえの顔を見るのを止《よ》しにしてえというだけだ。……おらア、この前の晩のことを想うと、仕事をしていても手がつかなくなるのだ。われながら情けなくてしようがねえ。こんな思いをするなら、いっそおめえと切れたほうがましだと思っている」

「そんなら、やっぱり」

「……と、まあ、何度思ったかしれねえが、やっぱり諦めることはできねえ。この苦しさはおめえには分るめえ。おめえがおれのことを想っているのは察しねえでもねえが、その一方で、旦那のご機嫌を取ってると思えば、おれだって……おれだって面白くねえのだ」

「与吉さん」

巴之助は叫んだ。

「あたしゃ、あの旦那ときっぱり別れます」

「…………」

「今度こそあたしゃ旦那にそう云います。おまえが居なくなったら、あたしゃ生きる甲斐がありません」

「おめえ、それが旦那に云えるか？」

「云えます」

「あんまり当てにはできねえようだな」

「与吉さん！」

「おめえは気の弱い女だ。そんなことを云っても、いざ、あの旦那の前に出ると、気持が挫《くじ》けてくる。今までのおめえを見ていると、おれにはそれがよく分るのだ。おれの前では本気にそう云っても、旦那の前では気持が違ってくる」

「いいえ、今度こそ、あたしの言葉を信用しておくんなさい」

「まあ、そのときになったら、おめえを信用しよう。それまではおめえには逢わねえことにする」

「そりゃあんまりだ。与吉さん、おまえは、そんなことを云ってあたしから離れてゆくつもりなんだろう？」

「分らねえ女だな。おれはおめえを好きだと云ってるじゃねえか。好きだからこそ今のままではおれが苦しむばかりだ。だから、おれが苦しまねえような女になったら逢おうと云ってるんだぜ。無理は云ってねえつもりだ。なあ、太夫」

与吉は縋《すが》ってくる巴之助を突き放した。

「おらア、これで帰るぜ」

「与吉さん、はっきり聞かしておくれ。おまえは、そうしてあたしと別れる気かえ？　このままに切れるつもりかえ？」

巴之助は必死になった。

「はて、くどい女だ。そいつはおめえの決心一つだとさきほどから云っている。おめえが向うと別れたら、いつでもお梅を使いに寄こしてくれ」

「…………」

「だがな、云っておくが、一年も二年も待たされるんじゃ、こっちもやりきれねえからな。そうだ、あと三月《みつき》のうちだ。三月経っておめえから音も沙汰もなかったら、おらア、そのときこそ、きっぱりとおめえと手を切るつもりだ」

「ようござんす。三月のうちにはきっと……きっと今の旦那と別れます」

「よし、たしかに聞いた」

「だから、与吉さん……だから、今夜はあたしが安心するようにさせておくれ」

巴之助はまた与吉の身体に縋った。

「いやだ、いやだ。おめえとまたそんなことをしちゃア、やっぱりきりがつかねえ。おれはこのまま帰る」

与吉は起ち上った。

「太夫、邪慳《じゃけん》なようだが、おれの心もせつないのだ。察してくれ」

と云い残して、襖《ふすま》をあけて外に出た。この家の女中が、おや、もうお帰りですか、とびっくりしたような声を出していた。つづいて与吉の足音が遠のいた。

急に寂しさが四方から身体を締めつけてきた。巴之助は真ッ暗い穴の中に吸いこまれてゆく自分を感じ、畳の上に突伏して嗚咽《おえつ》した。

襖があいて顔馴染の女中が入ってきた。

「おや、まあ、どうしたんですね？」

と、女中は巴之助に云った。

「痴話喧嘩ですかえ？　まあまあ、珍しい」

「…………」

女中は笑った。

「でも、ときどきはようござんすよ。喧嘩すればするほど情が深くなるといいますからね。やっぱりときには痴話喧嘩でもなさらないと、こっちはいつも当てられっ放しですからね……」

巴之助は夜の路をひとりで帰った。彼女は暗がりを歩きながらも、その辺に与吉が待っているような気がしてならなかった。だが、いくら歩いてもそれらしい影は現われてこなかった。

池の中で音がしていた。雁が葦《あし》の茂みに動いているらしかった。

六

それからは、与吉はふっつりと巴之助の前に現われなくなった。以前は巴之助が寄席に出ていると、客席の隅に必ず一、二度は彼の顔を見出したものだった。それがどこの寄席でも彼の姿を見かけなかった。

のみならず、巴之助がお梅を使いにして文を持たせてやっても、それはむなしく返ってきた。どうしても与吉が逢ってくれないとお梅は報告した。

巴之助は、このまま与吉と切れたような気がして毎日が遣瀬《やるせ》なかった。彼女は何を食べても襤褸《ぼろ》を噛むように味がなく、次第に食欲を失って行った。

与吉との約束は、六右衛門と別れたら元の仲に戻るというのだったが、巴之助は六右衛門にどうしても別れてくれとは云い出せなかった。六右衛門の様子にもあれから変化が起った。彼は巴之助に誰かがいるような気配を嗅《か》ぎ取ったらしい。手当も今までのものよりはふえたし、彼女のところにくる回数も多くなった。殊《こと》に、彼の愛情は憑《つ》かれたもののように激しくなってきた。

おまえを失ったらおれは生きてゆく甲斐がない、とは六右衛門が前から始終云っていた言葉だった。それが近ごろでは、都合によっては女房子を捨ててもいい、主家を出ても構わぬ、とさえ云い出した。なに、なんとか暮しは立ててゆけると、すでに老境に入った六右衛門が強がりを云った。

そんな彼に巴之助は、自分の都合でこの辺で別れてくれと云い出せなかった。六右衛門自身には何の落度もない。落度があるのは巴之助のほうだった。そして、うすうす巴之助に男があるらしいと分った六右衛門は、別にそれを深く追及するでもなく、ますます親切を尽してくれる。巴之助に好きな男のことを追及しないのも、六右衛門が彼女から嫌われたくない、とのおそれがあるからだ。

六右衛門はがらりと人が変ったように巴之助に弱くなっていた。彼女としても苦しい時代に助けてくれた恩義がある。この関係も決して、短いものではなかった。今度来たら、次に逢ったらと、別れ話の決心を固めるのだが、やはり六右衛門の弱くなった顔を見るとつい、口を噤《つぐ》んでしまうのだった。

巴之助の耳には与吉の声が始終聞えていた。与吉が、それみろ、おめえにはそんなことを云う勇気はねえと、どこかで嗤《わら》っているような気がする。巴之助は、自分の気の弱さを自分で責めた。

その与吉からは相変らず音沙汰はなかった。あれから一ヵ月経った。巴之助は無性に与吉が恋しくてならず、それは日が経るとともに激しく募って行った。

そのうち妙な噂が巴之助の耳に届いた。与吉が秀勇といい仲になっているというのである。

巴之助の血は逆上した。秀勇は若さと器量とで売っている。芸よりも、その器量が彼女の人気のもとになっていた。

「与吉さんもあんまりですね」

と、お梅がその噂を持ってきて憤慨した。

「これがほかの女ならともかく、秀勇さんとは、まるで太夫に当てつけたようなもんじゃないですか。与吉さんは、そんな人だったんですかね」

と、お梅は与吉を罵《ののし》った。

「与吉さんに限って、そんなことがあるはずはない」

と、巴之助のほうがお梅をなだめた。

「でも、太夫、近ごろは秀勇さんの出る寄席に与吉さんはいつも行ってるそうですよ。それから、寄席が終演《はね》ると、二人で必ず飲みに行くそうです。これは秀勇さんの出ている寄席の人からわたしが聞いたのですから、間違いはありません」

巴之助は、それには答えないで黙って微笑していた。

「与吉さんも若いし男だから、少しは変った人とつき合いたいのは当り前だよ。そんなことにいちいち目鯨《めくじら》を立てていては、こっちの身がたまらないよ」

「でも、太夫」

お梅はなおも云いつのった。

「与吉さんはさっぱり太夫のところには足踏みもしないじゃありませんか。太夫だってそれをどんなに苦にしているか、わたしにはよく分ります。今までわたしは口に出さなかったけれど、おまえさんの近ごろの痩せようは、ほんとにびっくりするくらい目立ちますよ」

「そうかねえ」

と、巴之助は自分の頬を撫でた。指は細くなった顔を知った。

近ごろは身体の衰えが自分でも分っていた。それは与吉恋しさで神経が乱れるのと、食欲がないからだった。どうかすると、夕方になって軽い熱が出ることがある。また、寄席で語っても力が入らなかった。これではいけないと思いながらも、自分ではどうしようもなかった。客の中で芸の分る者がささやき合っている姿も一再でなく、上から見て気がついた。

「太夫はどうかしている」

と、お梅が云った。

「そんなに与吉さんに逢いたいなら、こちらから押しかけて行ったらいいじゃありませんか。構うものですか」

と、お梅は与吉の不実と、それが因《もと》で芸も身体も衰えている巴之助を心配していた。

「ああ、こんなときに何か気晴らしでもできたらねえ」

と、巴之助は溜息をついた。そして、今の気持が恰度《ちょうど》六右衛門が来たため自分に逢えなかった与吉の心と同じだと思うと、彼ばかり責めるわけにもゆかず、やはり自分が一番悪いのだと思った。

何か憂晴《うさ》らしがしたい。——巴之助は酒も飲めず、ほかの芸人のように客の座敷に呼ばれることも好んでいなかった。芸人の仲間には、そんな座敷で媚《こび》や身体を売る者がある。いっそ自分も浮気ができたら、この重苦しい気持がいくらか救えるのにと思わないでもなかった。

そんな巴之助にまた厭《いや》な噂が入ってきた。与吉が秀勇とだんだん深間になっているというのだ。それが巴之助に思い切って伊勢屋重兵衛の座敷へ赴かせる仕儀になった。

重兵衛は相変らず巴之助を呼びたがっていた。座敷への誘いもこれまで何度あったかしれない。たいていの者ならいい加減なところで諦めるのに、彼だけは執拗に口をかけてきていた。

巴之助は、寄席が済んでからお梅と一緒に両国端《ばた》の茶屋に上った。奥まった部屋には先ほどから重兵衛が待ちかねて坐っていた。

「太夫、よく来てくれた」

と、重兵衛は少し酒の入った顔をてかてか光らせて相好《そうごう》を崩していた。

「まあ、とにかく受けてくれ」

と彼は初めから大きな盃を出した。

「旦那さま、そりゃ少し太夫には大きすぎるようでございます」

と、お梅が見かねて云ったが、

「いいえ、頂戴《ちょうだい》しますよ、旦那。お梅、よけいなことをお云いでないよ」

と、巴之助はなみなみと注がれた酒をぐっと一息に飲んだ。

「うむ、おめえはあんまり飲めねえと聞いていたが、どうして、なかなか立派なものだ」

と、重兵衛はいよいようれしがっていた。

「おれはまるで夢のようだ。さあ、今夜はとっぷりとお互いに飲もうぜ」

重兵衛は別に取巻の者を連れていなかった。たった一人で巴之助を待受けている彼の下心はすでに分っていた。お梅は、そういう重兵衛と巴之助の間を警戒するように眼を光らせていた。

巴之助はすすめられるままに呑んだ。酒の酔で与吉のことが忘れられるのだったら、少しぐらいは胸が苦しくても酔いたいと思った。だが、飲めば飲むほど与吉と秀勇とが一緒にいる場面が泛《うか》んでくる。これは自分と池之端《いけのはた》の出合茶屋にいたときの与吉の姿であった。あの通りのことを与吉が秀勇にしているかと思うと、胸の中が燃え立ってきた。

巴之助は、このように苦しいのだったら、そして与吉がそんな面当てをするのだったら、いっそ今夜は伊勢屋重兵衛の云うことを聞いてもいいような気になった。

どうとも勝手にしろ、といった自棄《やけ》が酒の勢いで煽《あお》られてきた。

お梅ははらはらして何度も止めたが、巴之助は彼女の手を振り払って重兵衛の盃を次々と受けた。もう頭の中は何が何だか分らなくなってきていた。

とうとう、巴之助はお梅に帰れと云い出した。

「おまえなんか傍《そば》に居ないほうがいい。ええ、放っといてくれ。あたしはあたしで勝手にするよ。なんだ、忠義ぶって。そこでぐずぐずしているところをみると、おまえ、あたしに嫉《や》いてるんだね、いい年をして、いくら男がいないからといって、ひとのすることを邪魔するのは、あんまりいい恰好じゃないよ」

巴之助の悪態にお梅は憤然として座敷を起った。それを見送って重兵衛が、太夫はおれが引受けたと、声高に笑った。

すでに別間には床の支度がしてあった。枕もとにはうすい行灯《あんどん》がなまめかしくともっている。蒲団《ふとん》の鹿《か》の子絞《こしぼ》りの緋色《ひいろ》がそれに映えていた。

「太夫、おれはどんなにおめえのことを恋焦がれていたかしれねえぜ。決して一時の浮気でおめえをどうしようというわけじゃねえ。おれは金ならいくらでも持っている。これから不自由のねえようにさせてやるから、安心していな」

と、重兵衛は、着更えることもできずにそのまま蒲団の上に倒れている巴之助の耳もとにささやいた。

酒の酔が彼女の感覚を奪っていた。朦朧《もうろう》とした意識の中で、重兵衛が彼女の帯を解きにかかるのが僅《わず》かに分っていた。

このとき、巴之助の意識の底から猛然と与吉恋しさが湧き上ってきた。

「旦那、よしておくれ」

巴之助は、自分の上にのしかかっている重兵衛の顎《あご》を下から押し上げた。

「こんな約束ではなかった。あたしは帰らしてもらいます」

「何を今ごろ……」

と、重兵衛はせせら嗤《わら》った。

「生娘《きむすめ》みてえなことを云うんじゃねえ。おめえだっていい男がいるそうじゃねえか。聞いているぜ、畳屋の息子だそうだな。だが、ここにはおれとおめえと二人だけだ。何も遠慮することはねえ」

重兵衛は強い力で巴之助の腕を押え、その懐ろに一方の手を入れた。

巴之助は下から跳ね起きた。途端に重兵衛は悲鳴をあげ、口を抑《おさ》えて転がった。

巴之助の手に持っていた象牙の撥《ばち》の鋭い一角は血に染まっていた。重兵衛の口の端を裂いた血だった。

七

重兵衛は相当な傷を負ったに違いなかった。白い三味線の撥が半分真赤になったくらいだから、口の半分は切れているかもしれない。相手が巴之助の唇を襲って来たとき、思い切り突っ込んで力まかせに抉《えぐ》ったので、口の中も舌も破れているかも分らなかった。

しかし、その後、巴之助のところには、岡っ引のような者はもちろん、伊勢屋からも何も云ってこなかった。重兵衛は世間体を考えて泣寝入りしたに違いなかった。だが、それをいくら伊勢屋で匿《かく》そうとしても世間の噂には上る。あるいは、巴之助を見捨てたお梅が云いふらしているのかもしれなかった。

だが、この場合の噂は重兵衛に同情して、巴之助に分が悪かった。普通の娘ではなく、女義太夫という職業が彼女に不利だったのだ。重兵衛の無法よりも、

「人気商売をしている女がなんということをしたのだ。あんな顔をしてまるで夜叉《やしゃ》のようだ」

と、人は巴之助に悪評を立てた。殊《こと》に女義太夫が住んでいるのは特別な社会で、

嫉妬《しっと》もあるし、反感もある。客商売をしている女にあるまじきことだ、という悪口であった。

それからは巴之助は高座に出ても前ほどの人気は湧かなかった。それだけでなく、明らかに当てこすりの声も飛んできた。

「女夜叉」

「あの顔で男の口を裂くのだから凄《すげ》えものだ」

「あの弾いてる撥が男の口を斬ったのだ」

そういう聞えよがしの声が起ると、客席でどっと騒ぎ立てることも一再ではなかった。巴之助の人気は目にみえて衰えて行った。

しかし、その噂がこの社会だけに止まればよかったが、それをどこで聞いたか小浪六右衛門が、或る晩、むずかしい顔をして巴之助を問詰めた。

「噂は真実か？」

と、彼は睨みつけて訊いた。

「はい。あんまり無体なことをしなさるので」

「そうか。で、それはどこでの出来事だ？」

「お茶屋さんです」

「お茶屋？　そなたは今まで贔屓客《ひいききやく》に誘われても行かなかったと云ったではないか」

「でも、あのときは断わり切れなかったのです」

「相手の口を裂くというのは容易ではない。そのときはほかに多勢人もいたろうに？」

　と、六右衛門は追及した。しかし、その顔には曽《かつ》てのような嫉妬も怒りも見えなかった。あるのは嫌悪の表情だけだった。

「無理に……無理に酒を飲まされて小部屋に連れこまれたのです」

「正体が分らなくなるまで酒を飲んだのか？」

「いいえ、万一の用意にと、身を守るために三味線の撥を懐ろに忍ばせていたんです。決して正体が分らなくなっていたわけではなかったのです」

「口実だ」

　と、六右衛門は忌々《いまいま》しげに云った。

「そなたはおれを裏切って何かしようとしたのだ。おれはおまえを今まで信用していた。決してそんなところへ行く女ではないと思っていた。だが、世間の噂や、そなたの云う言葉から判断してみると、どうやらおまえはふしだらなことをしようとしたらしい。世間では高い評判になっている。わしの屋敷の傭人《やといにん》もおまえの噂をしていた。もっとも、わしとおまえとがこんなふうな仲とは知らないから、面白おかしくわしの前で話していたのだ。その話はもっとひどいものだった」

六右衛門は懐ろから包みを取出した。

「これは僅かだが、これでおまえとの仲はおしまいだと思ってくれ」

「え？」

と、巴之助は六右衛門の顔を見たが、心の中では思わぬ喜びが湧いてきた。六右衛門のほうから手を切るというのである。彼女は与吉の顔が大きく目の前にひろがった。三月のうちに旦那と別れてくれという約束だったが、まだあと一ヵ月も残っている。

「旦那さま、それでは、今まで家を出るの、主家を捨てるのとおっしゃったのは、あれはみんな嘘でございますか？」

あんまり六右衛門があっさり出たので、巴之助は皮肉も云いたくなった。

「嘘ではないが……」

と、六右衛門は眉間《みけん》に皺《しわ》を寄せてよけいにむずかしい顔になった。

「嘘ではないが、そんな噂のある女と、わしはいつまでもつき合っておられぬ。わしの立場も考えてみろ。ひょんなことから、そんな女と関り合いがあると主家に聞えたら、わしはどうなる？」

「主家？」

「うむ……」

と、六右衛門は詰ったように答えた。

「……とにかく、これまでの縁だと思ってくれ」

あまりさばさばとしていたので、巴之助はおかしくなった。

六右衛門が帰ってから、巴之助は噪《はしや》いだ。持ってきた包みをあけてみると、手切金ともいえない少額の金だった。月々の手当の二度分ぐらいである。旗本の用人ならこれくらいがせいぜいだろうと、巴之助はあざ笑った。

向うのほうから切り出されてみると、今まで彼に感じていた恩義も義理も泡沫《うたかた》のように消えて無くなっていた。もう、これで自分の身体は誰にも縛られていない、括《くく》られた縄から解き放たれたようなものだった。いつでも与吉のところに飛んで行ける。何が幸いするか分らないと思った。

巴之助は、久しぶりに明るい気持になって鏡に対《むか》った。だが、舞台の化粧をするときはさほどにまで思っていなかったが、与吉に逢う気持で顔をのぞいてみると、げっそり痩せていることに気がついた。瞼《まぶた》のあたりには黒い隈《くま》さえ浮いていた。

なぜ、舞台の化粧をするときこれに気がつかなかったのか。やはり人間は、化粧を見せる真実の相手がいなければ、職業的なものでは、自分の顔もうっかり見落すものだと思った。

与吉に逢いに行きたいが、こういうときにはお梅がいれば便利だった。お梅は、あのときの巴之助の酔った悪態に腹を立て、あくる日に彼女から逃げている。のみならず、彼女の人気の凋落《ちょうらく》と共に、今まで身の周りの世話を焼いていた小女たちも一人去り、二人去りして、馴れない女が一人残っているだけだった。

しかし、人気のほうがどう落ちようと、与吉さえしっかり自分の手に取れば、少しも悔はないと巴之助は思っていた。どうせこんな商売はそう長くつづけるつもりもないし、つづきもしない。人気稼業の憂《うさ》は前から感じていた。

巴之助は、神田三崎町の与吉の家の前まで行って、何度もそのあたりをうろついた。店の前を通りながら中をのぞいてみたが、大きなのれんの下には与吉らしい人間は見えず、若い者が畳表の荷を造ったり、解いたり、忙しそうに働いていた。

何度目かの往復の挙句《あげく》、巴之助は思い切ってそののれんの下をくぐった。

「若旦那ですかえ？」

と、番頭らしいのがじろりと巴之助の風体を見た。今日の彼女は、できるだけ地味な着物に着更えてきていた。それでも、番頭は彼女の素性に察しがついたらしく、

「若旦那は昨夜《ゆうべ》から戻らないよ」

と、ニベもなく云った。

「おまえさんはどこの人だえ？」

と、別な番頭が近づいて巴之助に訊いた。店の者は彼女が女義太夫の巴之助とは知らなかったが、水商売の女だとは思っていた。

「いいえ、ちょっと若旦那と知り合いの者です」

「ふん、おおかた、柳橋あたりに巣食っている人だろうな。若旦那の行方なら、おまえさんたちのほうがよく知ってるはずだ。あんまり若旦那をたぶらかさないで、早く家に戻るようにおまえさんからも云っておくれ」

巴之助は、店の若い者のあざけりに送られて閾《しきい》の外へ出た。

与吉が昨夜から帰らない。しかも、今の番頭の口ぶりでは、再三そんなことがつづいているらしい。巴之助は目の前が真暗になった。

それも、与吉と逢う晩に六右衛門が来たばかりに、彼の気持が一時的にほかへ移ったためである。巴之助は、あのときの与吉の遣瀬《やるせ》ない気持が分っているだけに、

今までそれも無理はないと思っていた。

だが、もう、自分は六右衛門とはっきりと別れて自由な身体になっている。三月のうちに六右衛門と別れてくれたら、いつでもおれはおまえと一緒になる、といった与吉の言葉は胸の奥に灼きついていた。それもあと一月残っている。巴之助は、与吉の真実を信じていた。

巴之助がぼんやり家に戻りかけると、往来の向うから、夢にも忘れていないその与吉がぼんやりと歩いてきていた。巴之助は夢ではないかと思い、彼の傍らに駆け寄った。

「与吉さん」

与吉は、ちょいとおどろいた眼で巴之助を見たが、すぐに横に顔を振った。

「与吉さん、いま、わたしはおまえの家に行って来たんだよ」

「なに」

与吉は怕《こわ》い顔を向けた。

「おめえは何の用でおれの家に来たのだ？」

「ご免なさい。どうしてもおまえさんに早く云いたいことがあって、迷惑を思わないでもなかったが、矢も楯《たて》もたまらず逢いたかったのさ」

「逢いたいだって？」

与吉はせせら嗤った。

「何の用で逢いたいのだ？」

「与吉さん、わたしは旦那と手が切れた、ほんとに今度は手が切れたんだよ、だから……だから……」

巴之助は魚のように口をあけて喘《あえ》いだ。

「ふん、そいつは、おめえ、あんまり身勝手だろうぜ」

と、与吉は冷たく返した。

「え？」

「太夫、おれはおめえの噂を聞いてるぜ。なんでも、蔵前の伊勢屋の旦那と寝物語が縺《もつ》れ、痴話喧嘩となり、おめえは商売物の三味線の撥で相手の口の中を抉ったそうじゃねえか」

「違います。そりゃ違うよ、与吉さん」

「ふん、何が違うのだ。おめえがどこの家でその伊勢屋さんと寝たか、その家までちゃんとこっちは知ってるんだ。両国の、その家の女中がぺらぺらとしゃべったからな」

「………」

巴之助は真蒼になった。違う人間がそこに居た。

「そんな女には未練はねえ。前にもおめえにはさんざ煮え湯を呑まされている。もう、こりごりだ」

「そんなら、おまえはわたしを？」

「当りめえよ。もう赤の他人だと思ってくれ。こんな往来などで呼び止められて、そんな泣顔を見せられる交情《わけ》はねえ。……ま、おめえもそろそろ芸も若さも薹《とう》が立っている。どこかのお屋敷の用人さまと切れたというなら、早えとこ次のお代りをくわえ込むんだな」

「与吉さん、おまえは秀勇さんといい仲だそうだが、本当かえ？」

「うるせえな。誰と仲よくしようと、おれはおめえの指図は受けねえ」

「でも、それじゃ約束が違う。わたしは三月のうちに旦那と別れる、別れたら一緒になると、おまえとあれほど固く……」

「何を今さら世迷言《よまいごと》を云ってるのだ。そんな話は庚申《こうしん》の晩にしてくれ」

女義太夫の秀勇が、その家で咽喉笛を切られて死んでいるのが朝になって発見された。その刃物が変っていた。鋭い象牙の撥の先が、まるで刃物のように女の細い咽喉にめり込んでいた。

それにつづいて、今度は同じ女義太夫の巴之助の自殺した死骸が彼女の自宅から見つけられて、また騒ぎになった。このときの自害の道具も変っていたので、評判を高めた。巴之助が自分の咽喉に突立てたのは畳屋で使う錐《きり》だった。

その錐は、いつぞや与吉が巴之助の家に置き忘れたものだったとは他人には分らなかった。秀勇の家も、巴之助の家も、不忍池の雁の通る道筋に当っていた。

解説

山前《やままえ》　譲《ゆずる》
（推理小説研究家）

『告訴せず』を最初にその多彩で魅力的な作品世界を展開してきた光文社文庫の〈松本清張プレミアム・ミステリー〉に、『鬼火の町』から江戸時代を背景にしたミステリーが加わった。『紅刷り江戸噂』が続き、本書『彩色江戸切絵図』が三冊目となる。

江戸城下を幾つかの区域に分割して、巧みに武家屋敷や寺社や町家などを配し、地名などを記した区分絵図を江戸切絵図と称する。最初に刊行（板行）したのは吉文字屋で、宝暦五（一七五五）年から安永四（一七七五）年にかけて、二十年間に八図を出したという。それからしばらく途絶えていたが、江戸時代末期、近江屋が弘化三（一八四六）年に手がけはじめると人気を呼んだようで、複数の板元から同じような江戸切絵図が出されている。

近江屋版は色合いが派手だ。その色鮮やかな江戸切絵図のように、ここに収録された六編では天明、弘化、嘉永、文久といった時代にさまざまな事件が起こっている。初出は「オール讀物」で、一九六四年一月から十二月まで、前後編の形で目次順に発表された。

江戸を舞台としたミステリーと言えばやはり岡本綺堂《おかもときどう》の半七捕物帳シリーズである。いわゆる捕物帳の嚆矢《こうし》で、初登場作はあの明智小五郎のデビュー作よりも八年ほど早い一九一七年の発表だ。岡っ引として化政期から幕末期に事件に関わった半七を、明治時代になって新聞記者が訪問して話を聞きだすという構成である。

本書では、『紅刷り江戸噂』と同様に、その半七シリーズのような謎解きの妙をメインにしたものと、表には出せない色恋の綾や社会状況の隘路《あいろ》に動機が育まれていく犯罪小説がない交ぜとなっている。

第一話の「大黒屋」は、日本橋の穀物問屋の大黒屋をめぐっての物語だ。一年前からそこに顔を出すようになった留五郎は、最初は頭も低く如才なかったが、この頃では小遣銭を貰うだけでなく、主人の女房への好意を隠そうともしない。ついには酔っ払って主人がいないときにも泊まりに来るようになったが……。

その留五郎の挙動に眼をつけたのは、惣兵衛という岡っ引のもとに出入りしている幸八という手先だ。酒を飲めば手のつけられない乱暴者を、なぜ大黒屋の主人は咎めないのか。まったく関係のなさそうな些細な事柄からとんでもない犯罪が暴かれていくラストでは、ミステリー的な意外性が楽しめる。

第四話の「三人の留守居役」と第五話の「蔵の中」は、半七シリーズのスタイルを意識しての謎解きものだ。

「三人の留守居役」では両国の大きな料理屋に駕籠が三挺連なって到着している。

はじめての客だったが、さる藩の留守居の者で、ここで寄合をしたいという。留守居役となれば上客と、料理も吟味し、芸者も呼んだ。三人はその芸者たちを芝居小屋まで引き連れるのだが、芝居が終わってしまったと知ると、駒形河岸の料理屋へと向う。ところが、ふと気付くと三人の姿がない。じつはニセの留守居役だったのだ。それなら詐欺事件だが、勝ち気な芸者が独自にニセ者を探しはじめたことで、死の影が忍び寄ってくる。

江戸時代後期、両国橋周辺には料理屋が多くあった。その様子は歌川広重の浮世絵「両国柳橋　河内屋」などに描かれている。「三人の留守居役」での宴会の様子や芸者たちの風情は、江戸情緒を楽しませてくれるだろう。そこに謎解きの伏線が張られている。

この事件の顚末を、「大黒屋」で名を上げた松枝町の惣兵衛が戯作者の柴亭魚仙に語る。いよいよ真相——というところで「お話はこれまでです」と気をもたせる惣兵衛だ。それはミステリーならではの趣向と言える「読者への挑戦」である。

推理は意外な道筋を辿っていくが、真相を知った戯作者が漏らす、「一方では貧乏人が食べられなくて苦しんでいる。一方ではあらゆる遊びをし尽して、もう、することもなく退屈している人間がいる。どうも、この一件は、世の中のでこぼこを映していますな」という言葉に共感を覚える人は多いだろう。

「蔵の中」は本書の収録作でもっともミステリーとしての趣向が興味をそそっている。密室状況の蔵の中で死体が発見され、その蔵の近くに忽然と現れた穴で死体が発見されているからだ。これも「読者への挑戦」になっており、柴亭魚仙が事件の顚末を聞くという構成だが、語り手は岡っ引の平造である。日本橋の問屋の跡継ぎをめぐる微妙な人間関係が、推理を複雑なものにしていく。

一方、「大山詣《もう》で」と「山椒魚《さんしょううお》」、そして「女義太夫」の三編は犯罪小説と言える。

松本氏はエッセイ「私のくずかご」（一九六七〜六八）のなかで、江戸時代には町人の自由旅行が禁じられていたとしたあと、こう述べていた。

唯一の例外は信仰に名をかる旅行である。伊勢詣り、富士詣り、大山詣り、大師詣りなどのおおかたは旅行のレクリエーションであるが、それとても面倒な届出によるか、団体（講）でなければならなかった。芭蕉が僧形となって旅に出たのもその理由からである。

「大山詣で」はその旅に男女の愛憎が絡んでいく。天明三年、蠟燭問屋を営む山城屋の当主・利右衛門の体調がこのところ芳しくない。それではと、二十歳以上も年下の後妻のおふでが、病気平癒祈願のため番頭の兵助をお供に白装束で大山詣でに出た。霊峰大山までは江戸から十八里、道は険しく滝打たれもある。女性にはなかなか大変な旅だった。

雨降山《あぶりさん》の名でも知られる大山は、神奈川県の伊勢原市、秦野市、厚木市の境にある標高一二五二メートルの山だ。今は中腹までケーブルカーが設けられていて、頂上からの絶景は比較的簡単に楽しむことができる。阿夫利山《あふりやま》とも呼ばれる縄文時代からの霊山は、現代でも信仰の対象となっていてブランド化している。松本作品では長編『逃亡』も「大山詣で」がキーワードとなっていた。

おふでらの大山詣では、けっして物見遊山などではなかったとしても、やはり日常から離れての、ある意味解放された時間である。つい心の奥底に秘めていたものが露見し、錯綜する欲望が渦巻く。色と欲の絡み合いが引き起こす犯罪は、もちろん現代でも尽きることはない。

「山椒魚」もしだいに男女の微妙な心理が浮かび上がってくる。疱瘡が大流行していた江戸で、大きな山椒魚を「疱瘡除けの神霊仙魚」として拝観させ、源八は大儲けしていた。その源八は日本橋馬喰町の旅籠屋に泊まっていたが、気になったのは同宿していた薬屋の女房である。宿のおかみに仲立ちを頼むのだが……。

疱瘡とは天然痘のことで、今ではワクチンによって感染者はなくなったが、江戸時代には将軍も感染するなど恐れられていた。もちろん山椒魚を見て治るわけはないのだが、まさに藁をも摑む思いで人々は治療法を探したのだろう。その心理をうまく商売化した源八も、己の傲慢さがもたらした人間関係の歪みには気付かなかったようだ。

弘化二年、明治維新まであと二十年ほどの頃の事件は最終話の「女義太夫」である。五十四、五の旗本の用人が旦那になっている女義太夫の竹本巴之助は、一方で畳問屋の息子とも逢瀬を重ねていた。そして米問屋の主人も巴之助にしつこく迫ってくる。この奇妙な四角関係の均衡が崩れて……。救いのない結末の犯罪小説で、女芸人の悲哀が迫る切ない物語だ。

『彩色江戸切絵図』は一九六五年三月、文藝春秋新社より刊行された。一九七二年十月刊の文藝春秋版『松本清張全集24』には『無宿人別帳』、『紅刷り江戸噂』とともに収録されている。また、講談社文庫（一九七五・一）、角川文庫（一九七五・三）、中央公論社の『松本清張小説セレクション』（一九九五・七）、講談社の大衆文学館（一九九六・七）、講談社文庫の新装版（二〇一〇・十二）としても刊行されている。

『彩色江戸切絵図』の六編はヴァラエティ豊かな趣向で時代ミステリーを堪能させてくれるだろう。「大黒屋」など季節感がたっぷりなのは時代小説ならではと言えるが、当時の政治や経済の動向も巧みに織り込まれていく。「山椒魚」では米の値上がりで困窮する人々の鬱屈が、源八が滞在する旅籠に充満している。なんとかしたいと思いつつも、自分ではいかんともし難い姿が、源八の傲慢さを際立たせていくのだ。

その源八の姿は、金で権力を手にしている現代社会のある一面と変わりない。よりストレートにその醜さが伝わってくる。だが、それに屈服しつづけているとは限らないのもまた、昔も今も変わりない。舞台が江戸時代であっても、松本作品には社会性が濃密である。

また、「大黒屋」や「大山詣で」、あるいは「蔵の中」での、主人と使用人の絶対的な主従関係にも憤りを覚えるかもしれない。

やはり「私のくずかご」で松本氏は、〝幕府が武士階級に課した「忠義」の義務は、そのまま町人階級にも押しつけられた〟とし、〝店者《たなもの》が店主に奉仕することは「忠義」であり、「忠義者」であった〟としている。だから主殺しは大罪であった。その秩序から脱するのはまず不可能である。かといって手段がないわけではないのだが——。現代社会においても、同じような秩序が潜んでいる。

欲望に根ざした犯罪は、いつの世もポピュラーなものだろう。だからこそそこに人間の根源的な営みを見出し、犯罪の動機を抽出し、ミステリーのジャンルに新風を吹き込んだのが松本氏だった。時代ミステリーでもその視線は揺るぎない。

一九九六年七月　講談社文庫刊

※作品はすべて、江戸時代を舞台にした物語です。本文中に「漁師の娘に似合わず整った顔立ち」「あんな陰間野郎」という容姿や性的指向に関する不適切な比喩や、疱瘡（天然痘）を「業病」とするなど、現代の知見からすると誤った言い回しが使用されています。

しかしながら編集部では、本作が成立した一九六四年当時の時代背景、および作者がすでに故人であることを考慮した上で、これらの表現についても底本のままとしました。それが今日ある人権侵害や差別問題を考える手がかりになり、ひいては作品の歴史的価値および文学的価値を尊重することにつながると判断したものです。差別の助長を意図するものではないということを、ご理解ください。

【編集部】

光文社文庫

彩色《さいしき》江戸《えど》切絵図《きりえず》　松本清張《まつもとせいちょう》プレミアム・ミステリー

著者　松《まつ》本《もと》清《せい》張《ちょう》

2023年12月20日　初版1刷発行

発行者　三宅貴久
印刷　堀内印刷
製本　フォーネット社

発行所　株式会社　光文社
〒112-8011　東京都文京区音羽1-16-6
電話（03）5395-8147　編集部
8116　書籍販売部
8125　業務部

落丁本・乱丁本は業務部にご連絡くだされば、お取替えいたします。
ISBN978-4-334-10161-9　Printed in Japan

組版　萩原印刷